唐樱 著

NI
SHI
WO DE
CHENG

你是我的城

成都时代出版社

CHENGDU TIMES PRESS

图书在版编目（CIP）数据

你是我的城 / 唐樱著. -- 成都 : 成都时代出版社，
2025. 1. -- ISBN 978-7-5464-3559-6

Ⅰ. I247.5

中国国家版本馆 CIP 数据核字第 2024TU7565 号

你是我的城
NI SHI WO DE CHENG

唐樱 ／ 著

出 品 人　钟　江
责任编辑　王珍丽
责任校对　李　林
责任印制　江　黎　曾译乐
装帧设计　云上雅集

出版发行　成都时代出版社
电　　话　（028）86785923（编辑部）
　　　　　（028）86763285（图书发行）
印　　刷　长沙市精宏印务有限公司
规　　格　170mm×240mm
印　　张　16
字　　数　245 千
版　　次　2025 年 1 月第 1 版
印　　次　2025 年 1 月第 1 次印刷
书　　号　ISBN 978-7-5464-3559-6
定　　价　78.00 元

目录 MULU

01 奔赴希望之城

望城的秋天，天空又高又蓝，行人欢快地走着，江波荡漾送来清风，行道树郁郁葱葱，一切都太惬意了。但凡她是在六至八月期间来到这个城市，都可能会在下火车的瞬间逃回老家——后来，木子想起了这个，但她也只是想想而已，木子的想法不重要。因为她根本就没有选择权。

这事儿，唯一有选择权的是坐在出租车后排的老太太——木子的奶奶王素珍。

木子甚至暗暗地想：是不是奶奶有什么旧日恋人在这里，所以她才会被"绑架"到这里来。数月以来，老太太用一堆合理或者不合理的"理由"力劝孙女踏上了这千里行程，而且老太太还同行，因而此行多少有了点"流放"和"押解"的味道。

说"绑架"一点都不为过啊！

木子刚大学毕业，为了回老家鸡西市陪伴孤独的奶奶，她主动放弃在大城市工作的机会，毕业就扛起行李回到了故乡，回到了那个冬季会大雪封山的地方，并且她还找到了一份稳定的工作。木子从此便对大千世界没有了梦想，她准备在鸡西市与奶奶相依为命，最大的梦想就是在兴凯湖冰冻三尺的时候去滑冰。

木子有个大学同学的家在密山市，她暑假去玩过一次，那次同学陪她在兴凯湖玩了一天。密山市距离鸡西市有一百多公里，界湖兴凯湖离密山市还有四十公里，它总面积四千多平方公里，还有细腻柔软的"中国最长的淡水沙滩"。木子以前没见过这样大的水域，她觉得自己看见了大海，在柔软的沙滩上奔跑，和成百上千的游客一起在兴凯湖中游泳，还乘船去了湖心中央那座莲花造型的鸟岛。那时正是夏天，无边无际的荷花塘一碧万顷，简直美不胜收。木子玩得不想离去，但同学告诉她兴凯湖的冬天更美……木子就此惦记上了。

可是谁能想到，就在木子约同学冬天再去兴凯湖滑冰的时候，老太太却强迫木子辞了职，并找到无数理由说服木子离开鸡西，离开东三省，到南方去！同时，王素珍也表示，她决定了，也要离开故乡，陪同木子同行。

"奶奶，我们要过山海关吗？"

"要！"

"要过黄河吗？"

"要！"

……

就这样，一辈子不曾离开鸡西的老太太带着孙女前往一个祖孙两人从来都没去过的地方，要横过黄河长江到湘江之滨。

可是老天啊，这是为什么啊！

木子无数次设身处地地从奶奶的角度想，希望能找到此行的原因。是因为一场事故夺去了木子父母和还在上幼儿园的弟弟的生命，故乡成了伤心之处，所以老太太才想带着木子远走他乡吗？这个理由太牵强。

或者是因为算命先生说，木子的生辰八字注定她这一生要往南方，才能事业顺利、生活幸福？难道是南方的水资源更丰富，兴凯湖的水资源还不够她这条小龙作妖？

算命是迷信吗？

抑或是有别的原因？

一定是有别的原因！

木子抬眼从出租车的后视镜里看了一眼坐在后排的奶奶，见她正眯着眼在休息，皱纹横生的脸上全是疲惫。

王素珍害怕坐飞机，担心飞机会从天上掉下来，于是两人在火车站托运了行李，然后一路转火车到了望城，几天的旅程里经受着各种折腾。这样的折腾就连年轻人都受不住，可老太太硬是咬着牙挺了过来，但她也明显疲惫了不少。

十年来，祖孙两人相依相伴，奶奶从没向木子提过什么过分的要求，但当她提出离开鸡西市的时候，确实有些莫名其妙，简直有点不可理喻。即使有一万个为难，木子也不忍反驳她，她也想实现奶奶的愿望。

奶奶和自己是彼此唯一的亲人，奶奶能有什么坏心思呢！

就算是把奶奶的心愿当成自己的心愿，那又有什么关系呢！

木子忧心忡忡地望向车窗外，还好，这时节的长沙真美啊！

五一路两侧高楼林立，湘江大桥飞跨在眼前，岳麓在望，江水满满，一洲浮碧，祖孙两人好奇地打量着车窗外的新世界。出租车一路疾驰，从枫林路转入雷锋大道，又开了大半小时才进入望城区。这时候太阳西下，滚圆的太阳在楼栋的缝隙中闪现，道路两旁的法国梧桐叶子落得七七八八，有的叶子被风卷到路面毫无规律地铺着，又被一辆辆飞速经过的车掠起，尚未落定，又再掠起，翻飞……这一切，在金色的夕阳里，简直太美了！

一切好像还不错。

想到即将面对的未知和忙碌，木子心绪紧张，但事已至此也只能去面对了。好吧，好吧，一切应该都会好吧。木子在心中安慰自己。

"奶奶……"木子轻唤道。

"嗯？"老太太爱答不理地答道。

"你还难受吗？"知道奶奶可能晕车，木子关怀地问道。

"嗯！"老太太这样回答算是拒绝交流了！

出租车司机听了，忍不住笑着问道："这是回家啊？"

木子愣了一下，有些警惕地回道："过来上班！"

在陌生人面前，木子不敢随意暴露自己的境况。

司机一听，心里明白，连忙解释道："我也是外省人，来这里打工，待几年就习惯了。没事儿，望城人不欺生，个个都是雷锋，可热心了！"

"雷锋？"老太太听了这话似乎被一下子惊醒，马上坐直身子朝前排探过脑袋来，"大兄弟，咱这离雷锋家还有多远啊？"

"您说的是雷锋纪念馆，还是整个望城？"游客一般觉得整个望城都是雷锋的家，因此司机不确定她问的什么。

"啊？"老太太一时间语噎。

"我们现在走的就是雷锋大道。"出租车司机非常热心，知道老太太不了解情况，头也不回地就开始介绍，"一般人来参观都会先到雷锋纪念馆，然后再到雷锋故居，这故居离纪念馆也没几步路，距离很近的。雷锋小时候家里非常穷，他家祖辈佃种地主家的田地，房子也是住地主谭四滚子的庄屋……"

老太太听得认真，司机便一直说。没想到老太太听了一阵，突然伸出一个指头朝前排木子的肩膀捅了捅，问道："你不是查到了吗？离你上班的公司可近？"

"奶奶，我们现在去的是公司！我也不认得路，哪知道远还是近！"木子无奈地说，"我们可不得先把行李放下？可不得先到公司报到？还有托运的那些行李昨天就到了，可不得赶紧找着地方住下再找车去搬？奶奶，你别把我当孙悟空行不，我又不能七十二变！"

司机一看这似嗔似怨的话风不对，就偷偷地笑了笑，不再接话了。

老太太听着孙女的回答，这才想起孙女也是第一次出远门，心中的慌乱未必比自己少，自己也觉得问得有点急了，当即停了嘴不再絮叨。

……

望城已跻身为长沙市的六区之一，这些年的城乡变化是翻天覆地，用它来迎万里之外的远客，完全是"对得起"她们的。

况且正是一年当中秋高气爽的时候，不热不冷，景色也极好。把车窗微微打开一条缝，微凉的风倏地钻入车中，略微吹乱了头发。只有长居于此的人们才会感叹——这好天气持续的时间不长，就会陷入寒湿之中，断断续续一直到来年初夏。望城的冬天可能会有两个长晴的时段，但春时难得有几天明媚、温暖的日子——它乍晴便小热，然后一路雨水，一路狂奔似的入夏，陷入雨水、闷热、暑热、洪水、酷热……

瞧，像不像有人拿着糖诱哄你说："来吧，都是这样好的日子！结果却发现'好日子'也不过就那么几天。"

　　进入望城区，迎接木子的便是这最美好的秋日，这使她不远千里的奔赴显得"还好"，不至于即刻陷入一串的疑问：

What?

Why?

Who am I?

What am I doing?

02　南方的秋天

第一周很快过去，望城也迎来了本年度的第一场秋雨。

南方的秋天，依然温暖如夏，秋雨一下，清晨和傍晚的凉意便开始透露出秋天的气息。

微雨微风微凉，木子已到公司报到入职，又带着奶奶在公司宿舍住了几天以后，终于租好了房子安顿下来，一应家什买了一些，算是暂时安定。工作上，木子作为一个新人也只被安排了简单的任务。

木子向长沙市的多个公司邮箱投递了多份简历，得到的回应并不多。木子的学习成绩一般，设计图一般，各种条件也不算拔尖，同时缺乏获奖纪录，也缺乏工作经验，因此对福湘公司的回应并不抱多少希望，觉得自己只是在完成奶奶交代的任务，"积极地"寻找一份在望城的工作。如果实在找不到就不能怪她了，或者找不到工作，也许奶奶就会放过她。

木子是个没安全感的人，她根本不想漂泊异乡，只想留在多少还有些同学、朋友、老师的老家过日子。

命运有时候像一根放羊的鞭子，随风挥动，却始终在把人往一个方向赶。往别处都是不能顺利的，往这一处却可能通畅。简历投进福湘公司的邮箱不久，福湘公司就给了木子网上面试的机会，并最终录用了她。

你看，太过分了。这一切像是奶奶设计好的，和福湘公司的老板约定好了，只是借木子的行动来达成。但奶奶识字并不多，一辈子连鸡西市区都没去逛过几回。祖孙两个的望城之行就像是中了黑魔法，反正接下来木子要在这里找到答案。

一个月过去了，木子觉得自己并没有进入新角色。

其实她已经收拾完了小家，在努力与公司同事熟悉，跟大家搞好人际关系，认真完成各项工作。设计室主管刘强还因此对木子的态度从质疑转向了认可。木子对寄居的这个城市还陌生得很，当然，她并没指望自己能在短时间内熟悉这座城市。

从小爸妈就教木子，不懂的多看、多问，不要怕麻烦。在后来的许多年里，木子一直都谨记父母的教导。她知道这是正确的，或者不正确也没关系，因为这是爸妈教的，她想留着。

这世间事皆是如此，一个人不见得懂得所有，但能对一人一事坚信，并且坚持做就能有所收获。这点小小的坚持在这些年里隐藏了木子的社交畏怯，将木子藏得深深的，让同学们、同事们都误以为她是社交达人。木子不解释，解释也没人信。

这时候的故乡应该漫天飞雪了，但望城的天气才开始变得略微有些寒冷。木子是从东北来的，按理她是不怕冷的，可这望城的天气还没见雪呢，怎么就冷到骨头里去了。

"阿姨，请问附近的大药房怎么走？"木子微微将脖子舒展了一下，轻柔的声音让身形壮硕的女房东对她心生怜爱。

"跟你讲咯……呃……"女房东说着这话，自己突然停了下来。她想起木子是外地人，根本听不懂望城方言，于是马上改口用不那么流畅的普通话接着说道，"出门，见大路，直行往右，大路口转左走五百米……有我们这儿最大的一间药房。"

房东阿姨说得仔细，木子把关键词记在了心里。

奶奶的年纪大了，百病缠身，特别是糖尿病、高血压让她吃啥都得小心翼翼，各种劳累都影响她的病情。木子检查了一下，发现奶奶从老家带过来的几种药都快吃完了，自己得赶紧买一些备着。

饭后，木子拿着几个空药瓶出了门。

小区门外有共享自行车，她拿手机用微信扫码打开了一台车，骑着车去药房帮奶奶买了药，然后才匆忙赶回公司上班。

木子是新人，一方面对工作环境不熟悉，另一方面她对本地方言更是一无所知。可公司里多数同事都是当地人，大家惯常使用方言，只有面对外地同事时才使用普通话交流，而且这种语言障碍不是一两个月就能习惯和解决的问题。再就是她在工作中要处处小心、处处认真，她希望自己能在试用期内顺利完成工作，尽快独当一面，千万不要因为不合格而被辞退。

她不想来，但现在已经来了，而且是祖孙两人"举家"南来，要是被公司辞退了，奶奶会很失望，她也没面子啊。生活上木子目前还不用着急，因为奶奶给木子交过底，她们还有点钱，吃住上暂时不用愁，奶奶也没打算让她马上独立赚钱养家，所以试用期工资少不是木子的焦虑。

做好，站稳，留下来，这才是奶奶交给她的重要任务。

工作中不可能都顺顺当当的，受累受委屈是任何人在职场中躲不开的遭遇，有时候甚至不是恶意，不是故意，也不是要攀高踩低，而就是工作风格不一致、理解传达有出入所造成的，况且生气也不能解决问题，反而会显得小家子气，显得没有团队精神。好在木子从小脾气好，也稳得住，不管经历什么，她都保持谦虚学习的态度，不将事态升级，过后再自己思考原因、总结经验，争取下次不再出现同类的问题。

有时候并非自己的问题却要承担责任，比如今天下午发生的事，木子就觉得很委屈，但她知道继续解释没什么用，也就没在办公室里抱怨，而是一直熬到了下班时间。

"你先回家吧，今天的事别放在心上。"同事小李与木子一起离开办公楼，然后自己转身去旁边的小食堂里吃晚餐。

木子不去食堂吃饭，是因为食堂里的菜太辣，她吃不惯，奶奶更吃不惯有辣椒的菜。饮食上她们依旧保持着东北习惯，自己去菜场采购食材，再简单制作一下就好了。木子与同事去过餐厅两次，看见一桌红烧、爆炒、黄焖的菜，红红的辣子、红红的油，她就觉得头皮发麻、胃里灼痛。

平时木子下班会直接赶回家，但今天她心情不好，不想带着情绪回家，怕奶奶看见了会追问什么。她从公司出门，在公司门外站了站，在许多同时下班的人眼中显得极为醒目。于是她停止思考和犹豫，立刻扫码骑了辆共享自行车又换了个与家相反的方向，漫无目的地出发了。

她不知道去哪里，只是知道这会儿还不想回家。

自行车沿着干净漂亮的马路直行、拐弯，见绿灯直行，见断头路拐弯。骑了十来分钟就很偏僻了，也不知道到了什么地方，木子便停下来看看。这是个很陌生的地方，但十字路口对面是一个长长的下坡。这是一条正在修建的路，路面被围栏挡了一半，剩下的一半还算平整，路的两边堆着成捆的绿植正等待着被种下。木子选择了朝这个下坡路骑去。

窄窄的自行车轮在裹着泥沙的水泥路面跑了半段，然后就见到了后半段干净平整的大道，自行车在这样的路面上跑起来非常顺畅。长长下坡跑完，一转弯，木子就看见了绿化带阻隔的另一边是一排石栅栏，栏杆外是湘江，清风徐来。

天色渐暗，从湘江吹来的微风夹杂着凉丝丝的水汽扑面而来。木子感到这样骑行在江边实在太浪漫啦！木子耸耸肩，将坏心情一扫而空。她突然想起奶奶还在家里等她，于是赶紧回家。

想到回家，木子单脚支着车，举目四望，这是哪？

这里四周无行人，也就无处可以问路。看来只能靠自己简单判断方向了，木子伸出手像蜘蛛结网一样比画，哪边是下坡，哪边是拐弯，好像是……好像是一直向南而来，那现在一直向北走肯定没错。

沿着江边一直往北，直到见到平时在江边散步时那些熟悉的路再说。

道路镶嵌在平坦翠绿的湘江西岸，江中波涛滚滚，绿树丛中回荡着有人演练萨克斯的悠扬乐声，有人骑电瓶车或开着小汽车超过她的自行车扬长而去。木子甩甩长发，抬头看天，天空有几缕白云飘浮着，云边被夕阳染出淡淡的金色或紫色或墨色，这种漂亮的色彩彼此交融变幻，照片拍不出来，画笔也画不出来，极具灵动的美。

时间一分钟一分钟地过去。

木子的手机响了，她捏住刹车，单脚撑地，掏出手机一看原来是房东打来的。

"木子，你还没下班吗？"房东的声音有点紧张。

木子汗颜，忙应道："今天有点事，稍微晚了一点，我奶奶在旁边吗？"

"是啊，她过来敲我的门，说要给你打电话。"房东说道。看来是木子没按时回家，奶奶有点着急了。

"嗯，辛苦您转告我奶奶，半小时之内我就能到家！谢谢您。"木子回道。

挂了电话，木子将手机塞进包里，立马加快速度往家里赶，一直骑到小区门口停好自行车，又在旁边小摊上买了两样青菜。

拎着青菜往小区里走的时候，木子就否定了五分钟前的设想。她原想，骑自行车可以到处逛逛挺自由自在，望城天气好，环境好，自行车骑起来又经济实惠，以后可以经常到处玩。但现在到了小区里，她又全盘否定了这个想法。

作为宜居小城，望城区为自行车骑行修了好几条车道，特别是通往铜官和团山湖、书堂山、靖港古镇的自行车道很受欢迎。漂亮的自行车道犹如一条碧蓝色的绸带飘向碧水青山，向着四面八方的村镇延伸，一到周末就有不少人专程骑车前来。自行车骑行既是娱乐项目又是体育项目，很得年轻人的欢心。但这个项目看来不适合木子。

一个原因是工作太忙，她需要投入全部精力，先做好工作，而不是想着玩。读大学期间，其他家庭条件好的同学一到寒暑假就出去旅行，她却是将所有的精力都用在了学习和实习上。再一个重要原因就是，奶奶不会骑自行车，所以她只能放弃。

木子这么想着，心中多少有些遗憾，但进了家门她就将一切遗憾扔到了脑后，笑眯眯地跟奶奶打招呼，然后进了厨房。奶奶见到木子平安回家，心里终于安稳下来，守在厨房门边看着木子干活，忍不住笑着数落自己老糊涂，怎么忘了先准备好晚餐呢，木子上一天班累了，回家还要照顾她。

时间有点晚了，奶奶应该早就饿了，木子决定今晚就吃速冻饺子，再煮一点青菜。

周末的时候，木子和奶奶都会准备足够的馅料，一次就包很多饺子，然后放进冰箱里速冻起来，想吃时就可以直接煮。这对总是单独在家的奶奶来说要方便许多。

木子利用烧水的时间做了个拍黄瓜，再拿出卤肉切了一盘，没一会儿饺子就浮上来了，晚餐做好了。

木子看着奶奶在厨房门边守着她，这才知道奶奶有多担心自己，奶奶的心有多慌，她不好意思承认自己跑出去逛了一阵，又不想听奶奶唠叨，于是把一些公司里听来的开心故事给奶奶说一说，将话题岔开了。

"奶奶，给你买个手机好吗？"想到奶奶有急事找不到自己，木子想给她配个手机。以前家里有座机，木子每周打两个电话回家，奶奶按时在电话旁边等着。现在离家千里，木子注意到一般人家都没再使用座机，这对老人来说真不方便。

"不用了，有事我可以找房东打电话给你。"奶奶不是心疼买手机的钱，她只是看着手机上那些按键就发愁。她用木子的手机接电话的时候，手指一碰就挂断电话了，手指一碰就开启录音功能，手指一碰就静音了，手指一按就关机了……反正她没办法好好使用这小小的一台手机，太复杂了。

高科技产品的确功能多，使用方便，对老年人来说却是太难了。木子也没有办法，她在心里思考着要如何解决这个问题，又发现自己根本没办法解决。

晚餐过后，木子从背包里刚拿出药瓶放进奶奶的床头抽屉，就听到微信有消息提示音，她连忙输入密码开机浏览。

"木子，下午的事别难过了，领导也不是故意的，别放在心上。"

"图样是完全按交代的细节处理的，但他说我自作主张，我上哪里说理去？"

"可能是想当然吧，看到效果不好就急了。明天上班我们开个小会，重新出样稿吧，不要着急，这不是你一个人的事。"

"好！"

"早点睡吧，晚安！"

"晚安，谢谢小李哥。"

木子到公司上班就是小李在带她。小李只比木子大两三岁，看她一个小姑娘从北方到南方来，有诸多不习惯，同事们用方言说话的时候她都只能愣在一旁，出于三分照顾七分善良原因，讲义气的小李就将木子纳入了"保护圈"。

木子能明显地感觉到小李的照顾和善意，她也需要这样的照顾和善意。如在同事说方言时，小李会解释给她听；在会后，小李会问她对会议上出现的部分方言是否明白其意思；甚至在任务分派后，小李会主动询问和跟进她的进度……

这样的善意，帮助木子度过了最艰难的入职初期。

作为一个大大咧咧的东北姑娘，木子没有想过小李这样对她好的目的是什么，小李也从来没释放过其他意图，两人相处得就有了那么点哥儿们的意思。

03　职场新人

应聘福湘公司是缘分。福湘公司成立快二十年了，作为一家中小型食品公司，它和某集团公司签订了一个系列产品的代生产协议，统一生产管理制度，也享受大集团的发展红利，属于稳步上升的中小型企业，木子就在这家公司的设计室工作。要知道，木子学的就是设计，PS、AI、AE、C4D等设计软件她操作相对熟练，但除此以外她没有别的技术，也没有门路以非技术职业上岗。当服务员、外卖员等不需要太多技术、容易上手的工作能找到，但那种没有技术门槛的工作，不在木子的考虑之内。

在大学同学群里聊天时，木子知道同学们毕业后有的做了销售，有的当了文员，有的进了自家的打印店，有的甚至进幼儿园当了老师。像她这样最终从事设计工作的没几个，同学们挺羡慕她有专业对口的工作。

木子想了想，自己其实是别无他路。

当初选择专业时，木子觉得女孩子搞设计比较安稳，不用风吹日晒，也不用肩扛手挑，但真正走向社会、走向职场，每天睁开眼睛就要面对无尽的产品设计图、宣传海报、门店效果图，觉得还是过于单调了些。如果重新让她选专业，会选什么呢？

木子将目光投向了走廊宣传墙上的公司架构图——董事长、总经理、副总经理，制造部、财务部、营销中心、生产部、品管部、采购部……

目光所至，每一个职位都是不同的专业，每一个职位都有其难点和重要性，也都有趣味性和乏味时刻吧。想什么呢，不是选我所爱，爱我所选吗？既来之则安之，先把手上的工作做好，不要想那些没用的。木子在心中暗暗安慰自己。

木子甩了甩头发，穿过长长的走廊，推门进了办公室，将一叠资料放到桌面，然后转身去倒了一杯水。

"资料拿到了？"小李走过来，一脸笑意地问。

看到小李的笑脸，木子也有了动力，笑着答道："都在这里了，李哥你看要怎么整？"

小李拿起资料翻了翻，叹了口气："土爆了，感觉没什么用啊！这样，你上网翻一翻，找找其他素材，不管什么内容，能找到什么眼前一亮的元素的话，就打开思路想一想。"

"不管什么内容是什么意思？"

"看过《千与千寻》吧，把食品设计成那个煤球的款式都行！看过《哪吒》吧，踩着风火轮设计成包装都行！……就这意思，甭管是什么东西，只要新颖有趣吸睛讨喜就行。懂了吧！"

"还能这样，哈哈哈哈……"木子一笑，明白了小李的意思，这就是让她大海捞针，能不能捞到，能捞到啥，全凭一通乱逛。好吧，试试看行不行得通。

"1. 针对不同平台设计对应的产品宣传海报；

2. 网店产品详情页设计；

3. 店铺整体氛围营销设计，不同促销活动……"

木子抽出一张 A4 纸，拿笔在纸上写下了上面的内容，然后她打开电脑，登录网页，随意输入一个关键词，开始浏览。就在她沉浸式搜索，沉浸式快速分析所见，大脑高速运行时，办公室的门吱呀一声被推开了，一个中年女人拿着一叠资料走了进来。

中年女人往办公室里稍微打量了一眼，然后朝窗边的工位走去："你们这边空调效果不错，进来好暖和啊！"

正在工位上埋头干活的小张听到声音，连忙抬起头来看了一眼，笑道："陈姨，这还劳驾您亲自送过来啊！"

"亲自？你小子又淘气不是！"女人笑着递过资料，然后稍微低下头问道，

"你们这边进了新人？"

"嗯，一个不错的东北小姑娘！"

"东北？这小个头清秀的，跟传说不一样啊！东北姑娘不都是大高个大块头吗？"陈姨回头确认似的看了木子一眼。正好木子抬起头朝窗外望过去，眼神余光中留意到有人在看自己，便将自己的视线也投了过去，莞尔一笑，那迷蒙的眼睛里有星星闪动。

陈姨的心瞬间漏跳了一拍，但她也只微微笑了笑，然后又低下头来与小张交代要修改的部分。

在电脑屏幕前看得太久，木子的眼睛都看得发酸，现在抬头看看四周活动眼睛，又试图将视线投到玻璃窗外看看远方，看看远方的高楼大厦，看看远方的绿树蓝天，这样对缓解视神经压力有益。但此刻窗外略微反光，她的眼睛被窗外的光线刺激出一些泪珠，于是她抽出一张纸巾擦了擦眼睛，闭上眼睛做了一分钟的眼保健操，以至于没瞧见陈姨在离开办公室时，视线一直落在了她的身上。

一直到下班时间，木子的大脑都在疯狂运转，仿佛装了很多，又仿佛空空如也。她需要积累，至于啥时候会由量变形成质变，灵光乍现，或者在积累的过程中被某个内容点亮灵光，这都不一定。但她此时只能全力遨游于网络的海洋，期待灵光会来拜访勤奋的她。

晚餐后，木子与奶奶下楼散步。

两个人的世界，家务不多。只要木子不忙，散步就是她陪奶奶的一个大节目。大多数时候走固定的线路，无非是沿着长街走走，有时候天气暖和则会去湖边走走，若是时间充足还会到湘江边走走，看看对岸风景，然后找条长椅让奶奶坐着休息一会儿再走回家。

今天木子和奶奶沿着长街走过了好几个十字路口，一次过十字路口时遇到汽车右转弯，于是她们临时决定改变日常的行走路线，换成右转弯走了一段，再随意转了两个弯，这才发现是走到了一条后街。

这条街异常繁华，霓虹灯闪烁，生意红火，人潮汹涌。

"哇！这里是个夜市！"木子兴奋地喊起来。

"半夜还赶集啊？人太多了！"奶奶疑惑地问道，因为她很多年没在这样的人群中挤过，她担心走散。

木子笑着伸手握住奶奶那干净又温暖的手，安慰道："没事，我牵着你！"

被牵着手的王素珍怦怦乱跳的心安静了下来，跟在木子身后往人群里走去。

这条街远看是人群的河流，似乎水泄不通，但真走到人群里，才发现倒也不至于人贴着人的程度，只是那些好吃好喝的摊位和门店前排着的长队，做到了人贴人。

"啧啧，哪怕是吃龙肉，排这么长的队我也不想吃了。"奶奶笑道，"小年轻真有精神！"

"没事，我们就逛逛。刚吃饱晚饭，我也没啥想吃的。"

"我不是那个意思呢，你想吃啥就去买嘛，我站在旁边等你没关系……"王素珍赶紧解释。

"好嘞，下次我们空着肚子来这里逛，想吃啥就买啥。今天算了，熟悉一下地方，下次我们还可以再来。"

"好，听你的。"王素珍笑眯眯地任由木子牵着自己慢慢走。

各种各样的气味钻入鼻中，各种各样的色彩在眼前晃动，各种各样的声音此起彼伏。

"糖油粑粑，十块钱三个……"

"臭豆腐，十块钱五片……"

"橙汁，鲜榨橙汁，十块钱一杯……"

"自家猫生仔啊，好可爱，要不要买一只带回家……"

"这个膜好漂亮，给我手机贴一个多少钱？"

"看一下，大望城最后的楼盘，小户型零首付……"一张广告彩页纸随着一个男声塞进木子挡在胸前的那只手中。

木子愣了一下，下意识地接过已经塞到手中的广告纸，看了一眼，然后继续向一个相对人较少的地方挤去。

这小街的前段是店铺与店铺前一排支起的摊位，到了十字街口的另一头，则是店铺和一长串直接铺在地上的摊位。

卖小熊小猪等布娃娃的，卖多肉小盆栽的，卖真花假花的，卖小鱼小龟小兔子的，卖旧书新鞋小孩衣裳的……

这边的人相对少一些，有的人已经吃得肚子圆圆但手中还端着一些食物，有的人纯粹饭后来逛逛街也不吃啥买啥只是东张西望，有的人则是匆匆而过明显是赶着回家……木子逛了一会儿，对这夜市的布局和经营特点有了数，就开始打量起两边店铺的装修和宣传风格，那些越是细节的部分越是多看几眼。这些地域性的文化符号、民风民俗都是她不熟悉的，其中就有不少亮点让她默默惊叹。

王素珍不知道孙女逛着街已经走神，她边躲闪人群，边打量地摊上摆的物件——都是些小孩子的物件，她是没有购买欲望的。走着走着，王素珍的眼前突然一亮，手指微微用力握了一下木子的手，停了下来。

"你看这个！"

木子走得本就不快，马上停了下来，沿着奶奶的视线看过去，是一个卖生活用品的小摊，许多瓶瓶罐罐整齐地放在铺好的彩条布上，摊位前有几个小女生正在挑选，摊位后坐着一个三四十岁的男人正在热情推荐。

"这个罐子好，陶土烧制的，插几枝花放在桌上，绝对好看！"

"这个不是插花的，这是个笔筒，你看看。"摊主将笔筒拿起来亮出笔筒的侧面来，指着说，"这上面印了字。"

木子见奶奶蹲下了，也在看地摊上的东西，连忙站到奶奶身后，以防奶奶被人群挤倒。

"木子，你看这个怎么样？"王素珍指着一个青灰色大肚双耳罐子问道。

"这个东西有什么用？"木子想了想。

"你不是买了一大把富贵竹养在罐头瓶里了？这个可以插富贵竹啊！"

"哎，老太太说得对。我这陶罐是铜官出品，摆在桌上插几根植物绝对漂亮，而且陶罐的质量好，植物会养得更好！"摊主热情地介绍着，又递过一对连体小罐给奶奶看，笑道，"这是一对油盐罐子，老物件的连体款式，现在没人用它放油盐了，但养点铜钱草在里面就很好看。是真的好看呢，我表妹是个老师，她就是这样养的……"

"老板，我买这两个多彩面碗和这个绿釉耳朵杯。"摊位前一个蹲得腿都发麻了的娇俏女生把摊主叫了过去。

她身边那个女生则挑了只阴刻兰花的红泥小茶壶和同一套的两个小杯子，笑道："现在都流行喝茶，我要学着泡茶喝。"

老板心花怒放，使劲地将买东西的两个女生夸了又夸，夸她们眼光好。等价格讲好后，买碗的女生又拿起了两条青花碎瓷项链，笑着递了一条给同伴："妍妍，明天是你生日，买件小玩意儿送你，咱们一人一条。"

同伴笑眯眯地接了过去，把项链放在手中握了握才道："摸着好凉啊，等到夏天穿裙子的时候，戴这项链肯定凉快。"

"好，到夏天咱俩一起戴！"

木子看着看着羡慕了起来，她突然发现自己没朋友，她也好想拥有一个这样的好朋友啊。

"老板，把那个笔洗拿给我！"一个男人一只手拎着几大袋商品站在摊边。

"哎，我就说了嘛，这条街就我这里卖这个，品质好，价格也不贵……"说着，摊主就把一个白釉水碗拿了起来，顺手用旧报纸包了几层，然后装在袋子里递给了男人。男人拿着手机扫码付款，然后笑着点了点头，接过早就看中的笔洗走了。

木子和奶奶也商量好了，家里是要添置一些用品的，这地摊上的东西确实价格公道，那就买几件回去。一个半尺高的花鸟壶用来养富贵竹，两个单色点彩杯用来喝水，家里只有几个碗碟，可以再买三个釉下彩碟，虽然不成套，但不成套的会更有生活气息啊……最后木子又挑了一个小号的香熏炉。

看见木子买了这么多，老板欢喜得很，连忙仔仔细细地把东西包好，装进袋子里递给木子，叮嘱她一定要小心，路上可不能磕着碰着。木子点头回应，然后拉起坐在小凳上休息的奶奶，沿着来路回家了。

04 糊里糊涂

为了赶一个新产品的系列包装图和宣传页，木子已经连续忙了一周，她早出晚归，也顾不上跟奶奶有太多交流，但这样忙的时候并不多。因此每当她看见家里的食物不多时，便跟奶奶说若不想做饭就到小区里的饺子馆对付几顿，散步也不要走远了，忙过这阵就带她去超市采购。

王素珍的态度很好，虽然她是奶奶，但是平时木子说什么事情的时候，她一般都是点头答"好"，乖得像个小女孩子，即便偶尔有点什么不一样的想法，也都尽量去体谅和理解木子的不容易。比如说去超市购物，木子说了两次，但因为工作忙也没去成，又比如家里卫生纸和香皂用完了，王素珍就在散步的时候到小区门外的便利店买了。还有，木子答应了去买艾叶子，也给忙忘了。

记得刚到望城的第一周，王素珍的皮肤就起了一些有点痒的小丘疹，人也打不起精神，和房东聊天时候，房东见她在手臂上抓痒，就问了一下，然后从自家门楣上取下两把干枯的艾蒿递给她，让她拿回家用大锅煮水洗澡用，没想到洗了两回皮肤还真好了，精神也恢复了不少。艾蒿这东西真神奇，从东北山野到湖南乡野，纵横祖国大江南北几千公里，怎么到处都有它的影子呢，祖孙俩看到艾蒿就觉得很亲切。

以往在老家鸡西，端午节也会在门边挂上艾蒿除晦避邪，特别是鸡东县锅盔山的艾蒿更是远近有名，没想到望城人能将艾蒿用得如此极致。从用嫩芽做美食，到把艾叶碾碎做艾条，从新生儿洗浴到驱蚊，甚至一般的皮肤瘙痒都用它治疗。房东说："除了初夏时候能到山野里采一点备用，平时只能去中药房买。"

木子说要去中药房再买一点回来，但她也一直没去买。

这有什么办法呢！

初到望城，王素珍自己也特别不习惯，但是她撺掇孙女来的，便也不好多说什么。木子是真忙，木子也不习惯，木子也是自己扛着，回家从不抱怨。王素珍心中有数，也不敢添乱，午睡醒来只能在小区附近走走。

在鸡西的时候，王素珍很固执，她只有一个想法，就是到望城来，除此之外没有其他念头，她觉得到了望城也许一切就会好。等她完成了来望城的计划，才发现自己的脑袋里空空的，也没有什么其他的计划。望城区是很大一个地方，于是她开始给计划升级，不断琢磨新的念头，期望能打开局面。否则，她来了望城与在鸡西又有什么区别呢？

计划升级不顺利，但好歹有了一个完整的可实施内容，于是某天王素珍午睡后就直奔小区外，然后几经打听，往派出所而去。

进了派出所，工作人员对王素珍的态度是一百个好，只是她预想好的问题现在却结结巴巴地说得不清不楚，她说自己不是来报警的，又说自己不是来寻人的，报警和寻人都要登记，她连身份证都没带。

"老人家，您的手机号码可以留一下吗？"民警小郭耐心地问。

"我没有手机。"

"二十年前走丢的小孩子？我们这里应该有一些记录——有些家长丢了孩子进行了登记，但有的也没有登记，不过这么久远的事，不是一下了就能查得到的。您家丢了孩子吗？"

"没，没有，没有。"王素珍有点慌，忙说，"我就是问问，问问。那我没事了，我要回家去了。"

......

旁边的几名民警听了面面相觑。

看到老太太年纪有点大，民警小郭观察了一下，发现王素珍不像老年痴呆，也不像走丢的，但还是热心地问她："您知道自己住哪儿吗？"

"知道！"王素珍说道。

小郭想了想，便从窗口拿了一张名片递给王素珍，说："您年纪大了，不要到处跑，家里人会担心的。我给您一张派出所的名片，如果有什么事想问，就给我们打电话吧。要是有急事就打110。"

"知道，知道。"王素珍边回答边接过名片放进口袋，然后把自家所在的小区名字说了一遍。小郭听了不知道老太太是一路打听着走过来的，也不知道这是刚从东北过来的外地人，便笑着说，"过马路就有公交车，只有两站就到了，您慢点走，注意安全。"

"好，好……"王素珍心里七上八下，匆匆离开了派出所。

小郭目送老太太出了派出所的玻璃大门，转身去忙工作了。

王素珍忐忑不安地走出派出所大门，转头看见要坐的那趟公交车正好进站了，于是她匆忙走了几步赶上了车。

司机是个中年男人，一见有老太太上车便习惯性地往车厢里看了一眼，发现还有空座位，立即招呼："老人家，往里走，有座位。"

王素珍从口袋里掏出两张零钱投币，然后在空座上坐下来。她陷入了沉思。

明明在家里想得很好了，要怎么说怎么问，怎么到了派出所就全乱套了呢？是哪里出了问题？到底要怎么才能从派出所打听到消息，又不会暴露自己呢？

她听说过买孩子犯法，但是她总不能这把年纪去坐牢吧。

木子要是知道了自己的身世，还会不会要她呢？

如果木子找到了亲生父母……

"叮咚！"

"叮咚！"

"叮咚，终点站到了，请要下车的乘客带好自己的行李从后门下车。"

车辆驶进汽车西站站台，等所有乘客下车后公交车再进站排队跑下一趟。司机看着乘客陆续下车，然后拿出吃了一半的午餐放到旁边，准备在再次发车前把剩下的吃完。

"下车了，下车了，请稍微快点。"司机大声提醒还在玩手机的乘客，又抬头看了一眼王素珍，"娭毑（长沙话，对年老妇女的尊称），到终点站了，要下车了！"

王素珍如从梦中惊醒一般，赶紧站起身来下车。

等所有乘客下车后，公交车缓缓启动，然后向前开，掉头，排队……

汽车西站的下午正是人流最密集的时候，高空的气流卷着大朵的浮云飘过，那云团像一群很久没洗过澡的绵羊，将天空染得又暗又沉。

忽然，天空下起雨来，紧接着各种颜色的伞被撑了起来。在这些浮动的色彩之间，王素珍的身影陷了进去。

随着人群走了数十米，王素珍恍然发现这是一个完全陌生的地方。她站在一条小街的十字路口上，路口旁边有许多小宾馆，不少中年女人正在路口拉旅客去住店，也有饭店服务员在招徕客人。没有人搭理王素珍这样的老太太。

王素珍在路口站了十多秒，东张西望间就有人搭理她了：

"麻烦你让一让，我车要拐进去……"

"老人家，麻烦让一让，你挡着我的摊位了……"

"哎，你别站在路口上啊，小心被车撞着……"

王素珍的耳朵里时不时地钻进陌生人的招呼声，她一边东张西望，一边寻找刚搭乘过的那趟公交车。

长沙汽车西站是河西交通枢纽过渡站，不仅是不少公交车的终点站，也是许多公交车的途经站，每天人流量近万人次，而且该站的班车主要是发往益阳、常德、娄底、怀化、张家界等地的长途汽车，还有部分外省的班车。如此多的班车抵达、出发、换乘，所以枢纽站的换乘大楼、备班楼、发车平台及客运高架桥足以让人眼花缭乱，许多不常在此乘车的本地人都经常会绕晕走丢，更别说是第一次见到这种过渡站的东北老太太了。

木子的眼皮跳了一下午，次数多得让她不安，于是她问对面的张姐："你们常说的眼皮跳灾跳财，是哪个眼皮？"

"左眼皮跳财，右眼皮跳灾！"张姐头都没抬地回答她。

小李却反过来说："左眼皮跳灾，右眼皮跳财。"

木子蒙了，不知道该信谁。这时候，她的眼皮又跳了几下，跳得眼皮子都要变形了。

"到底……"她还想继续问张姐。小李却抢着答道："哎呀，别信这个了，哪个眼皮跳都是跳财，哪有眼皮跳就有灾的，你是这阵子太累了没睡好……"

"哦，还有这样一说，我明白了。"木子做了下眼保健操，继续干活。但她的眼皮还在继续跳，跳得直让人心烦。

"我今天的任务完成得差不多了，明天可以收尾，今天早点回家。"木子对小李说道。

"好，那你按时下班吧。我们也不拖了，这组图纸修改了几次，应该差不多了。"小李回道。

木子下班匆匆跑回家，迎接她的却是空无一人的房间。奶奶呢？散步去了，还是买菜去了？木子在屋里转了一圈，又坐了一阵，起身关了门匆匆下楼，然后在小区里快速跑了一圈，又跑小区外去。

"颜爹，你见我奶奶出去没？"木子向门口的保安询问。

"哦，下午就出去了，没注意回没回。"

"那你看到她走哪个方向没？"

"那边！"颜爹朝马路对面指了指。

对面范围可就大了，木子找了一圈没找到，不一会儿就走到了湖边。

湖边风景很好，虽然时间已不早了，但游客、小贩、带娃的、散步的都还不少。木子放眼远眺，真希望能一眼就看到奶奶的身影，可是左看右看也没有。她突然想回家去看看，也许奶奶已经回家了。可她又怕奶奶没回家，正在什么地方坐着呢。

想到这里，木子拿出手机给房东打了个电话，托房东去看看是否奶奶已经回家了。房东拿着手机边说边往木子住的房间去，敲了十几下门，喊了七八声也没人答应。

"木子，你奶奶不会走丢了吧？"

"我不知道啊，我刚下班回家，没看到人，所以出来找找。"

"那你报警没？"

"没，也许她只是出去走走呢，没有24小时能报警吗？"

"我也不知道，没报过警！"房东也不懂。

"那我再找找吧，也许等下奶奶就回家了。"

木子在斑马湖公园里小跑转了一圈，她又急又累已经满身是汗，在游客们眼中以为她是在跑步。斑马湖由南湖、西湖、东湖三湖组成，其水面面积有十多公顷，水汽氤氲，傍湖又设置了公园广场、观景台、环湖通道、竹园、假山等，公园内树种丰富，乔木、灌木及水生植物足有五六十种，新种植大小苗木有十余万株，是深受人们喜爱的好去处。木子就在斑马湖附近寻找，希望看见那熟悉的身影，但始终没有。

奶奶没到公园里来，能去哪里？

眼看天越来越黑，木子心急如焚，此时绕着汽车西站转了几个圈也没找到乘坐过的那趟公交车的王素珍也心急如焚。

"报警吧！"木子对自己说，再找不到就只能报警了，奶奶人生地不熟，不知道她具体几点出门的，也更不知道她去哪里了。

木子的手机突然震动，她拿出快没电的手机看了一眼来电号码，是陌生的座机号码，她满怀希望地接听："喂，您好！"

"喂，您好！请问是楚漓漓吗？"

"我是，我是，您是哪位？"

"我是派出所的，您奶奶是叫王素珍吗？"

木子眼前一黑，腿一下子就软了，她几乎跌倒在地。奶奶出事了吗？奶奶出什么事了？木子心里胡乱想着，同时带着哭腔应道："是的是的，是我奶奶，她在哪里？怎么了？"

"别急，没事，你奶奶走丢了，有好心人联系我们派出所，已经把她接到派出所来了。"

……

木子一颗悬着的心顿时落地，这才发觉自己后背全是汗，冷风一吹，背上凉飕飕的，她忍不住哆嗦起来，心里全是害怕。

事情其实也简单。

汽车西站的安全员无意中看见老太太在附近转悠，来来回回转了七八圈，肯定不是来散步的。眼见天黑了，安全员实在忍不住便上前询问。

要知道在汽车西站这样的地方，几乎每天都有走丢了孩子、走丢了老人的，有问路的、迷路的，有丢了钱或丢了行李的。工作人员见得太多了，大家都会帮助求助的人。但这次老太太没来向他求助，他便主动过来询问了。本来还有很重警惕心的老太太，见到是车站工作人员前来询问也就放下了戒心。只是她心里堵得慌，脑子里也闷闷的，说不清自己从哪里来，又要到哪里去。

"我看她像老年痴呆，或者健忘症啥的，走丢了。这种情况一般口袋里会有家属放的联系方式，所以我提醒她找找。她只找出来一张名片，还是派出所的，所以就给派出所打电话了。"安全员看到这张小卡片心里反而踏实了。

派出所的民警小郭早下班了，值班民警也不知道老太太口袋中为什么会有派出所的服务卡片，于是赶紧联系巡逻车接了老太太到派出所来。看见民警，进了有点熟悉的派出所，王素珍的心慢慢平静下来，终于顺利报出了木子的手机号码。

木子赶到派出所时已经是晚上九点，这时候祖孙两人都是又累又饿又急。一见面木子就扑过去抱着奶奶哭了起来。

这是近五六年以来，木子第一次在奶奶面前哭得稀里哗啦的，她无比地害怕，无比地担心，她以为会失去奶奶这个唯一的亲人了，以后她一个人可怎么办啊！

老人孩子走丢是常见事件，联系家人来接很少出现这样的情形，一般是父母抱着走丢的孩子痛哭，而像王素珍与木子这样抱头痛哭的非常少见。

05　心有珍惜

"滴滴……"

"叮咚……"

相邻的两张办公桌上，两只手机同时响起了连串的不同消息提示。

小李拿起手机看了一眼，然后神色凝重地"咦"了一声。木子正忙着，本没关注手机的消息提示，但听到耳边异常的声音，忍不住看了小李一眼。小李用眼神朝木子的手机扬了一下，示意她看手机。

屏幕上一行行字快速跳动。

"他还这么年轻，太可怕了！！！"

"是啊，真没想到。他身体看上去不错。"

"嗯嗯！"

木子进了公司员工闲聊群，看到些莫名其妙的话，本想放下手机，但还是忍不住把聊天记录往上翻了翻，扫一眼。看了几十条，从几位同事的发言中才知道其他部门有个叫万玲的同事在上班时突然晕倒，虽然隔了一会儿就醒了，但同事们还是把她送去医院了。

因为以前也听说万玲会偶尔头痛，这段时间痛得多一点，这是她这个月第二次突然晕倒了，因此部门主任就安排同事送她去医院，希望她还是检查一下比较好。万玲还坚持不肯去医院。

看名字，木子不认识，于是转头问皱起了眉头的小李："李哥，这是谁啊，你熟吗？"

"嗯，有点熟。一起参加过志愿者活动，人很好！"小李的回答简短，听得出有点替生病的同事担心。

"群里没说什么啊，应该没什么事吧。"刘强端着水杯往墙角的饮水机走去，听到他们俩在聊这个，便搭了一句，又笑道，"没什么别没钱，有什么别有病！伙计们，身体要紧啊！"

"那是，强哥，你少喝点酒啊！"小李也笑道。

刘强接了半杯水边喝边往自己桌边走，答道："身体扛不住，已经少喝很多了……"

与生病的同事不认识，群里也没说什么具体的情况，木子也就不再关注，继续埋头干活了，对办公室里的聊天声充耳不闻。

新到陌生地，如果是木子一个人，她肯定会生活得更轻松自由一点，但带着奶奶同行，就等于是一个家都跟着她来了，不管是经济上还是时间上，她都没有自由。她带着一个老人漂泊异乡，只比带着个幼童漂泊异乡稍微好那么一点。面对毫无亲友帮助的人生，木子的心理压力大于生活压力。

能任性都是因为有余地，能躺平都是因为无紧迫。

木子身后无余地，人生路需要自己创造，奶奶的平安快乐需要她照顾料理，因此，新环境中的各种不适感，她都只能选择漠视。也可以说，在大学期间她就已经完成了心灵的成长，她没有一般年轻人的轻松与任性，也没有那么多天真，更没有时间莫名其妙地情绪低落。

"随遇而安，努力向前"八个字是木子铭记心底的信条，她时常告诉自己，自己没地方撒娇，没理由哭泣，没有靠山，也没有退路，一切顺境逆境，都只有扛过去才行。如果她扛不过去，如果她脆弱，那奶奶该怎么办？

公司微信群里那个突然生病的同事，那是多么小的事啊，与木子的人生经历来说，简直没有可比性，因此她直接将微信群设置成免打扰模式之后，就不再想此事了。

什么是大事？这次奶奶走丢就是大事，这个突然的惊吓让木子内心深处的恐惧暴露无遗，她马上有了各种设想，但不敢深想。如何才能保障越来越老的奶奶一切平安呢？

木子非常焦虑，但她知道，自己的状态还会让奶奶跟着忧虑和心痛，短暂的失态之后，木子又恢复了平常的冷静和乐观。

奶奶为什么出远门？为什么会走丢？她是寂寞了想出去走走，然后就走丢了吗？

这天下班回家，思虑了两天的木子跟奶奶约定：

"奶奶，以后我周六日就带你出去走走逛逛，平时你就在小区附近走走，不能走远，好吗？"

王素珍委屈巴巴地拉着木子的手，犹豫了一下，但还是点了点头，说："好，以后不会走丢了。"

"你得答应我不走远，就小区里走走，小区两边的店铺可以走，不能像这次都跑汽车西站去了！我都还没去过那么远呢！"

"哎，我又不是故意的。"

"反正你以后不要单独去坐公交车，万一又上错了车该怎么办！"

"房东说，可以在口袋里放个纸条，写上你的手机号码！"

木子一想，确实很多人都会给家里有老年痴呆且爱逛的老人口袋里放联系方式，好心人遇见走失的老人就能及时找到联系人。可是，奶奶没有健忘症啊……不过，听奶奶的口气，她似乎并没有放弃独自探索这座陌生城市的打算。

木子暗自忧心，于是赶紧各种查阅，向同事们打听望城哪里有好玩的地方，哪里有好吃的东西，想尽快带奶奶出去走走、看看。快乐能延缓衰老，奶奶也能多活几年。

在本地同事的几个推荐点中，木子优先考虑了去望城最有名的人文景点——位于铜官街道的书堂山。

在大学期间，木子曾陪爱好书法的同学宛丽一同去参观过书法展，狂草她看不懂，有些写得歪七扭八的作品她也欣赏不来，一路浏览下来只觉得楷书太美了，且楷书作品的字基本认得全。宛丽又给木子介绍了几位有名的书法家的作品，木子心动，也有了想练一练书法的念头，于是她出了展览馆的大门就在旁边的书画用品店买了毛笔和纸张，还买了一本《九成宫醴泉铭》。

《九成宫醴泉铭》是楷书五大家之一唐代欧阳询的作品，人们学习楷书一般都绕不过它。据说欧阳询的真迹《敦煌遗书》在一百多年前从敦煌莫高窟藏经洞被发掘出来，后又流失海外了。

木子按宛丽的指点练了两天握笔，画了些横横竖竖，又拿着《九成宫醴泉铭》好好研读了两天。她发现欧阳询的书法异常精美，笔圆体方，寓险绝于平正之中，端丽肃穆，神气充腴……但在木子笔下的字与书法那真是毫无关联。书法需要每天练很长时间，而且要练很多年，才可能有一点点"成就"。

木子试想，自己没时间去追求书法的心境与成就。于是木子练了两天，便被她果断放弃。

不是书法不好，而是她没有条件去追求。

现在听同事提到书堂山是因为欧阳父子的名气而成了千古名胜之地，而且景色绮丽，现在还存有洗笔泉等遗迹，以"书堂八景"为代表。"书堂八景"分别是：读书台址、玉案摊书、洗笔泉池、太子围圩、双枫夹道、桧柏连珠、稻香泉涌、欧阳阁峙。木子当即决定去欧阳家看看，周末游第一选就是书堂山。

书堂山不高，主峰海拔不到两百米，因此不算雄奇，只是山形酷似笔架，故又称笔架山，并且山上还有一座书堂寺。据说欧阳询与儿子欧阳通当时都曾居于这山中笔耕十二年，每天在此练字读书，或在古木怪石之间寻幽探奇，过着平静恬淡的田园生活。书堂山南坡会子塘有欧阳父子读书洗笔处"洗笔泉"，山涧清泉流经于此，汇入一小池中，遒劲的"洗笔泉"三个大字就刻在池边的花岗石上。

与书堂山南北相望的是海拔更高的麻潭山，其峰险峻，秀云出表，怪石巍峨，风景秀丽！

周日，木子带着奶奶到书堂山来了。

书堂山与周边的群山相比一点也不显眼，但"山不在高，有仙则名；水不在深，有龙则灵"。此山中出了欧阳询之故，就引来了历代读书人在此作诗题字，挥毫泼墨，为这座山增光添彩。

车到书堂山脚下，直到看见文房四宝图案的建筑标志，木子才明白，小镇是靠欧阳询的名气吸引客人。书堂山脚下已经规划建设了书堂小镇，这里有宽阔的路，崭新的房子，一切显得安宁而富裕。在迈入书堂山的入口处建有一座书香门，进了门沿着阶梯进山的坡道两旁，是众多以书法为主题的商铺门面，或是销售文房四宝、字画墨宝，或是举办书法培训、设交流平台。这里虽然谈不上热闹，但是墨汁飘香，恬静幽雅，书香气弥漫。木子与奶奶置身其中，顿时忘却很多烦恼。

看到木子流连，奶奶便问："要不要买一套笔墨练练毛笔字？"

"不要不要不要！"木子连连摆手说道，差点把自己已经买过、练过，并且还放弃的事说出来了。

以前了解欧阳询，只是六个字：欧阳询，书法家。

现在到了欧阳询故里，才了解他也曾颠沛流离，备尝艰苦；了解他锲而不舍，发奋努力，终于成为书法大家的故事；了解"专心致志，水滴石穿"是书堂山之精神所在……

拾级而上，木子蓦然觉得自己是跑过来接受思想再教育的——要永远记得发奋努力，才能未来可期。

山麓的书堂寺是人们为纪念欧阳询而修建的，寺有三进，第三进就是欧阳阁峙，建在山腰的一片平地上，从山脚抬头仰望可以看见欧阳阁峙。

木子牵着奶奶的手慢慢走进了欧阳询纪念馆参观。馆里有一座仙风道骨的汉白玉雕像。木子松开牵着奶奶的手，独自去看欧阳询的生平介绍，等她走到石龟边，才发现奶奶也在看龟背上驮着的《九成宫醴泉铭碑》，碑文记述了唐太宗在九成宫避暑时发现醴泉之事。碑文上的楷书法度严谨，正中见险，骨气劲峭，比印在纸页上的更有神韵，被后世誉为"天下第一楷书"，木子默默地欣赏了一阵，心里有说不出的向往，也有说不出的惋惜。

穿过纪念馆出来，木子又牵着奶奶的手前行。她很是担心奶奶一步不稳便会摔跤。

木子和奶奶沿着山路迎着小溪一路向上行走，眼前如同一幅随手挥就的山水画卷，小路曲曲折折，溪水蜿蜒，青山有色，流水有声，峰回路转。祖孙两人不一会便到了洗笔泉边，虽然岁月的流逝已经让"洗笔泉"几个大字不再清晰，但仍然遮不住当年的书香清气。

木子和奶奶在泉边小站，然后继续向上，不知何时山泉便在幽静的森林中消失不见了，只有数声鸟鸣啁啾打破静寂。此刻，木子和奶奶终于登顶了。木子雀跃："奶奶，你好厉害啊，咱们登顶了。"

奶奶也笑着说："再走也不行了，这山势有点陡峭，走起来还是很累人的。"

"奶奶你看那边，简直太美了！"

此时整个观景台云雾缭绕如同仙境，近处树木参天，远处更有高山层峦叠嶂，清风吹来太让人心旷神怡了。木子拉着奶奶的手教她深呼吸，让夹杂着植物清香的空气直抵灵魂深处，洗尽满身疲惫。

"那远处是什么？"奶奶突然指着远方问。

木子随着奶奶手指的方向眺望，只见白水如绸，正是湘江缓缓流过。

"咩，咩……"几声羊叫声从密林里传来，木子便跑到密林边去看，果然是几只黑山羊正在后山坡上吃草。

"哈哈哈，我是第一名！"

一会儿，安静的山顶上来了一群小学生，不一会又跟上来七八个直喘粗气的家长，一路登山，他们都热得满脸通红。他们到了山顶看见木子和奶奶，便有人笑眯眯地说："哟，看来我们平时运动太少了，这点山都累成这样，还不如这老奶奶身体强壮，她比咱们都先上来。"

"是啊，是啊，从明天起我们要组团去晨跑！"

"晨跑？你都说过十七八回了，也不见跑过一回！"一名男子回了自己妻子一句，又贴心地递上水壶，让她喝口水补充下能量。

奶奶听到有人夸奖她，心里很高兴，就笑着同那些家长聊了几句，然后等木子从各个方向拍了十多张照片过来，这才互相牵着手小心翼翼地往山下走。

"奶奶，身体吃得消不，要我背你吗？"木子半认真半玩笑地说。

"得了吧，我还能走，可不要你背着我，我们一起滚下山去！"奶奶打趣道。

木子和奶奶一路下山回到街上，略微吃了些东西，在下午三点多两人便回到了家。木子烧了些热水给奶奶泡脚，自己也顺便泡了下，四只脚丫一起踩在微烫的水盆里，甚是幸福，木子发觉能和奶奶一起出去走走，她们俩都很开心。

06　为众人抱薪

下午，听到同事惊呼下雪了！

同事们都凑到窗边朝窗外看去，果然看见雪花飘零，落在树叶上、街面上、窗台上，然后瞬间就融化不见了。

木子扭头看了一眼，心想此刻北方的雪应该都很厚了，出门踩着咯吱咯吱地响，帽子和棉衣上落着大片大片雪花，早晨出门可以看到新雪像棉被一样盖住了整个世界呢。南方这点儿如炒菜撒盐花儿似的雪，也能叫下雪？

"这是今年冬天的第一场雪呢……"

"记得2008年那一场大雪，班主任老师通知不要回校拿通知书，天天窝在家里可舒服了……"

同事们兴奋地聊起与雪相关的事，又问："木子，你们东北下雪是什么样的？"

木子听了，看了一眼窗外，又思考了一下，才说："我们那儿下雪了，早上醒来的时候在停车场看不见车，只有起伏的雪包包，人们想找自家车就得去停车场寻个大概的位置先挖开一个雪坑看车牌，确定了是自己家的车再挖出来。每天都会有粗心的人挖出了车，结果发现是邻居家的。"

同事们一听，可能心里都会说："雪好大啊！""太神奇了！""真好玩啊！"……但思考片刻之后，又发现这些词都不适合说出来。那说什么呢？如果什么都不说显然不合适，于是笑道：

"千里冰封，万里雪飘……美是很美啊，就是太麻烦了！"

"这么大的雪封门，至少齐膝盖深了吧，那还要上班吗？"

"希望有机会去见识一下，但在东北生活肯定受不了！"

"是啊是啊，以后我们放假了组团去哈尔滨看冰雕，滑雪玩儿去……"

同事们说着说着，又都充满遗憾地看了一眼窗外，眼神复杂。

窗外这雪，说它是下了呢，还是没下呢？

仅靠这点儿雪花，连拍个照的背景都凑不出来，更不要说冰雕和滑雪了，但这样下雪对大家的生活完全没影响，不也挺好吗？

正当大家那点兴奋劲儿消散了，准备各回各位继续干活的时候，主管刘强突然说："哎，同志们等一下。"

大家已经回到各自的座位了，但还没坐下去，就站着等刘强继续说。

"下雪了，天气也蛮冷的。上周那个万玲不是生病了嘛，她们车间同事在给她凑手术费用，我考虑了一下咱们也凑凑？自愿就好，多少不限。"

"群里没看见说啊？万玲是什么病？"木子问。

"好像是叫什么脑动脉瘤！"

"啊！"大家一听这病就都吓了一跳。

"良性还是恶性？不是癌症吧？"一群同事没什么医学常识，只能提问，但没人回答，大家面面相觑，人人寒毛卓竖。

"她家经济条件不怎么好啊，听说负担挺重的，手术费是多少？"小李是老员工了，对万玲的情况相对熟悉，便简单介绍了一下，"万玲听说我偶尔出去做义工，她也报名去了几次，平时同事有困难她也经常帮忙。前年门卫老李骑车出了车祸，做手术没钱她还捐了款呢……其实她家还有个残疾哥哥要养，父母年纪大了也赚不了什么钱……唉，现在她也病了，真是雪上加霜啊。"

"是啊，中午在食堂吃饭，她那车间的主任在问我意见。说万玲是个好姑娘，工作也特别勤奋，待人也好。虽然手术费用比较高，但好在发现得早，通过手术能治愈啊。估计她们车间下午会开始凑钱，要是还不够可能会向公司申请。要还不够，说是同事们都愿意去广场帮她募捐……"刘强说道。因他跟那车间主任是朋友，这是两人在午餐时商量的办法。

"能治愈，太好了！咱们怎么捐？"木子马上问。

"听说这个手术要开颅，估计需要很长时间恢复。"

"是啊，起码得休养一两个月吧，但是同志们啊，俗话说'为众人抱薪者，不可使其冻毙于风雪'，我就是吃泡面也愿意为万玲多捐点。"小张马上响应。

小李心里替万玲难过，也为万玲的好人缘而高兴，他给出建议道："我觉得可以组织自愿捐款，熟悉的可以直接微信转账，也可以大家凑一起再转给她，还可以做个募捐箱放公司大门口，捐款多少均随意。"

这边话还没说完，隔壁两间办公室的同事也凑过来问情况。

"有人反对组织捐款，怎么办？"

"没必要各个办公室组织捐款啊，来两个人记录和统收一下呗，谁愿意捐就往一起捐呗！"

"……这样吧，为了不形成攀比和压力，统计的数字不公开！"

"那不好吧，怎么形成监督？"

"把明细交给万玲吧。"

"不好吧？"

"我觉得捐多捐少没关系，数字公开也没关系。"

……

大家七嘴八舌地讨论了一会儿终于达成共识，大家决定让刘强去找万玲的车间主任通个气，顺便再打听一下手术费的缺口具体是多少。

同事们的热情度很高，到下班时差不多就知道了万玲的情况。

公司按规定给员工都交了五险一金，因此万玲生病住院会有一定比例的费用报销，休养期间还能领百分之七十的工资，但手术后期的护理保养费用非常高。另外，公司有一定的慰问费用，但也不多。

万玲的手术费用个人要承担的部分不多，主要是后期营养与医保外用药的费用支出。同事们尽量给予万玲的关怀和帮助就是雪中送炭。

万玲在同事们的帮助和鼓励下顺利地完成了手术，进入术后观察期。

术后的万玲需要卧床休息，减少因活动引起的血压波动，必须预防感冒以避免咳嗽和打喷嚏，还要尽量避免外界不良因素对她的刺激，限制一切会使血压升高的活动，所以医院限制了探视，以保持病房环境安静。所有同事都没有去医院探望过万玲，直到她出院以后才组织了少数同事买了些营养品和水果给万玲家送了过去。

后来同事们才了解到，万玲的脑动脉瘤属于先天性，可能是血管本身的缺陷导致血管壁发育结构不完整而且薄弱，在长期动脉搏动的刺激下，在薄弱地方形成了动脉瘤。大家在聊天和查阅相关病症的时候，知道了这病也能在后天形成，高血压和吸烟都可能诱发动脉瘤，还可能导致动脉硬化和造成血管壁损伤，然后形成动脉瘤。

在万玲慢慢痊愈的时候，她的车间主任主动戒掉了已经抽了十年的香烟。而设计室的刘强则响应了号召，决定将喝酒的次数与饮酒量都降三个等级——以后只在节庆时才喝点儿酒，夜宵也不吃了。

用刘强的话就是说："我上有老，下有小，我要赚钱养家，可不能把自己的身体搞坏了，将来……"

有些将来，不敢设想，因为太可怕了。

财务部里偶尔会头痛几次的两位女同事结伴去医院做了身体检查，还好检查结果什么问题都没有，医嘱只要求她们早睡早起休息好，营养均衡不熬夜。两人听了，从医院出来就去逛了街，各买了一双鞋和一个包，又吃了顿美食庆祝一番。

"有什么别有病！"

"特别是大病，太费钱太伤身了。"

这是财务部两位女同事的总结。

又过了半个月，小李与几名同事相约去探望万玲，看她恢复得还不错，估计再休息一段时间，过完春节就能回公司上班了。第二天上午，小李一进办公室就突然宣布："从明天起，我要开始晨跑，锻炼身体，保卫祖国！"

办公室里发出一片哄笑声，但笑过之后，大家不免都在心里想：我身体没啥毛病吧？我也得锻炼身体了，跑步？跳绳？练瑜伽？

……

木子到福湘公司工作时间不长，跟其他办公室的同事基本不熟悉，办公室里的人对她不错，但感情上还不算很深。经过这次与大家一起为生病的同事捐款献爱心，她也出了不少力，使更多同事认可了她的为人。木子也通过这段时间的相处，看到了房东和同事们的善良与热情，看到了同事们甘苦与共、众志成城的感情，她一颗漂泊着的心多少有了点着落。

很多时候，人生的安全感就是来自这些日常的、细微的地方。木子害怕冷漠，害怕复杂，害怕身边的坏人，害怕与颓废的人为伍，也害怕别人没有分寸感。经过一段时间的相处和观察，木子很喜欢望城的人，很喜欢这种环境。她不喜欢复杂的环境，不是她的智商不够用，而是她不想把智商用在这些人和事上。

木子身心放松了下来，在她的心里，望城的内在就像它的外表同样美好。

被万玲启动的"健康之弦"也在慢慢松懈。不管是痛苦悲伤，还是幸福快乐，任何事物能带来的情绪和气氛都是有一定期限的，很多当时看来如天塌地陷般的事过了一阵子之后也就会淡了，再过一段时间可能还会被遗忘。

随着隔三岔五有关系亲近的同事去万玲家探望，陆续也传回来一些鼓舞人心的好消息。消息称万家所在的社区知道了她家的困境，主动上门了解情况，并让万玲的父母比照灵活就业一族的困难人员规定申请"4050"社会保险补贴。

"什么是'4050'啊？"木子问小李。

"好像是一个针对灵活就业人员的政策，失业可以申请最多三年的补贴，一年也有几千块钱。女性满40岁，男性满50岁就可以申请。"小李回道。

"呀，你们望城的人挺好啊，这都能关注到！"

"什么叫'你们望城'？也可以是'我们望城'啊，哈哈，要不要把我表弟介绍给你，嫁进来做个望城人呗！"小李很哥们地拍着桌子笑道。

"你滚！"木子的脸腾地一下红了。

"呀，头一次看见你脸红，哈哈！"小李高兴道。

木子气不打一处来，感觉很没面子，于是打趣问道："你表弟条件怎么样啊，带来给本宫看看？行的话姐就嫁了！"

如果没记错的话，木子记得小李提过自己有一个表弟，因为读书成绩挺好的，时常被小李挂在嘴边，说小表弟立志要考国防科大，将来想研究火箭什么的，不过现在好像还只是个初中生。

其实小李就是那么顺嘴开了个当地人常开的玩笑，不是介绍表弟表妹相亲，就是给三两岁娃娃对亲家。所以等木子答应了，小李就马上撤退："姑奶奶，够可以啊！算了吧，我弟还得多读几年书……"

"不不不，我不介意啊，我可以等他长大！"看自己终于战胜小李一回，木子得意扬扬，忍不住哈哈大笑起来，靠坐在转椅上向后伸长手臂伸了个懒腰，椅子突然失去平衡晃了一下，差点把木子摔倒，于是木子赶紧收回手臂维持平衡，心里也吓了一跳。

木子的得意瞬间消失。

小李也被木子突如其来的一晃吓了一跳，见其没摔着又忍不住笑着说："你别得意了，要摔傻了，我表弟可就不要你了……"

"哼哼，滚滚滚。我发现你就不是个好人！"木子不想再继续聊下去，她收拾好桌面，把图纸锁进抽屉，准备下班。

小张拿着车钥匙从木子工位旁边经过，很自然地把话接了过去："木子，别担心，我表弟也挺优秀的，还有五年多他就能大学毕业了。要不你考虑考虑？"

"高二学生啊，你们就不能认真给我介绍个人吗？我愁嫁啊啊啊！"木子一听，很可爱地装出了个欲哭无泪的表情。

07 美丽的邀约

近年来望城的冬天很少下雪，要下也是那么薄薄一层，难得有一场能几天不化的大雪，孩子们还没搓雪球打两次过瘾的雪仗，雪就不见了。望城的冬天常态就是晴冬，阳光格外暖和，难免会有人误把冬季当成春季，而且是春光无限好那种，太阳晒得人很舒服。但一场冬雨直接把如春日般的暖和变成寒冬般的阴冷，这阴冷如针刺骨！

望城人早就习惯了这种变态的天气，各种趣事可以让人们无视湿冷得让人生厌的天气，但北方来的人都会冷得受不了。不管天气如何，日子里的欢快气氛都越来越浓，这是春节快到了。

从十二月末开始掰着指头计时，每个人都开始在心里打起了各种小算盘，对话里开始偶尔出现一些年年相似的话语。

"不知道今年年终奖有多少……"

"哎，快过年了呢，今年过得飞快，好像什么都还没干，一事无成诶！"

"今年硬是没存下什么钱，怎么过年咯！"

"你还好，本地过年可以蹭父母的，我还要回老家，开支不小呢！愁人！"

"春节全家出去玩不咯？去北海还是三亚？"

"今年我要早点订票！"

"……"

木子被越来越多的话语提示着，春节将近了。但木子刚来望城不久，而且老家也没什么重要的亲人，唯一的亲人跟着她来了望城，她们是肯定不会回老家过年的。大家对新年的盼望给了木子紧迫感，当她意识到新年越来越近的时候，心里也越来越慌乱。

小时候过年是父母忙乱，木子当小孩子的时候心里只有盼望和兴奋。后来父母和弟弟突然都没了，她的快乐童年就像一个果子被无情摘走踩碎，一切盼望和兴奋都结束了。往后所有的过年都是她跟奶奶将就过，平时奶奶也会给她做新衣服，做好吃的，但越是接近过年，她家越是显得凄凉冷清，奶奶的脆弱会在过年这段时间体现得淋漓尽致。木子眼底的落寞，她夜里的泪水，邻居家的幸福映照着她的心痛，也无一不刺激和提醒着木子已经失去的幸福，不会再回来了，永远也不会再回来了。

其实，老家的社区和父亲单位仍旧会年年慰问，生活上也有各种照顾，但那都是外在的，十多分钟的探访，学习用品，生活物资，握手，一些经济上的支持和一些精神上的支持，比如客气安慰的话、祝福，就像天空的白云，祖孙俩回应着感恩的话语，然后沉默。这些被照拂的美好一闪即逝，那些日日夜夜里的泪水，那些不由自主涌上心头的孤独和伤痛，是难以抚平的。

当然，今年也一样，不同的是就连家乡的那些常规探访也没有了，但也可能因为远离了家乡，积年的忧伤会被冲淡一些吧。

往事有遗憾，往事不可追，很多人劝过木子走出来，眺望将来。木子自然也是想的，现在远离家乡，这也许是一个新的开始。她到望城的理由中有这一项，木子虽然不信，但信也无妨。

这是新的地方，这是毕业后新的人生，这是新的一年，木子有些期待，也有些不知所措。她不知道新年到底应该是什么样子，也不知道应该怎么度过一个新年。

还在圣诞节时，木子就有了一个美丽的"预约"。

"木子，我上次跟你说过的事，你不会放我的鸽子吧。"樊水莲笑着问道。

"那个，那个不太好吧！"木子跟水莲关系还不错，但也还没有亲近到可以给她当伴娘的程度。

水莲是综合部办公室文员，两人工作时接触过两回，后来在楼道里也碰过几次面就熟悉了。水莲性格直爽，挺对木子的脾气，平时两人也处得不错。此刻，水莲双手拉着木子的手臂，讨好地求她："你看，我家那么远，来参加婚礼的都是长辈，除了我堂妹以外还得加一个伴娘，但我来这里也才一年多，没什么合适的人选当伴娘，你得帮帮我啊！啊？啊！伴娘也有红包拿的哦！"水莲撒娇地变着腔调说道。

见水莲拿红包来诱惑自己，木子也忍不住笑了："望城这边的风俗我不懂，万一整错了可不好！"

"我问了，没什么特别风俗，一切不文明的闹婚行为都不会有，你放一万个心！"水莲信誓旦旦，"跟在我身后，递烟拿糖，微笑，说说客气话就好了。"

"你还请了哪些同事？我要注意什么，还要做些什么？"

"别担心，在公司里我只请了综合部的同事。你呢，提前一天跟我堂妹一起去婚纱楼试礼服，元旦一早你们就得到温泉酒店陪我化妆和等待。对了，你们可以堵门，抢男方塞的红包，然后得陪我站在门口迎接客人，递点烟和糖。"

"那我们要喝酒吗？"

"不用不用！"水莲担心木子不答应，一连声地回答不用。

"闹洞房……"木子真有些不好意思地问出口，但又不得不问，她被网上传的那些闹洞房的习俗吓得不轻。

"我公公婆婆都是教师，再文明不过了。咱就租个卡拉OK大包厢，不愿意打麻将的就去唱歌，可行？"

"嘿嘿，好像还行！那我回家跟奶奶说一下……"

"不不不，你直接把奶奶带过来就好！总不能我结婚，你把老奶奶一个人丢在家里不管！"

木子点了点头，在心里暗想，水莲这人真不错，平时就看她直率热情，现在看来的确是可以长期处下去的，何况带奶奶参加本地人的婚礼，也是给奶奶添了个有趣的节目。

晚上回家，木子将此事告诉奶奶，奶奶听了特别开心，说："这么快就交到了朋友，很好啊，这证明你的为人处世受人看重。我陪你去也好，这样就不会有人让你喝酒了。"

木子听了在心中暗暗高兴，高兴的是奶奶不怕生，这样奶奶也能多出门走走。

其实，王素珍的确是想多认识一些本地人，希望有机会打听一些与木子身世相关的消息。她只是瞒着木子，不想在事情还没有一点眉目的时候就让木子察觉。万一找不到呢，那样会对木子产生多大的伤害，她不敢想。

平常看水莲是大大咧咧的性格，其实她很有原则。看上去她对谁都很和气，但真正能走进她心里的人不多。她喜欢木子，信任木子，因而对木子的事也会格外细心。

"堂妹一个人也无聊，我就多开了一间房，你和奶奶提前一天过去吧，你跟我堂妹做伴，奶奶跟我奶奶或者我妈妈也可以做伴！这还能避免起早床赶时间！"水莲二话不说就安排木子住进了温泉酒店。

水莲的车接了木子和奶奶到酒店，她们一下车就看见酒店的大草坪和池塘。池塘边有不少小朋友拿着面包馒头喂鱼，奶奶的眼睛顿时就亮了起来，撇下木子就去池塘边看孩子们喂鱼。

"可惜这时候银杏树叶子都掉光了，要不拍照更好看！"

堂妹小靖从酒店大堂里出来接木子。毕竟堂妹是个小姑娘，才十六岁，对陌生人也没什么话题，她便把昨天堂姐才说过的一句话复述了一遍。水莲听了就轻笑着拍了拍堂妹的肩膀，宠爱地揉了揉堂妹的脸，然后接着她的话说：

"在那边，第一个路口右转上去，就可以看到粉黛草和玫瑰园，奶奶想散步可以沿着银杏树那边上坡走走，可以走到玫瑰园。"

奶奶点了点头答道："这真是个好地方，你们的婚礼搞得真隆重。"

"这里有温泉，我爸妈比较喜欢，所以就安排在这里住了。婚礼在另一家酒店，明天会在这里接亲。"

水莲不知道北方的婚礼是如何举行的，也不知道这样介绍清楚了没。

"姐，这里的酒店很贵吧？"小靖插话。

"还好，反正也不是常来住。志勇说你们难得来一次长沙，一定得让你们住得舒服！"

志勇是新郎的名字。

听到提到自己，新郎袁志勇马上亮相介绍："温泉酒店的水取自地下数百米深处，是偏硅酸型的温泉，我妈和她同事一起来泡过两次，说感觉好极了，泡完以后皮肤都变好了。特别是有一个人本来是感冒的，但是过来泡完温泉连感冒都好了。所以……"

"哈哈哈哈……"

袁志勇话还没说完，大家就被他逗得笑了起来。

袁志勇把水莲、木子和奶奶三人送到酒店，转身就开车离开了，他那边还有一大堆事要忙。新娘一家不是望城人，也就没有什么接待任务，参加婚礼还是比较轻松的。

在酒店吃完晚餐，大家也熟悉起来，饭后就一起在花园里散散步，聊会天，然后才回房间休息。

"奶奶，这房间真豪华！"木子还从没住过这样漂亮的酒店，两张大床，漂亮的灯和墙面，桌面上的物品摆放整齐，还有咖啡和茶包。

"嗯，这是新郎家里看重，所以会把新娘家人安排得这么好。"

奶奶本来还想说一句"将来"，可话到嘴边，她又咽了回去。

她不敢说将来。

"这上面写的啥啊？字这么小，谁看得清？"王素珍抓起放在桌上的彩色纸问。

"呃？"木子接过来，翻了翻，也没写什么，于是顺嘴答道："餐饮会议楼、温泉SPA馆、别墅区、原生态休闲……集商务会议、疗养健身、餐饮娱乐……各种项目的价格，内线号码……哇，这里号称中南地区第一家生态酒店诶。"

"……"奶奶沉默了，不知说什么好。

"地方不错吧？要不咱们过年住这里？"木子笑道。

"不住，忒贵！"

"过年嘛！来泡泡温泉也好！"

"温泉，听说和开水差不多！我那血压怕不是要泡到八百八？"

"好吧，您当我啥也没说！"

08　生活里的琐碎

举行婚礼的酒店的维也纳宴会厅外，蓝水钻的指甲，淡蓝色的头花，一袭淡蓝色长裙让木子和堂妹小靖像一对仙女，好看极了。她们乖巧地站在一身雪白婚纱的水莲身后，满脸甜笑地招呼客人往宴席大厅里走。她们悄悄打量着婚礼现场，也偶尔悄悄想一想自己的心事。

原来这就是婚礼，太美，太好了，以后她们也会有自己的婚礼，她们的另一半是谁，又会挑一款什么样的婚纱？

奶奶在桌边坐着，坐在公司同事那一桌，大家知道她是木子的奶奶，都很礼貌地陪她聊天。奶奶也礼貌地回应着，看着人家的团圆和幸福，她悄悄咽下心中的痛。每当看到别人家整整齐齐的，看到别人家的喜事，她难免会有许多回忆涌上心头，会生出许多痛，但她知道这不是感伤的地方，她只能强行咽下悲伤，抛开悲伤的念头，转而去看着在螺旋楼梯前迎宾的新郎新娘，还有身穿淡蓝长裙的木子……

将来木子结婚会是什么情形呢？

不，王素珍不敢想。

婚礼上缺了女方的父母，再隆重的婚礼也是有遗憾的。但在这样大喜的场合里，任何不好的话，任何不好的念头，任何不好的表情王素珍都不该有，她应该想点开心的——老天到底还是给她留下了木子，她到底还是将木子养大了，木子出落成了这样善良又水灵的好姑娘，日子向前看，以后的日子一定是好的，一定。

同一个场景，不同的人会产生不同的感受，这再正常不过了。

酒宴上，综合部主任陈向芬远远看见了木子，被木子的漂亮打扮而惊艳到了。陈向芬对这个清秀的小姑娘满怀好感，自从第一次留意到木子后，她又在公司里与木子相遇过几次，也听到小李亲切地叫她木子，从而知道了她的昵称。

这种留意是无意识的，陈向芬并没有对木子有过多的关注，只是在碰巧的相遇中觉得这姑娘为人随和，性格温柔，工作上还算认真，却不是"拼命三郎"的那种类型。她甚至还没有察觉，随着一次次与木子的相遇，自己对木子的好感已经越来越多了，多到已经到信任的程度了。

"你在看谁？"陈向芬的丈夫李成峰在身边问。

"没，就一个小同事。"陈向芬笑着回转头说，"那个穿蓝裙子的姑娘挺好看的。"

"姑娘？好看？"李成峰不好意思回头去看妻子口中的姑娘。

婚礼结束，木子第二天休息，到了第三天又在街上逛了半天，给奶奶和自己都添置了新衣服，中午就在商场楼上吃了些当地的美食，馄饨、面条、葱油饼、糖徽子、"茶颜悦色"……

食物端上来时，王素珍心痛了，她问木子："这么贵，分量这么少啊？这得吃多少才得饱？还不如回家吃！"

"奶奶，我现在吃东西也不多啊？"木子解释道。

高中时候木子吃面还都是中份，到大学期间就慢慢减少了食量，因为南方同学总是笑着说·"这一盆面条足够我一家二口吃一天了！"后来，一名来自四川的女同学就从木子的面碗里先挑出一小碗面条，算是两人合吃了一碗中份面条。

女同学的坚持，木子也不好意思不同意，再看夹出去的那一点也不多，不影响什么。但这样的次数多了，木子受她影响，开始觉得吃什么都不香了，没过半年就变两人合吃一个小份。东北那一小份估计也有小一斤面条吧。到了望城以后，木子也出去吃过面条，一份就是二两，两筷子一捞就没了，而且价格比东北的那一碗还贵！

奶奶舍不得把钱花在这些华而不实的食物上，勉强吃了一些，坐着休息了一会。两人下午逛超市，买面粉鸡蛋肉菜之类，也是有点重量的东西。两人提着东西一边走一边休息，几乎累趴了才回到家。

元旦三天假期一晃而过，木子感觉比上班还累。

回到公司上班之后，日子如同踩着风火轮似的快速飞走，大家很快进入了迎大年模式——火车票提前两周接受预订。购买火车票"挂心"，但日常工作也格外繁忙起来。除了各种报表和总结、年度优秀部门和年度优秀员工的评选，还要安排各部门年会节目、物资采购、草拟拜访名单、结算年终奖……公司各部门高速运转。

外地同事抢票，想出门旅行的同事也抢票，难免会有人在上班时间做各种出门规划。回家过年的和原地过年的还要列出给亲友买礼物的清单。特别是成了家生了娃的人，除了要看好放寒假在家写作业的孩子、准备过年物资，还要准备给孩子们的压岁钱和给长辈们的新年钱，钱需要提前去银行换成崭新的。

每家必备腊鱼、腊肉、腊鸡、腊鸭、腊牛肉、冻羊肉、灌猪肉香肠、糟鸭、糟鱼，有的人家还会采购海虾、海参、鲍鱼、三文鱼等各种海味，更勤劳的人家则开始炸发肉、挤肉丸子、剁鱼丸子……花生、瓜子、糖都少有人喜欢吃了，得准备各种坚果。

在办公室里聊了十分钟，木子就听了个满耳朵的新年原来是这样麻烦的啊！好恐怖诶！

"懒人家也有省心的做法，就是去酒店里预订年夜饭，吃完了嘴一抹离开，碗都不用洗一个，太爽了。我们这里常说'小孩子盼过年，大人怕过年！'你想想！"小张笑道。

"啊，也是哦，有好吃好玩的，小孩子当然欢喜，麻烦都是大人在操心。"

"那你们东北过年是怎么过的？会准备很多东西吗？"小张顺嘴一问。

木子刚想应付作答，这时小李拿着份资料走了过来，说："木子，你帮我看看这个写得怎么样，有没有哪里要改？"

木子接过资料低头看时，小李转过脸朝小张摇了摇头，示意他不要再问。因为小李与木子在微信里聊天时问过木子，你一个人来望城父母不担心吗？木子的回答是相依为命的奶奶陪她来的望城。于是小李找借口打断了木子和小张的聊天。小张接到了小李的示意，虽然他不明白为什么不能问，但是他也只是耸耸肩，开始伏案工作。

不管每个人的命运如何，新年都是藏不住的，每个人有每个人的新年要面对。木子每天下班经过大街，都能看到超市门外在堵车。路一天比一天堵，出租车排着长队，超市里人山人海进进出出。一车车年货被购物车运到超市门外，然后大家各显神通往家里运，仿佛这些年货跟免费送的似的。

木子看着，心里思考着，过年的事该轮到她来操心了，需要采购些什么过年物资？她还真不知道今年这个年，她和奶奶该如何度过。

下班了，木子没有离开，她的鼠标在桌面移动，目光在网页上移动。

去三亚或者去北海都买不到票，要不，找个度假村住一周吧。

望城的度假村，首选4A级千龙湖生态旅游度假区。

千龙湖生态旅游度假区拥有绵延起伏的低矮丘岗，一望无际的农田，有休闲度假、蔬菜种植、水产孵化、生态山庄等配套体系，有2800亩碧波荡漾的湖，客房临湖而立，有星座岛及以十二星座文化为主题的十二星座帐篷酒店，每个星座爱好者都能找到自己星座的元素，还有三面环水的湖心岛上种植了20亩薰衣草，每年夏天都是薰衣草花开得最盛的时候，配合隐藏在花丛间的房屋，飘在天空中的热气球，游弋在水面上的天鹅……一切美不胜收。

千龙湖美是很美，可木子看着看着，就直接关掉了页面。

在这样的地方办婚礼可以，一家人消暑也可以，甚至单位搞团队建设也可以，但是春节期间在这里一住，恐怕更显得人丁单薄了点，不好不好。木子收拾了东西下楼回家，心里还在想着过年的事，突然又想起，若是明年三四月份的时候，她带奶奶来这个地方参加国际风筝旅游节似乎很合适，奶奶不能跑起来放风筝，但有风筝艺术展、竞技表演、风筝DIY比赛、风筝节摄影大赛这么多节目，还是可以玩上一天的，就算只看看人家放风筝也很快乐呀！

这么一想，虽然新年怎么过没着落，但是春季郊游的活动倒先有了，木子还是挺高兴的。木子往家走，在路上想起点好笑的，就越想越好笑，笑一阵子，但想起如何过年，她又开始忧愁了。

到了家里，木子看到奶奶正在桌上擀面条，就洗了手过去帮忙。祖孙两人边干活边聊天，聊天话题也没有什么新鲜事，木子便将下午看到的千龙湖传说讲给奶奶听。

"传说，还是在宁乡沩山建密印寺的时候，住持静圆法师梦见文殊菩萨说'可到后山挖井取木'。梦醒之后的静圆法师便带着一群弟子到后山祭拜，然后在一块发奇光的石头处挖井。没想到，才挖了三锄头呢，弟子们就发现下面有一口现成的井。正在大家迷惑不解的时候，井中就有一根根上好的木材不断从井中伸出来，并且还是适合做大梁的木材。因此人们把这口井称为'神木井'。千龙湖的水就来自那神木井中流出的泉水……"

"井，自己伸木材出来做大梁……哈哈哈哈！"

"我还没笑呢，你自己都笑完了。哈哈！"王素珍看着眼前这傻姑娘也觉得好笑，就伸指头在木子的脸上点了一下。木子没避开，照镜子一看，发现脸上头发上都蹭了面粉，于是把脸凑过去贴在奶奶的脸上蹭了蹭，像个小猫儿似的。

"别闹了，回头面条掉地上，晚饭都吃不上了！"

"哎，那我先去烧水！"木子说着就跺了跺脚，"真冷，脚都是冰冷的，好怀念东北大炕啊。"

"大炕没有，但有'小太阳'可以烤一烤。"

"奶奶，我都快烤煳了，还是冷。要不咱们装个空调吧。"

"唔，空调，挺费电呢……也行吧！"

空调的确挺费电的，两人想了想，最终还是没狠下心去买空调。

长沙的冬天虽然没有如同东北的大雪，但它就是冷，而且比东北的冬天还冷，能冷进人的骨头里去。

木子是这样觉得的，奶奶也是这样觉得的。

09 小人物的过年日常

计划赶不上变化，何况木子本也没什么过年的计划。

一场突如其来的感冒袭击了年近七十岁的王素珍，让她从小年一直病到大年初四，木子一直在细心照顾着，她又慌又急，过年什么的已完全不重要了。

因为生病，王素珍吃什么都没胃口，多数时间两人都是在吃饺子、面条和馒头。年三十那晚木子象征性地炖了点肉，炒了两个菜，王素珍也没吃两口。其他几天里的菜式区别就只有饺子馅的变化，或者香菇酸白菜鸡肉馅，或者小葱肉泥白菜馅，木子还擀了两顿面条，烙了一次油饼。就这样一直到元宵节，王素珍才终于恢复了胃口，元宵节中午吃了五六个甜腻腻的黑芝麻汤圆，晚上又吃了正常分量的鸡蛋肉丝面。

木子家的情况，房东看在眼里，年三十那天房东还特地做了两碗菜送过去给木子，其中就有一条完整的红烧鲤鱼。房东还特地给木子讲了一个关于过年吃鱼的故事。

长沙在大年三十这天的菜一定是有鱼的，而且这条鱼还不能吃完，要留一部分到第二天，也就是大年初一继续吃，这叫连年有鱼，也就是取了同音字，意指家中会年年有余的意思。

在旧社会，穷人家饭都吃不起，但愿望还是有的，那怎么办呢？于是聪明的老百姓就发明了木鱼这道菜。这个木鱼可不是寺庙里和尚师父念经时敲击的法器木鱼，而是用一块木头雕刻出鱼的外形，等到了过年的时候就拿出来摆在碗里，撒上豆豉辣椒而后蒸好上桌，一家人象征性地吃上几筷子豆豉辣椒，初一照旧还是端它上桌应个连年有鱼的景儿。

年年有鱼，就意味着年年有余，是吉祥之意。

小时候，也就是木子父母还在的时候，家里年夜饭也要吃鱼，只是木子太小了，不记得鱼吃完了没，年初一又重复端上来没。木子父母事故刚过的那些年里，奶奶的脑子时常是糊涂的，特别是过年的时候，更是不清不楚，祖孙俩吃什么穿什么都不一定有章法，邻居也时常送菜来。木子也习惯了有什么吃什么，也不知道什么菜有什么说法。现在听房东这么一说，木子就明白了，她心里特别感激房东夫妻俩的好心，同时也记住了，以后她也要准备这道菜过年吃，当然不是吃木头雕刻的假鱼。

二月只有二十八天，对于上班族来说是比较让人喜欢的月份，工作日稍微少那么几天，而且刚好接着新年，感觉过完年不久就三月。

在这个月里只有一件事让木子觉得格外开心，那就是生病的万玲终于回公司上班了。上班的第一天，万玲就在车间主任和小李的陪伴下到一个个车间、一间间办公室来道谢了。

木子仔细打量了一下万玲，见万玲恢复得还不错，虽然人还是消瘦，但面色尚可，精神也不错，她的心里就觉得特别感动和开心。万玲以前长发飘飘，现在暂时还留的男式短发，短发软软的，她可能还不太习惯以这个形象示人，显得有点儿害羞。万玲很真诚地向大家说了说自己的恢复情况，并感谢同事们的关怀和帮助。

大家一见万玲进来，就都起身朝着万玲的方向围了过来，这时候有女同事跟她拉着手说："小万你恢复得很好啊，工作不要太累，先注意好好休息。"

"万玲，看到你回来上班了特别开心。"

"这是楚漓漓，你叫她木子就好，去年秋天来的新同事。"小李将万玲不认识的木子介绍了一下，万玲连连点头并把木子的名字记在了心里。

……

没等大家关心几句，小张就要搬椅子过来让万玲坐着休息，万玲忙说不用了，她还要去其他部门。等万玲出去后，大家又聊了几句，每个人都感到很开心，觉得一个那么严重的病能完全恢复过来，简直太幸运了。木子看在眼里听在耳里，心里感到特别开心。

美好的三月在万众期待中来到了，这是全国学雷锋的月份，作为雷锋故乡的望城在这个月更是热闹非凡。

敬老院、福利院里全是来探望老人的；江边、河边、湖边全是保护环境捡垃圾的；社区里全是铲小广告的；马路上扶老太太老大爷过马路的；孤寡老人家中全是送米、送油、做卫生、洗衣服的……

其实大家一年到头都在做好人好事，每年三月却像必须在岁月里留下一道刻痕，必须要这么集中爆发一次以示隆重纪念，并且向全世界宣告：记住，要做一个像雷锋那样的人！

同时，寒冷即将过去，酷暑还没来到，暖阳催生万物，一切都那么美好。人们穿上最好看的衣裳裙子，去刚苏醒过来的大自然踏青、拍照……桃花开了，梨花开了，油菜花更是满野都是，蜜蜂在花海里飞舞，忙着贮存自己的幸福生活和甜蜜滋味。

三月的主旋律是学雷锋，加上一年之计在于春，这是两道一样美好的风景线，人们往往会将二者合一行动，开启这一年美好日子的序曲。

福湘公司在"3月5日"这一天有常规活动，会抽调部分员工参加团建活动，活动照旧是前往雷锋纪念馆参观。作为外省籍新员工，木子被首选去参加今年的团建活动。

木子从没想过，雷锋纪念馆在这一天的参观人数会如此多。广场里密密麻麻地挤满了人，这里面九成都是青少年，不过好在秩序井然——至少进馆前是，参观出来后孩子们才会喧闹起来。

纪念馆的大厅，一尊象征着雷锋精神走向全国的雕像屹立在石台上，看着意气风发、昂首阔步的雷锋雕像，小朋友们都敬起队礼，然后才移动进入第一个展厅参观雷锋的生前物品。

第一个展厅介绍的是雷锋小时候常常被地主鞭打和欺压、乡长送雷锋去小学上学，以及雷锋成为少先队员之后的许多经历。第二个展厅介绍的是雷锋帮助乡亲们干活，他学会了开拖拉机耕田，他在火车上帮助老人们倒水、找座位，他到钢铁厂去学开铲车，他为了进部队而努力练习臂力……一桩桩事迹展现出雷锋在青年时代为了梦想、理想而全心全意奋斗的过程。

有信仰的人生真好啊，满满的斗志，满满的力量，满满的知足与幸福，全心全意地奋斗和奔赴，这样的人生太圆满太美好了，即使短暂，那也是如太阳般的火热。

木子感慨之余，也细心地观察起了小朋友们，看他们有的指指点点说哪些雷锋的故事是自己听说过的，有的为雷锋的悲惨童年难过，有的拿着小本子在记录什么……

"如果你是一滴水，你是否滋润了一寸土地？如果你是一线阳光，你是否照亮了一分黑暗？如果你是一颗粮食，你是否哺育了有用的生命？如果你是一颗最小的螺丝钉，你是否永远坚守在你生活的岗位上？"

这熟悉的句子，木子认真读了两遍，她忍不住反思自己在遇到挫折时有没有抱怨，在碰到困难时有没有勇往直前，在对待他人时是否热心耐心，在对待工作时有没有细致周全。

木子心想我自己做的，完全不及格啊。

"哎，木子，你还真反思上了？往前走啊！"营销部的刘亚军推了木子一把，提醒道，"就剩你一个了，领导派我返回来找你！"

"哦哦哦，不好意思！"木子赶紧跟上刘亚军的步子朝馆外走去。

"听说你每个周末都出去走走啊？"刘亚军顺口问。

"是的，陪奶奶出去走走。"

刘亚军笑了笑，推荐道："要不要我给你推荐一个项目？"

"啥项目啊？"

"清明茶！听说过没？清明节前后，我们望城的茶树就开始抽嫩芽，不少人会去采新茶踏青，你要不要体验一下？"

"呃，这个可以！我还真没采过茶叶呢！哪里有？"

"我家有一片茶园……"刘亚军淡淡地看着仰脸问他的木子，隐藏着自己猛烈的心跳。

木子知道刘亚军是望城本地人，他家里条件不错，有四层楼的私房出租，他出来工作只是为了充实生活，家里并不靠他养家糊口，只怕他闲出毛病会跟些乱七八糟的朋友出去学坏。

樊水莲结婚那天刘亚军也去了，那天他看着打扮成伴娘的木子有点动心，后来他也暗示过对木子有好感，想要与木子交往，但木子并没回应。

刘亚军不知道木子是不懂还是不愿意，所以想邀请她去采茶，在自己家走走看看，吃个午餐，两人肯定会更熟悉一些。如果木子愿意去就算是他有大进展了，以后他也就敢继续追求木子了。假如木子完全不愿意，他的表白就会让自己难堪，会很没面子的。

木子先是惊喜，后来犹豫了一下，然后答道："我得回家问问我奶奶，她要愿意去才行！"

"好！"刘亚军懂事地没有继续相劝。

让刘亚军没有想到的是，木子并没有回家问奶奶，而是下午一回到公司上班就发消息问水莲是不是采过茶叶。

樊水莲到望城也才一年多，她没进茶园采过茶叶，但她知道她老公袁志勇的舅舅在乌山茶园工作，家里喝的茶都是舅舅送来的，那可是千年贡茶基地，茶叶品质可靠，还有正式的开园仪式，据说很好玩。

这么一说，两人一拍即合，约好了一起去乌山踏青，顺便采茶，而且舅舅肯定还会请她们吃饭。

10 给自己的生日祝福

　　没有人留意到，在这个春天，木子又独自过了一个寂寞的生日——没有意喻长寿的面条，没有鸡蛋，更不要说生日蛋糕。木子照旧独自度过这样一个默然的日子，默默给了自己一个祝福，给了自己一声鼓励——加油。

　　她很怀念父母还在的时候，每年都会给她买一个奶油大蛋糕，还会邀请小朋友们一起陪她过生日。父母没了之后，不管是奶奶的生日，还是木子的生日，都成了一个没有约定却都想要忽略的日子。因此这一天木子的心情肯定是灰暗的。

　　生日蛋糕真美味啊，甜甜糯糯的，滑滑香香的，图案美美的，估计全世界的小朋友没有一个不喜欢吃生日蛋糕。木子惦念着生日蛋糕的味道，在大学同学过生日时也尝到过，但她再没为自己吃过。

　　在木子生日这天下午，舅舅如约打电话通知水莲，说新茶长势良好，开园时间已定，欢迎她带同事去采茶。

　　水莲一听，马上就从微信里通知了木子。

　　袁志勇周六一早就带水莲开车来接木子和奶奶，开启一场说走就走的旅行。车窗外阳光明媚，路边的迎春花绽放了鹅黄色的花朵儿，空气里有微微的花香浮动，木子和水莲在车里欢喜得很。这还是她俩第一次相约出门游玩，都有点按捺不住内心的兴奋和喜悦。

　　舅舅只来得及跟大家打了个招呼，就把她们交给了自己妻子，自己则匆匆忙忙地赶去茶园工作了。舅舅是茶园的工作人员，这一天都会忙得脚不离地。

舅妈是个性子急的人，略微收拾了一番就带着大家直奔茶园而去。

春茶开采的季节，茶树郁郁葱葱，树尖嫩芽青翠欲滴。

"采茶咯，乌山到处都是采茶的咯……"

随着一声激情的采茶山歌唱起，乌山贡茶春茶开采仪式启动。等大家走近，只听得一声——乌山贡茶开园啦！

一时间，茶园里唱歌声、敲锣击鼓声、喊山声不绝于耳。

"仪式感满满的，嘿嘿，我们没赶上开头戏！"水莲遗憾地说。

"呃，别吵，挡着我学习……"木子伸手拨开水莲的手。

新采下的嫩叶在制茶大师的手里，经过抖、搭、拓、捺、甩，茶叶逐渐成型，有茶香在空气中飘散。

少女们身着古装上山采茶，唱起了《乌山美》的歌曲。

在轻曼的音乐中，女子端庄地表演起茶艺……

活动气氛被一个个精彩的节目推向了高潮，木子看入迷了，她也想换上古装，衣袂飘飘，也学学茶艺功夫啊。

看节目表演得差不多了，志勇才插嘴问大家是继续看表演，还是开始采茶。茶园里聘请的采茶工早上六点多就开始干活了，她们平均每人一天要采七八斤嫩茶叶，这片茶园每天能采鲜茶两千多斤呢，全靠这些采茶工辛勤劳动。

"这么小小鸟嘴儿似的芽芽儿，多少才能凑出一斤？两千斤能制作出多少茶叶？"木子惊问。

"炒制成熟茶后差不多会有四百多斤吧。"

"咦，吃不起啊吃不起，这人工，这产量，肯定很贵！"参加过水莲的婚礼后，木子跟志勇也算熟人了，因此她调皮地笑了笑，说，"我决定以后喝白开水。"

"木子，你是想省下钱做嫁妆吗？"水莲听了忍不住调侃她。

"我才不要嫁人！"木子嘴快说了半句，又赶紧补半句，"我才不要准备嫁妆！"

"哈哈哈，那你到底是不要嫁人，还是只是不想准备嫁妆呢？"

志勇和旁边不少陌生人笑着看了过来，木子腾地就羞红了脸，伸手要去挠水莲。水莲一转身就藏到王素珍身后去了，直嚷："奶奶救我！"

早上八点，早来的晚来的，采茶的和凑热闹的都齐聚了，茶园里早已人声鼎沸，近百名采茶工穿行其间，忙着采摘今年的头茬春茶，闻讯而来的游客和茶农们穿梭在漫山遍野的茶树丛中，采撷春天里的这一抹清香。

袁志勇的舅妈准备好了装茶的工具，并教导大家如何采茶，姑娘们挽起袖子，雪白的手臂挽上竹篮，跟在舅妈身后进了茶园。舅妈极目远眺，又带着大家走了一阵，才选了一片无人的茶树开始采茶。

在这座氤氲着诗情画意的茶山上享受一次劳作的乐趣，多美啊。

奶奶不愿意只看风景，也跟在两人身后细心采摘茶芽。

众人忙碌而欢喜，身染一片茶香。

袁志勇粗手粗脚，不愿意过来采茶，选了个有草的坡道边坐下玩手机，又闭目聆听一会儿音乐。

木子和水莲也听着音乐，听音乐里还夹杂着茶树晃动的哗哗声，听远处小羊轻轻的咩咩声。

等第二行茶树采完，又到了茶垄出发的一头。志勇听到声音知道水莲等人走近了，便睁开眼睛学电视剧里的监工大喝一声："你们动作快点，不然不给午饭吃！"

水莲笑着叫他赶紧滚，大老爷们不干活，还吆五喝六的像什么话！

"哎，媳妇，你看这地方多好，下次咱们带帐篷来！"说着，他伸手示意水莲看另一个方向，那里有可见的几个露营平台，若是在晴天的夜晚露营，仰望星空，那得多美啊。万一下雨也没关系，可以住进特色民宿听一听窗外淅淅沥沥的雨声。反正，他觉得只要是跟水莲在一起，干什么都开心。

"那我要玩滑翔伞！"水莲嚷嚷道。

"你敢玩吗？"

"我为什么不敢？"

"那你玩吧，我看着就好！我可不要飞那么高，万一掉下来！"

"你说什么？你怕掉下来？你就不怕我掉下来吗？"

"不啊，我不是还在下头嘛。你要是掉下来，我就赶紧冲过去接住，可不能摔着我新媳妇！"

"哈哈哈！"木子忍了又忍，实在忍不住，就笑了起来。

"笑什么？你刚说啥？刘亚军也邀请你去采茶了？"水莲问木子。

"嗯。"

"他可能看上你了吧，你要不喜欢，就别理他！"水莲提醒木子，"他人还是挺好的，但可能不适合你！"

"你觉得什么样的人才适合我？"木子将鲜嫩的茶叶放进竹篮中，把手指伸到鼻前嗅了嗅，真好闻。木子抬眼望去，满山碧绿，连空气都是清甜的，远山若隐若现，天空浅蓝，假若日子一直这样就太好了。

水莲瞧了瞧木子，小心翼翼地回答说："他是独生子，家里条件是不错，公司里好几个小姑娘追他呢，他没理。但是你吧，老实说，你家里情况有点特殊，我觉得应该找个能疼你、照顾你的，能体谅你的比较好，我觉得独生子不善于照顾人。"

水莲犹豫着，一连用了两个"我觉得"，对于她喜欢的朋友，她还是想知无不言，言无不尽！

"体谅？"木子第一次与人聊感情上的事，她没谈过恋爱，也没与人聊过这些，甚至"体谅"这词，她也陌生。

话说开了，水莲也一鼓作气地说："婆家条件好不好固然重要，但更重要的是对方待你如何，你只有一个奶奶在身边，要是婆家人待你不好，你会一点退路都没有，没人为你出头。如果你要跟刘亚军恋爱，还是要多观察多考核一下！"

"啊？还要考核？"木子笑着问道。

"别信我媳妇的，独生子也有认真负责的，也有好的！"志勇插嘴反驳道。

"不信你媳妇的？信谁媳妇的？"水莲变脸反问。

"信我老婆的呗！"志勇马上改口。

当初水莲要嫁到望城来，她父母也是反对的，但水莲坚持要嫁，父母也就没拦着。当然，这也有他们认可袁志勇这人以及他父母的原因，否则姑娘远嫁，父母最担心的就是她受了委屈没地方诉苦。现在水莲却把父母说给自己听的话告诉了木子，并且还很突兀地笑着补了一句："你和小靖一起给我当伴娘，也算我娘家亲友了，以后有事我给你撑腰，哈哈哈哈，要不要？"

"要！肯定要！"木子当即笑着点头回应，如同小鸡啄米似的。

同时在木子心里升起来的，还有一团浓浓的暖意。

小时候失去了唯一的弟弟，这也是她永远遗憾的事。后来她跟大学同学相处得还不错，但毕业后也因距离而分开。现在，她那缺了许多个角的心似乎被悄悄补起了一角。

清明节过后几天，舅舅进城给志勇家送来了新茶。

水莲也带了一小包茶叶给木子，说："舅舅说这茶是刚制作好的，他要谢谢你帮忙采茶，同时也送点新茶给奶奶尝尝。"

当时正是在食堂吃午饭，木子笑了笑接过茶叶放在餐桌上。

刘亚军刚好也在食堂里吃饭，他就坐在木子斜对面。姑娘们说的话断断续续地传到他耳朵里，因此他好奇地看了木子和水莲一眼。木子和水莲也都看到了刘亚军，并且眼睛的余光也能看到刘亚军缓缓低下头和一副怅然若失的样子。

11 遇上倒春寒

四月倒春寒，这是最让人抓狂的天气。说是春天来了，但冷得比冬天还冷。木子和奶奶一直在为季节错乱和穿什么适合的衣服而发愁。一时雨来了就冷一时，太阳出来了又热，羽绒服、毛衣、棉裤，洗了收，收了又得拿出来穿，穿一天两天又开始出太阳……

木子打算就穿一件外套加长袖薄毛衣挣扎着熬两天，想等天暖，结果一冷就是三五天。一问其他人，莫不如是。

听到木子的"声讨"，小张笑称："这就是长沙天气的特色。等过段时间天气稍微稳定一点儿，你会觉得好过的日子也就那么几天，然后就开启一连三四个月的盛夏，会热得你怀疑人生。"

木子听了，心里先打了个寒噤。

"对了，春捂秋冻，这段时间让你家奶奶多穿点，倒春寒的天气得让老人和孩子捂久点，否则特别容易受寒。"小张知道木子是与奶奶一起生活，于是好心地提醒她。

"好的，谢谢啦！"

两人边聊边走，转眼就到了公交车站，过了一会儿，公交车缓缓进站，两人拿出各自的公交卡上车刷卡。

这时接近中午十二点，公交车上的乘客有点多，很多乘客站着，但还不至于人挨着人那样难受。木子将刚买的一包牛角小面包用手提着，跟在小张身后向车厢后段走去，站在后门附近。

"这个时间点了，我们下车先去吃饭，下午上班再去汇报工作。"小张找话聊天。

说完后过了几秒，也不见木子回答，小张有点奇怪，便扭头去看木子在干什么，结果发现她在侧耳听后排座位上的几个乘客聊天。木子不是个爱听八卦的女生，这么夸张地偷听很不可思议，于是小张也把耳朵竖了起来。

"他们就给了我这个条子！"

"感觉你这是上错车了啊，怎么跑到望城来了？"

难道是骗子耍什么把戏？小张疑惑地抬眼看了看，只见靠过道的座位上坐着一位六七十岁的瘦老头儿，他手中捏着一张打印有地址的纸在发愁，而他座位旁边的、后排座位的、身边站着的乘客，都在伸着脖子看那张纸条。这瘦老头儿穿着一件宝蓝色的用涤纶布制成的有四口袋的旧衣服，衣服洗得发白，但很干净，口袋、衣领都是用不同颜色的线针脚整齐地缝补过，外套里的旧衬衣领口也很干净。

"给我看看好吗？"木子说完后伸手把纸条接过来了，她看了一眼，又把纸条递给正在打量老头儿的小张。

"你看看这个救助管理站，在啥地方啊？"

"啊？救助？"小张愣了一下。

"老人家要去救助管理站，跑错地方了，大家都在出主意。"木子继续说，"这儿你熟悉，要不就近送一个救助管理站也可以吧？"

"我不知道啊！打110问吧，警察肯定知道！"小张道。

车到站，停了，又开了，然后缓缓在马路上走走停停。

木子动作飞快地拿出手机，拨通了那个存在通讯录里的派出所电话号码，这是上次接奶奶回家时存下的。电话接通，询问，道谢，挂机。木子的动作一气呵成，利落得让小张目瞪口呆。

"你说完了？"小张问。

"啊！要不呢？"木子回答。

周边几位乘客也若有所思，不可思议地看着木子。

"你们知道郭亮路在哪里吗？救助管理站在……"木子说完，周围几位乘客却不语，而那位瘦老头儿摇了摇头，回答说不知道。

木子有点无奈，扭头看了看小张说："你肯定知道郭亮路在哪里，我们送他去吧。"

小张不知道说什么好，心想这姑娘怎么这么好管闲事。公交车一直开到公司门外，他们要下车送这位老人，送完后还要转车，公司食堂的午餐肯定赶不上了……但他总不能抛下木子啊，木子是东北人，她自己在望城逛还可能走丢呢。

小张就这样被木子"绑架"了。

在一车人钦佩的目光中，木子和小张陪着老头儿在离郭亮路最近的一个路口下了公交车，又向路上的环卫工人打听了方位，这才过了十字路口慢慢地向前走去。

"大叔，你饿了吧，吃一个面包！"木子拿出一个面包递给老头儿。

"不，我不饿。"老头儿本想拒绝，但是在木子的坚持下接过了面包。

过完路口，木子扭头朝身后的老头儿望去，只见老头儿手中的面包已经不见了。原来老头儿已经把面包吃完了，他不是说不饿？木子的心一动，又塞了两个面包给老头儿，这次老头儿却没有拒绝。等大家走到下一个路口时，木子再扭头一看，老头儿又把面包吃完了。

看着袋子里还剩下的三个牛角小面包，木子索性连袋子都递给了老头儿。老头儿明显地愣了一下，再次表示拒绝，但木子笑着说："您留着等下吃吧，没关系的。"

小张又去路边找店家问路，终于找到了救助管理站的准确位置，他们俩陪着老头儿一起走进救助管理站的大门，并向救助管理站说明了情况。

一个中年胖女人皱着眉头看了一眼老头儿掏出来的纸条，问："你这是来这里寻亲的吧？"

"是。"

"寻亲问题解决了吗？"

"解决了！"老头儿一脸认真地回复。

"是没钱回家？"胖女人继续问，"隆回的？"

"嗯！嗯！"老头儿连连点头作答，他声音很小，但也显得不卑不亢。

"好吧，那你先住下来，明天再安排你回家的事。"胖女人转身朝楼里唤了两声，叫工作人员出来接老头儿进去，并拿老头儿的身份证去登记住宿。

"那……"木子刚要问胖女人什么，胖女人就先说开了："你们送他来的吧？谢谢你们，你们可以离开了。"

木子还想问什么，但又不知道该问什么，看了一眼小张，又看看老头儿，准备跟老头儿打声招呼，然后再离开。

"姑娘，姑娘，谢谢你们！"还没进门的老头儿这时候又转身道谢。他布满皱纹的脸上全是感激，眼眶里的眼泪几乎滴落下来。老头儿刚刚还挺直的腰背这时候也略略弯了下来，他想要向木子和小张鞠躬。

"不用谢了，你进去吧……"木子还在说着，那边胖女人又在催促老头儿进门去。

木子心里满是不忍，也觉得眼泪要落下来。

"哎，他这样子好无助，我突然想起我爷爷了。如果我爷爷在异乡遇到困难，可不就是这样？"小张突然感慨，又道，"木子，谢谢你。"

"谢什么？"

"你好善良！"小张答道，"世界上有你这样的姑娘，真好！"

"呃，你不会是想要跟我结拜兄妹吧？"

"哈哈，不是不是，结拜兄弟差不多！"

"咕咕咕……"嘿，木子的肚子饿了。

"食堂的午餐是肯定赶不上了，我请你吃面条吧！"木子歉意地说。

"算了，你还'损失'了一袋面包呢！我请你吃煲仔饭！"小张果断表示。

"煲仔饭？"

"是啊！面条哪能算正餐！"

木子愣了一下，如果面条不算正餐的话，她前面吃了那么多年……算了，南方人的正餐是米饭。这么一想，她便爽快答道：

"成交！"

"木子，你不要客气一下吗？"

"不用啊，我们不是兄弟吗？"

……

两人回到公司已经接近下午上班时间，一下公交车就遇见了不少三三两两往公司大门走的同事。陈向芬走在两人身后，看见前面是木子，她就主动招呼了木子一声。

木子笑着回应，然后等陈向芬走过来，就一边聊天一边往公司大门里走。

没过几天，木子跟陈向芬逐渐熟悉了起来。

陈向芬年近五十，但看上去挺显年轻。木子听综合部的同事说陈主任为人很好，公司里不少人都亲切地叫她陈姨。陈姨这段时间时不时来设计室走走，偶尔也主动与木子聊上几句，木子也就跟着大家称呼她陈姨了。

其实，陈向芬年纪也不算大，新升级为陈姨并不久。

以往多数人叫她陈主任，少数人会叫她陈姐，但她自己觉得奇怪的是，这一两年渐渐有人偶尔叫她陈姨了。

被人叫老了的陈向芬很是不高兴，她心想就算不叫我陈主任，叫声陈姐多好听啊。刚开始的时候，对偶尔叫她陈姨的几个小青年，陈向芬还只是爱理不理但不好意思不理。现在情况却越来越盛，特别是去年新招录的这批姑娘小伙们，他们才办完食堂餐卡，就有个小姑娘听过一次有人叫陈姨，她便果断带了头感激地对她说："谢谢陈姨。"

在新生代们的眼里对位高权重和德高望重的概念逐渐模糊，一个个嘴甜得很，对自己认可的人叫得非常亲近！

反正，陈向芬发现自己心里别扭了一阵之后，还有些莫名的欢喜。

岁月不饶人，慢慢地陈向芬的年纪大了，但她有什么办法，不接受有用吗？只要大家都喜欢她、响应她，这才是她最大的开心。

木子理所当然地跟着公司里的同事们一起叫上了陈姨，陈向芬听了心里有说不出的开心。

陈向芬记得那天是在楼梯间遇到木子时，她听到木子叫她第一声陈姨。当时她还想伸手摸摸这姑娘的头发，好在手只伸了一半，她就赶紧停下了，这个举动不免让她自己都感到诧异。

与同事相处，三分热情就足够了，再多就会生出无尽麻烦。

就这样，在木子的工作开始得心应手的时候，陈向芬的情感却在不知不觉间有些变化，她总是不由自主地关注木子。

上年度录用人员的名册和简历都送到了陈向芬的案头，其中当然也包括木子的。

陈向芬首先看的是亲属一栏，木子的父母亡故，亲人只有奶奶王素珍。

简历右上角贴着一张寸照，小姑娘纯洁清秀的脸庞透露着淡淡的光辉，眉头却散发着淡淡的忧伤。

姓名，楚漓漓！

噌！

陈向芬猛地站起身子，撞翻了放在桌子左侧的水杯，半杯水洒到桌面又打湿了旁边的一本书。

入职书里贴着一张木子在大学期间拍的照片，那清秀的面容与陈向芬年轻时的照片几乎一模一样——这让陈向芬大吃一惊！

而且，木子的生日怎么是二月初二？

陈向芬哆嗦着嘴唇，全身都颤抖起来："楚漓漓？木子？她是？"

陈向芬强迫自己冷静下来，又默默坐回了椅子上，安静地盯着木子简历上的地址、姓名、年龄、毕业院校、照片……她的目光一遍又一遍、一行又一行地打量、研究、设想……她拿起了手机，想给丈夫打一个电话，但想了想又把手机放下了。

陈向芬家中还有一对双胞胎儿子正在读高三，现在正是全力冲刺备考阶段。

就在陈向芬心里风起云涌的时候，木子家也处于"战乱"之中。

给木子祖孙俩造成困扰的是一只三寸长的小小老鼠。

黄昏的时候，木子和奶奶吃完饭正坐在沙发上边看着电视边聊些杂七杂八的事。突然一个小黑影在木子眼角的余光中移动，木子转头去看，竟然发现是一只小老鼠正靠着墙溜到餐桌底下转悠起来，然后直奔矮柜下方……

家里有老鼠？

"奶奶，杰瑞！"

"杰瑞是谁？"王素珍莫名其妙地问。

"老鼠，老鼠！"

"啊？老鼠？在哪？我没瞧见啊！"

"柜子后面去了……"木子回道。

"蟑螂是小强，老鼠是杰瑞，我都要……哎，你别摇柜子啊，上面的花瓶子会倒呢！"王素珍大惊失色。

木子一听，赶紧伸手去扶摇摇晃晃的半截大号矿泉水瓶，瓶子里插着一小束绿植，这是街边修剪下来的植物，木子捡了几枝回来养着。

门窗一直都紧关着，很多天没有开过了，除非这老鼠是一个月前进来的。有一次奶奶给窗外的植物浇水，忘了关窗。木子在心里思考着。

"不会有老鼠吧，家里也没咬坏东西，水果米面衣服都没有咬坏啊。"奶奶迟疑了一下又说。

"可是我刚看见它了，现在真在柜子底下！"

半夜里，祖孙俩就忙开了，搬开家具寻找老鼠，又拿着扫把追赶老鼠，偶尔看着赶出来了，可一眨眼又不见了，明明看见在椅子后面，挪开椅子又不见了，折腾半宿，依然无果。

"睡吧，睡吧，明天再说，你一早还得上班呢！"奶奶说。

"如果它像杰瑞一样，能站出来为自己争取地盘，我都能接受。人家养狗，我养只老鼠的实力还是有的。我就见不得它这偷偷摸摸的样子，在屋子里窜来窜去，也不知道它吃什么为生的，也不知道它咬坏了些什么。好气，好气好气！明明是它不肯见光，吃我的住我的，还要显得是我不仁不义！"木子好一通数落。

12 生活里的"小确幸"

第二天刚下班，木子就去找水莲，向她讨教驱赶老鼠的办法，水莲也无计可施，反过来拽着木子倾诉她正在学车的种种艰难。

"老鼠有什么怕的，人家养狗还得给狗洗澡呢，老鼠碍着你啥事了……你不知道，我周末去练车的时候，那个教练快被我逼疯了！"

"学车，你在学车啊，什么时候开始的？"木子忘了"初衷"，马上激动地问，因为她也在考虑要不要学开车呢。

"科目一早过了，练车才上了几堂课。"水莲笑着讲道，"你不知道，哈哈，我一练车，什么动作都不对，踩油门不稳，车子就一蹿一蹿地像在打嗝，踩刹车更……教练说我动作生猛，我就回了他一句说'离合太难掌握了！'哈哈哈哈，你不知道教练脸都绿了，只对我说了一句什么……"

"什么？"木子好奇地问。

"他说我们的车，只有悲欢，没有离合！"

"What？"

木子没有找到笑点，愣愣地甩出一个单词。

看木子和自己一样不懂，水莲无语了，只好继续解释："我家里车是手动挡的，但志勇给我报的自动挡，说更容易开些，回头给我买台自动挡的代步车。手动挡的车有离合器，自动挡的没有！"

"哦！"木子想起来，是听人说过自动挡的车开起来更舒适，就是因为没有离合器，右脚踩油门直接就能前进。可是只踩油门也会突突突地一拱一拱？木子也不懂！

木子不懂，这个话题根本没法继续，水莲主动认输。

木子家的抓老鼠笼装上了，抓老鼠的强力贴也摆好了，不过只粘到两条壁虎，一只苍蝇。日子一天天过去，老鼠依旧没有被抓到，也没有被赶出出租房，水莲的车却勉强地学完了。

所有科目一一考完，顺利过关，一本黑壳的新驾驶证刚到手，水莲马上就请了木子与几个帮助过她的部门同事出去庆祝。

同事小朱考过驾驶证都几年了，水莲想让她带自己练练车，便于向她请教。

大家吃着美食，聊着，笑着，发现了一个新问题。

小朱开车学的手动挡，在家也开过一年多，后来买了自动挡的车，怎么开都不习惯，她也向旁人请教过，结果有人教她用左脚踩刹车，右脚踩油门，这样有什么好处她已经忘了，但她照做了。

小朱在近两年时间里开车都是如此操作的，倒也开得顺利。

"疯了，不是右脚踩刹车和油门，左脚闲着吗？"水莲大吃一惊。自己刚学的知识，驾驶证还热乎着呢，绝不可能记错。

所有人的眼睛齐刷刷地看向小朱，小朱顷刻间就不自信了。一通免提电话打下来，小朱明白自己的错误操作是铁板钉钉的事了，哭丧着脸坦承自己这样操作了两年的习惯，恐怕是很难改回去了。

"得，我还是另找人陪驾吧！你就是主打一个不靠谱！"水莲笑道。

第二天到公司上班，已经用了半晚时间练习用全右腿控车的小朱马上就找到水莲等人说，她左脚踩刹车的习惯恐怕是很难改过来了，因为她已经习惯了。

陈姨远远听了几个关键词，等走近木子，她便以此为话头与木子聊了两句，然后顺嘴说："我家两个孩子刚高考结束，也准备趁着暑假去练车呢，只要满了十八岁就可以考驾驶证。"

"陈姨，你家两个孩子啊？"木子问。

"是啊，一对双胞胎男孩！"陈姨叹一口气。

"男孩挺好的啊，这还叹气，太'凡尔赛'了。"水莲笑道，"如果我能生一对双胞胎该多好，一次完成生两个娃的任务，省时省力。"

木子的脸一下子就红了，但她还是拍了水莲一下，小声说道："哎，你也不害羞，还省时省力，你就生七八个吧。"

"那不成，养不活，但凡有一儿一女，就足够了！"

"我怎么没办法跟你聊天呢，脸皮厚厚的！"木子作沮丧状。

陈向芬听了也笑起来，就用眼神扫向木子微红的脸庞，心里有种说不出的滋味。她想与木子更亲近一些，接触更多一些。想到此，她便叫住了木子："俊龙俊麟的成绩一般，考的分数刚出来，不算太理想，你能帮忙一起选学校和专业吗？年轻人的想法我是不太懂的。"

"啊？"木子吓了一跳。

这么重大的责任，怎么毫无征兆地落到了自己的头上？

一听这话，好沉重的任务啊！水莲怕惹火上身，悄没声儿地就走开了。

陈向芬当然明白木子的学习成绩一般，就读的学校也非名校，专业更一般，甚至对学校和专业的了解应该也不多，但陈向芬也找不到别的借口去接近木子，只好充分运用她那牵强的理由来请求木子支援。

她不要求孩子选名学校，只是想孩子们能选择适合自己的。

木子高考选校好像也不复杂，甚至不算太紧张，但也事隔多年了，她从没想过自己还能有机会参与到其他人的选校大业中去。她知道自己没这个能力做什么推荐，但突然面对这样的请求，她无法拒绝，也不知道该怎么拒绝。

木子接下来只好各种研究查找，什么样的分数，什么样的学校，什么样的专业……木子越查越了解，越了解就越害怕，这事太复杂了，影响太重大了，可是现在拒绝还来得及吗？

木子为难之后觉得还是只能顺其自然，不过她会将情况给陈向芬说明白的，自己承担不起这样的重任。

在这样研究了两天关于选校的问题之后，陈姨果然就安排了大家在一家咖啡厅碰面。木子到的时候，就看见陈向芬已经带着两个大小伙子坐在座位上了，两边一介绍完就坐下来先聊聊天。

点完餐以后，服务员把餐具和茶水先送了过来。

大家坐在一起很快就消除了陌生感。两个男生很明显地迁就木子，陈向芬看了也放下心来。

零食、水果一样样端上来，"木子姐，免费的，咱得多吃一点，哈哈！"俊龙顽皮地说。

"木子姐，这里的战斧牛排不错……呃，吃完了记得把骨头给我留着啊。"

"啊？"木子没听明白。

"他要拿回去……"俊麟的话还没说完，就被陈向芬拍了一下，陈向芬想制止他，但俊龙还是抢着说完了，"他要拿回去喂狗！啊啊啊！妈！"

肩上挨了陈向芬一巴掌之后，俊龙"惨叫"起来。

"啊，哈哈哈！成交，我也不吃骨头，留给你啃！"木子受这两个男生的影响，也扬起下巴淘气起来。

看到木子不介意，陈向芬松了一口气，但还是故作嗔怒地说："你们这些孩子，一个个开玩笑没轻没重的！敢情我是养了一群小狗啊？"

说着，陈向芬看着眼前三个正贫嘴打闹的孩子，突然心里一暖，觉得如果有这样三个孩子真好。

只有食物能堵住大家的嘴，相对安静地吃完牛排，啃完鸡腿，又分享完一盘鱿鱼大虾洋葱圈，大家才心满意足地叫服务员来收拾桌子，然后叫了几杯咖啡。

"姐，我们也商量了两天，左看右看还是拿不定主意，还是要辛苦你也帮我们出出主意啊！"俊龙边说边在母亲的示意下拿出了一本超厚的大黄页。

这种大开本的厚工具书，已经囊括了全国所有的学校，分了"985""211"，一本二本直至专科的各种类别和院校，要全部翻完研究透估计得把人急哭，但实际上考生们的分数和意向学校大抵心里有数，因此需要翻看的部分其实也没有那么多。

木子问了问望城本地的大专院校，只有湖南信息职业技术学院、湖南电子科技职业学院、长沙医学院这几所，但都不在兄弟俩的考虑范围之内。

"木子姐，长沙好学校挺多的，我们不想去外省。"俊龙首先说。

"是啊，我们分数也差不多，选同一个学校、同一个专业也可以的。"俊麟附议。

"长沙是省会城市，好学校比较集中，优先考虑长沙吧！长沙有哪些学校？"木子翻着册子查找。她已知的只有湖南大学、湖南师范大学、中南大学，其他好学校肯定还有，但她对这个城市还不够熟悉。

雪白的指尖顺着往下，木子边看边问："每所学校都有侧重点，最优的专业也不一样。要不就选最好的学校再选专业，要不就选最好的专业再选学校。如果学校和专业都是最好的，要求的分数自然也会高些，但也最有吸引力……"

木子是现学现卖的，但陈向芬马上肯定了她的话："对对对，木子说得对！"

两兄弟相互看了一眼，怎么感觉母亲已经变心了啊。他们目光闪烁，将视线投到木子身上，忍不住笑了。

俊麟道："姐，高一时候我们想学计算机当黑客，后来听说学医、学金融和学法律都不错，但我们的兴趣点也不在这里头！"

"你们的兴趣点在哪里？"木子好奇地问。

"我小叔当过兵！"俊龙答。

俊麟接着说："是呢，他拿军功章给我们看过，还给我们讲过故事！"

"想进军校？"木子笑道，"我知道南京有陆军指挥学校，长沙好像没有吧？"

"长沙有国防科大，进军校当然最好，但我们分数也不够啊！"俊龙难为情地说。

是啊，不到六百分，对于想选一所理想学校和理想专业来说，很多考生都会发现自己的分数离理想距离遥远。

人生就是这样，读书的时候总觉得自己够努力了，分数也过得去，但到了选学校选专业时才发现几分之差都是天壤之别，不免后悔当时怎么不多学一点，分数能再高一点。而在能选专业的时候，多数考生也不知道自己喜欢什么，擅长什么，想要什么。等到明白过来的时候却又一切都来不及了，因为一切都无法从头再来。

人生大事，肯定不会是一蹴而就的，木子不会真去拿主意，见聊得差不多了，便道："选择院校和专业还有两天时间呢，其实我也不懂，还是你们一家人好好合计，再思考一下吧。"

最后，她又将当年自己选专业时老师讲过的意见和自己的思考，以及在大学时的了解都说了下："总之，不管进哪所大学，学哪个专业，读大学都不会是高考的结束，而是人生的开始，要认真对待，好好学习，不管在哪个学校都能拔尖，都能有出息的。"

木子在高中期间是最努力的一类学生，但她在说这些话的时候不免觉得有点脸红，因为她并不是最优秀的。只是她一时想起了那三年苦读考了大学，入大学后便放松了自己，和同学一起逃课，混完几年日子，现在想来太不值当了，便忍不住叮嘱了俊龙和俊麟。

木子起身告辞的时候，陈向芬还没开口，俊龙俊麟便主动起身送木子出门，然后才回到咖啡厅里。

"妈，是她对吗？"俊麟问。

陈向芬把目光投向两个儿子，问道："你们呢，你们希望她是吗？"

"我喜欢她！"

"嗯，我也喜欢，有个姐姐感觉不错！"

……

13 替人当义工

　　这段时间是天气比较舒服的时候，而木子的工作和生活也相对顺利，她慢慢适应了新生活的"套路"和节奏，心里的安定感悄悄滋生，不管是思想上还是行为上都开始变得从容不迫。

　　但是，各种小事并没有断档过。这不，自然有人瞧她闲了下来，就给她添乱送事儿上门了。

　　"拜托你，救命啊！我早就报名领了任务，你就帮我去一次嘛。"小李做出一副恳求状。

　　"那你还约涵涵？你要脱离'单身狗'小团队，却让我代你献爱心？"木子不屑一顾，"你就带涵涵跟你一起去做义工嘛。"

　　"不是约会，是涵涵的父母突然来了望城，提出要见我。"小李苦着个脸，"姑奶奶，我这是要见家长啊，哪里敢讲条件。您就同意了吧，条件随你提！"

　　被涵涵无意提及之后，涵涵的爸妈非常紧张，因此安排时间突击来见小李，要是小李并非良人，他们便要采取非常手段保护女儿了。而小李呢，正好是那种平平凡凡的男生，家庭和工作都还好，学业和为人都还好，对涵涵也都还好。涵涵心思简单，是一个平凡清秀的女生，她觉得跟小李相处很自在，也很有安全感。大富大贵的婚姻和惊心动魄的爱情她自问承受不起，能找一个彼此喜欢的人一起生活，一生一世，生一儿一女，就像父母的婚姻那样，便是最理想的人生。

　　小李看到自己的平凡，也看到涵涵的美好。他想娶这个女生回家，但他还没做好思想准备见家长，生怕涵涵父母嫌弃他。

一听说要见家长，小李方寸大乱，他将熟悉的人想了一圈，有的忙，有的出差，有的缺乏耐心，无法替他去福利院，而木子就不同了。木子周末的任务一般就是陪奶奶，也做过义工，对老人家的耐心是显而易见的。因此他便来求木子。

"难怪我昨晚做梦都梦见你是菩萨转世，一早醒来我还奇怪呢，原来是有这么一着，你得搭救我！！！"

"哈，你还能这样？戏精上身啊！有点骨气好不！"木子说。大事面前她向来不纠结，因此当小李又"求"了她两句后，便故作沉思状道："那你包我一个星期午饭吧。"

一个星期午饭没多少钱，但这样也算是条件。有事找人帮，有情况多帮人，但这是有度的，不能多占人便宜，也不能多欠什么人情，而且也不必争做老好人，这样反而可以避免许多麻烦。木子在大学里就见识过那些老好人的奇葩待遇，即使承包了整个寝室的卫生、打水打饭，最后也得不到整个寝室人的友谊，反而会得到更多的活儿做，还不被尊重。

她看在眼里，有师姐与她交心讨论过，说："咱们要做好人，但不能做烂好人！"木子深以为然，有些人是可以慢慢处成亲人的，但有些人是永远处不成亲人的。

"成交！一周午饭加奶茶！"听到木子给台阶了，小李立刻拍板成交，"时间地址马上就发到你手机上，到了现场你报我的名字签到，谢谢谢谢，人民会记住你的恩情的！"

小李感恩的话大量奉上，让木子啼笑皆非，只好连连摇手。

"奶茶一杯就足够了，我还要减肥！"说着，木子又白了小李一眼，心想周末出去游玩的计划只能泡汤了，早知道就该多提点条件，比如说让小李给自己擦擦桌子，哈哈哈……

这样的想法也只略微一闪便罢了，擦桌子啥的活儿若让同事们看到了，会觉得他们过于亲近，会招来多少闲话啊。

周六一早，木子七点出发，八点不到提前赶到了福利院门外，这时候已经有领队守候在此。木子上前说明情况后，领队笑着问木子有没有做义工的经验，有没有照顾老人的经验。木子便说在大学期间参加过义卖活动，也去过福利院陪老人和孩子，但到望城以后还没有参加过陪护老人的活动。领队一听，心里有了数，一方面对小李的安排感到满意，毕竟小李没有临时缺席，而且替补人员又是有爱心的熟手，工作安排能顶用；另一方面则在心里暗暗做了调整，木子与今天的老人都不熟悉，因此需要搭配与老人比较熟悉的义工组队。

八点半不到，所有义工集合签到完毕，又照了个合影，这才带着提前采购好的物资一起进了福利院大门。

现在已经是火热的天气，但院子里绿树成荫，又起了点风，倒也还凉快。已有十来位老人在院子里活动，有的散步锻炼，有的坐在轮椅上，有的拿着水壶正给花浇水，还有几个围在一起聊天。

福利院院长和工作人员闻讯迎了出来，连连感谢大家周末前来帮助照料老人，然后就在阴凉处开始分配任务。

这福利院里有身体相对健康的老人，也有部分不能自理的老人，但多数老人在洗头、剪发、剪指甲，包括洗澡上都需要有人辅助。福利院的工作人员有限，有了义工的助力，就能安排在周末时间为老人们服务了。特别是逢年过节时还会有人来福利院里包饺子、修电器、表演节目什么的。这些年轻人的陪伴极大地活跃了福利院的气氛，给老人们乏味的晚年生活增添了几分乐趣。

木子作为第一次前来的顶替人员，她与一位能干的老义工一同被分到去照顾一位失能的老奶奶。看到老奶奶笑眯眯的脸上充满了歉意，木子不由得想到了自家奶奶，就越发地心疼起来。

奶奶王素珍人到老年，突然家破人亡，她独自将木子抚养长大，现在老了也会经常犯点小糊涂，记忆力也越来越差了。木子扫视了四周的老人们，心里有点害怕，要是奶奶再老些，万一需要人时刻照顾，她该怎么办呢？人老了真可怜啊，自己可怜，家人也可怜。

木子的心乱了，手却开始不停地帮助料理眼前的老奶奶。先让老奶奶躺平，然后接水来帮她洗头发，轻轻按摩，再把椅子放进洗澡间去摆好。两人配合帮老人洗完澡，换上干净衣裳，然后趁着指甲被水泡软后进行修剪，还要洗衣服，收拾房间。

"谢谢你来顶小李，平时参加活动的义工有时多有时少，如果报了名的突然缺席一两个真会让人措手不及。以前出现过这样的情况，我们虽然也能把活干完，但就是太慢了。"领队看着木子动作娴熟，便多跟她聊了几句，说以后想参加活动可以报名，并将自己的联系方式留给了木子。

"好嘞，我以后也多向你们学习。"木子点头。

"对了，你也是小李的同事，福湘公司的吗？"领队问。

木子点了点头。

"以前他带一个叫万玲的女孩来参加过几次活动，好久不见她，听说她生病了，现在完全恢复了吧？"

"嗯嗯，恢复得不错，前阵子回公司上班了。"

"那就好。后来我打过她电话，是她家里人接的，再后来就没打了。哎呀，我也没去探望一下，挺不好的。"领队感慨道，"感觉也没做啥，却一直乱忙，什么也没顾上。"

旁边一个小伙子马上插话道："可不能这样说，每个月几次义工活动，你次次都要组织、采购、签到，回家还要写总结。自己也有工作和家庭要管，不像我们，有事可以请假。"

"好吧。不红脸地说，这也是事实。我对自己还是比较满意的！哈哈……"领队是那种性格爽朗的人，自我认识很到位，也很幽默。

有两个工作人员和一个听力不错的老人断断续续地听了几句，知道是在聊什么，也忍不住插话，表扬起领队的热心和几年义工活动的坚持，惹得领队连呼："哎，停停停，真的不能再说了，我的脸都红了。"

木子看得出来，和院里的老人人数比起来，这家福利院的护工人数其实很少，日常能完成简单的照料工作就很辛苦了，如果再遇到什么突发情况那就不可想象。

躺在床上需要全方位照顾的老人不多，但任务很繁重，即使及时给老人更换尿不湿，但每天要清理，那也不可能面面俱到。到了这里看到现场情形，木子也理解了小李为什么不好意思缺席。

木子也看得出来，小李其实非常在乎这些福利院里的爷爷奶奶们，他很想给老人们带来更干净舒适的生活。

跟木子同组的中年女人庞玲十分照顾她，说只让木子搭把手，但木子还是坚持自己多做一点儿。随着一些活儿先做完，腾出手来的义工们便或推着或扶着或牵着老人们到活动室，组织老人们一起唱歌，或表演节目给老人们看。有一位个头非常瘦小的老奶奶很有才艺，据说是每次有人来访，她都会弹电子琴给大家听。看到老奶奶的双手在电子琴上翻飞，琴声行云流水，木子十分感动，直到老奶奶弹完两曲站起身，旁边的义工马上上前扶她，木子才发现这位老奶奶是个盲人。

"我和你说啊，我刚出生那年，日本鬼子打过来了，我爹娘带着我们躲日本鬼子的时候，我大哥用一根扁担，前面挑着我妹妹，后面挑着我，结果日本鬼子的炸弹炸下来，就剩我一个人活着……"

老奶奶如数家珍一般和木子描绘着自己一生中重要或者不重要的事情。老人家都爱讲故事，而且记性都有共同特点，就是"远事"记得非常清楚，而对近期发生的事怎么也想不起来。"有时候我躺着，以前的事和人就像过电影一样在我眼前放映着。"

老人们在独处的时候，两只眼睛望着天花板慢慢回忆。

倒不是说护工们不愿意陪老人们多聊天，只是护工本身也很难有空闲来和老人们说说话。一名护工"吐槽"似的对木子说，有的时候自己累了一天回到家连老公孩子都不想搭理，甚至饭都不想吃，只想睡觉。所以有义工周末过来共同照顾一下，哪怕只是陪老人们说说话都很重要。

老人们平时特别无聊，每天的交流除了一些生活上的事之外，其他的基本没有。可是生活上的事也就那么一点点，还是特别熟悉的人和生活，也就没什么新鲜事可说。因此他们有时候可以几个小时的沉默，无话可说。可能吧，有的老人一周的聊天说话，还没你们陪着的一个小时说得多。

一个福利院，若没有外人来走动，整个福利院便会死气沉沉的，会被一种暮气笼罩着，让人觉得压抑和窒息。工作人员机械性的招呼与闲聊，像一点微末的光，又像一只鸡毛掸子每天略微扫去点灰尘，给老人们带去亲切和温暖。偶尔也会有些老人的亲属来看看，一周来一次的都少，一个月来一次的稍微多点，不过也只是来去匆匆，带给旁人一脸冷漠或一丝微笑。

只有义工们的到来是不同的。义工们这种陌生人带来的照料和欢乐更像是阳光，是来自社会的关爱。

义工们定期探访，特别是节假日总会来几拨，送吃的，陪聊天的，收拾房间的，帮助洗头洗澡的，唱歌跳舞的。这时候老人们会觉得自己活得有质量，脸上总是笑眯眯的，皱皮的老手握着年轻人温暖的手总舍不得松开，看着义工比看着自家儿女孙子还可爱。

"所以啊，你们过来就像凉快的风吹进每一处角落，感觉空气呼吸起来都让人身心舒畅。"护工这样和木子说。护工也愿意和义工们聊天，这让他们的工作有了些格外的生机和趣味。

护工又告诉木子，有一位妈妈常带着孩子过来做义工，一个月来两次，据说她们已经坚持三年多了。那小孩子第一次来的时候还很怕生，年已九旬的何老爷爷拉着他说话，小家伙差点吓哭了。后面多来了几次小孩知道何爷爷特别喜欢他，他还会主动给何爷爷带吃的，一来就给老人捶腿捏肩，处得跟一家人似的。

听说这小孩家里也没有老人，所以养老院的老人们都把小孩当作亲孙子一样对待，小孩在这儿即使闯了什么小祸，老人们反而乐呵呵的。

14 老年人的世界

　　忙完一圈下来，收拾完毕的老人被义工们扶到一间大厅里歇息。大厅里开了空调，这时候已经坐了十来个人。木子果然看见一个七八岁的男孩，他的周围围了一圈老人。男孩正叽叽喳喳地说着学校里的事，比如他两个关系很好的同学打架了，班上一个女同学喜欢看什么动画片，还有语文老师想占用体育课让大家写作文，体育老师很生气，同学们也很生气……他的小嘴巴一直讲个没完，仿佛要把这两周收集的趣事都说给爷爷奶奶们听，老人们有的认真地听着，有的低头与身边的义工小声聊天。

　　木子身边的老奶奶仿佛对这一切都不感兴趣，只是这老奶奶看上去也不像那种讨厌小孩的老人。于是木子从侧面问了问，察觉到木子的疑惑，老奶奶淡漠地说起了往事，说得断断续续，但很悲凉："当年我就生了一个儿子，他三十岁才结婚。结婚没多久，有一天我儿子下水去救人，结果他自己没力气游上岸，淹死了。当时我儿媳已怀孕四五个月，出了这事她哭得不行，没多久就流产了。后来我也想通了，就劝我儿媳妇改嫁了。如果不出这事，我现在也……"

　　老太太一直显得漠然，此刻眼中却泛着微微的泪光，不一会，那微光逝去，又恢复了淡然。老太太的故事像一把锤子一样狠狠地敲在木子心上，她突然哽住了，不知道要怎么回复，怎么安慰老奶奶才好。

　　木子没有安慰，但老奶奶看得出她的难过，看得出她的伤心，于是轻轻拍了拍木子放在椅边的手，反过来宽慰道："别难过，这么多年过去了，我早就看开了。"

午饭时，木子帮着喂了饭，饭后又帮助老人午睡，然后问了领队确认没什么事了才说要提前回去。毕竟木子家里还有一位老太太呢。领队点了点头，说等一下大家也要离开了，顺便一起出去吃午饭，按AA制。木子告知要回家陪奶奶，于是领队就谢谢了木子的爱心，又盛情邀请她下次继续一起参加活动，木子这才点了点头离开了。

沿着幽静的走廊往前走，经过那间大厅的时候，木子听到里面传来一阵琴声，她在门外停了下来，看见那位盲人老太太又坐在活动室里弹电子琴。"长亭外，古道边，芳草碧连天，晚风拂柳笛声残，夕阳山外山。天之涯，海之角，知交半零落，一壶浊酒尽余欢……"

木子到家都下午两点了，奶奶做了简单的午餐，祖孙俩吃了饭，木子就问奶奶要不要出去走走。奶奶在家里待了一周，当然想和孙女一同出去看看，但她也体谅木子工作辛苦，便说下午太阳大，天气突然变得太热了，要出去也得等明天一早再说。

周日清早，木子看看天气，往背包里塞了一把伞，然后带着奶奶一起坐上了去乔口古镇的车。

车开了十几分钟，透过车窗看到天空突然飘来了一朵黑云，接着就是一阵莫名其妙的雨。木子有点担心，司机笑着说，这是过路雨，一会儿就停了。

"听说以前下暴雨河里就会涨水，会涨到岸上？"木子问。

"那是过去了，以前三年总会淹上两回，若是碰到连月下雨，或是上游暴雨，望城这边的河堤都是要严加防范的，若是冲垮河堤就是大事。"司机是本地人，原来住在三汊矶附近，家就在地势不高的河岸边的一小片居民区，一涨水他们就得搬到二楼住。房子不结实，或者没有二楼的，就得迁去别处住一两个月，等水退了才能回家。

"水一直淹到一楼天花板，水线离一楼屋顶只有一巴掌距离了。"司机大哥深受其扰，印象深刻，说得非常具体，"后来河边的居民都迁走了，那一片重新修堤种树，现在风景不错，河水再也涨不进来了。"

"你小时候住在河边，那游泳太方便了！"木子顺口接了一句。

"才不，我上面两个姐姐，只我一个男孩，我爷爷怕我下河游泳会丢命，怕老冯家会绝后，所以从不允许我下水。不过我还是跟小伙伴们偷偷下水游过……"司机笑道。

木子握着奶奶的手，突然想起了福利院里的老奶奶，想起那么多老人，不知道都经历了怎样的故事，才走到了这样的境地。她转念又想到了自己奶奶的遭遇，当年家里出现那样大的变故，不知道奶奶是怎么扛过来的，若不是家里还有幼小的自己能给奶奶带去一点希望，都不知道奶奶现在会变成什么样。

木子不敢想。

乔口古镇比靖港更远。司机沿着湘江边往北开，过了靖港还要继续向北，一直到了新河河口。新河清波荡漾，连接起了湘江与内陆水网，也滋养着乔口古镇的所有生灵。

乔口古镇上午颇有些游客，以周边游客为主。木子牵着奶奶在乔口古镇中闲逛，她们先进观音阁走了一圈，出来去吃了一碗小钵子甜酒煮汤圆做早餐，这才开始慢慢逛。奶奶不能喝酒，半碗甜酒汤下去，脸都有点红了，布满皱纹的脸像朵盛开的花，也蛮好看的，木子忍不住淘气地伸手揉了一下奶奶的脸。

"去去去，像什么样子！"王素珍摆出一副嫌弃的样子，但心里甜蜜得很。

乔口古镇近年来充分整合文旅、农旅资源，以荷里乔江、渔都古镇、柏乐园等为载体，不断推进文农旅融合发展，着力打造"十里荷廊、百里水产、千年古镇、万亩虾田"，人们称赞乔口古镇是一个深藏不露、暗藏惊喜的"小透明"。这里很适合年轻人拍照"打卡"，而且还有"时光银行"可以写明信片放进邮筒。木子没跟谁写过信，也没收到过谁的信，看到绿色的大邮筒，觉得挺遗憾。

乔口古镇东边傍着湘江水，西接团头湖，水资源充足，因而地方政府在此大造"鱼"势，打造出了"乔口鱼都"。

北方水资源没有南方这么丰富，但王素珍的家乡鸡西在乌苏里江流域，号称有大小河流一百多条，有水库三十多座，那也是很丰富的，特别是那里还有让人们向往的界江乌苏里江和界湖兴凯湖，特别让王素珍怀念的是在老村子附近有穆棱河流过。所以，奶奶对于木子背导游词般地介绍，忍不住争辩了两句：

"当年我们家里穷吧，平时别的好东西很少吃着，但村后也有条河，鱼不管怎么样还是有的。呃，你从没见过我打鱼吧？告诉你，奶奶年轻时候捕鱼可厉害了，每次一桶……"

就这么聊聊笑笑说说，走走停停吃吃，各种小糕点、小零食把木子都喂饱了。但考虑到奶奶没吃什么，她走进一家小餐厅点了两三个菜，除了鲜鱼，还点了一个味道很好的咸蛋黄龙虾和一份鸡爪！

祖孙俩饭后找地方休息了一会儿，这时远处一个大叔吆喝道："租钓鱼用具的有没有呀？专门场地！一个小时二十块！"

奶奶听了，心有所动，立刻拉着木子凑过去看。

这是一大片鱼塘，塘边每隔两三米就放了一组遮阳伞和座椅，供游人们钓鱼使用。

"真贵，一个小时二十元。"木子嘟着嘴。

"嘿嘿，贵就贵，看我给你露一手。"从来都小气巴拉的奶奶突然大方起来，她笑着就拉木子过去。

"怎么啦阿姨？您也想钓鱼吗？"大叔从未见过如此奇怪的组合。

"很久没钓鱼了。"王素珍有点不好意思，拐着弯说话。

大叔多人精啊，马上听出了言下之意，立即接话说："那您试试，钓鱼好玩，还能坐下休息一会。"

"怎么算钱？"木子又问。

"一种是按时收费，二十元一小时，钓的鱼不能带走。另一种是不算时间，钓到的鱼按品种和重量计价，鱼拿走，墙上有鱼的价格。"老板朝墙上的品类表指了指。

木子一听，什么都明白了，当即数了四十元钱交给老板。老板转身从一堆鱼竿里收拾了一套钓具出来，又拿了一盒饵料，然后把木子和奶奶带到了一处的遮阳伞边，放下东西交代道：

"喏，这几个钓位都不错，您也可以选其他钓位，这是鱼笼，两个小时哈。"老板说完就离开了。

虽说奶奶自称钓鱼技术很厉害，但是毕竟现在的鱼竿与原来竹竿竿大不相同，鱼线、鱼漂，甚至饵料都不同。老太太根本搞不定现在的鱼竿，她就在钓椅上坐定，等"小帮工"木子帮忙。木子从没钓过鱼，看着容易的几件东西，她捣鼓了几分钟也没整明白，正要起身去找老板教一下，隔壁几个钓友已走了过来。

"大妈，是您钓鱼啊？"

"嘿，这可真新鲜……"

"是啊是啊，老大爷钓鱼见过，可老大娘钓鱼没见过，啧啧，新鲜，厉害！"

"大妈，您高寿啊？"

周围的人热情地和奶奶打着招呼。

"大姐啊，这边钓鱼蛮贵的，一会儿钓不到就从我这拿几条鱼。"旁边一个五六十岁的男人小声说。

当然，也有热心人发现了木子不会装鱼竿的窘境，说："我来，我来。"说着就从木子手里接过了鱼竿，三下五除二地拼装好了送到奶奶手里，而剩下的人有的帮忙撒鱼饵，有的贡献自己的鱼饵帮奶奶打窝。

在两三位热心钓友的帮助下，准备工作很快完成，钓友各自回到了自己的钓位坐下，还不时朝这边看上两眼。帮木子拼装鱼竿的中年男人正和奶奶讲着鱼竿具体的用法，告诉她们如何起竿，然后又说不要甩太远，避免把鱼钩挂到后面的树枝上。

"我大致懂了，谢谢你啊小伙子，你人还怪好的嘞。"奶奶对帮忙的中年男人说。

中年男人脸一红，不好意思地挠了挠头："不要紧。大妈，我就在你旁边钓位，一会要是上鱼了可以叫我帮忙。"

"好嘞，谢谢叔！"木子知道求人之处可能还很多，所以嘴甜一点儿。

结果那男人刚回钓位坐下，没过几分钟就见老太太钓上来了一条三四两重的小鱼。木子在奶奶的指挥下手忙脚乱地用渔网把鱼抄上来，那中年男人又过来帮忙，从水里拽出专用的鱼笼，教她们将鱼从鱼钩上取下来，放进笼子里，再把鱼笼放进水里。

"可以啊，大妈，一下就钓到鱼了，看来您还是真有本事啊。"

奶奶嘿嘿笑了一声："老啦，不然这会工夫，怎么说也得三四条了。"

中年男人和鱼塘的老板是朋友，不上班的时候常来这里钓鱼玩儿，所以他完全不像其他几位专程来钓鱼的，一本正经守着钓竿。他拽了一张小凳过来，坐着和奶奶有一搭没一搭地聊天。不一会儿，奶奶又钓上来了一条小鱼。

随着奶奶钓上来的鱼越来越多，又有些路过的游客也站着围观。奶奶钓鱼的技术真好，不一会儿就连鱼塘的老板都被吸引过来围观了。

"大娘啊，您这是高手啊！"老板笑着说。

奶奶看着中年大叔和木子从水里捞上来的鱼说："哪有，就是来过把瘾，这鱼都还给你啦。"

老板笑着说，"要不要买两条回家吃？"

"不用了不用了，我们很少吃鱼。"王素珍笑着说。

告别钓友，等走出来有一段距离了，木子才笑着问："奶奶，我们家怎么很少吃鱼？"

"哎，吃鱼要吃活水里的鱼啊。这池塘里的鱼养着玩的，应该不好吃！"王素珍说着，露出一脸得意。

"啊？！"木子目瞪口呆，第一次觉得奶奶挺狡猾的。

15 工作之外的工作

一项意外工作从天而降。

陈向芬从背后拍了一下正在专心画设计图的木子，木子呀了一声差点从座位上弹了起来，周围的目光顿时被吸引了过来，大家看了一眼与自己无关，随后又继续埋头做自己的事情。

陈向芬显然没有想到木子的反应会这么大，略微尴尬地笑了两声，才道："别一惊一乍了，有个新任务要交给你。"

"啊？好！"还不知道是什么任务的木子先应了下来，她这工作态度让陈向芬很满意。

"你要把这个责任担起来！木子，以前单位搞活动都是由我策划和主持，以后就看你们年轻人的了！"

木子这才缓过神来，随即挠了挠头说："啊？可我也没啥策划和组织活动的经验，万一弄砸了，王总会……"

"哪有那么难？这种小活动差不多每半年就有一次，照本宣科罢了。活动流程都有现成的，就是吃饭唱歌什么的，偶尔也在食堂聚餐，再让各部门准备一些节目。我把近几年的方案给你参考，你可以照旧，也可以创新，遇到有啥不懂的也可以问我，多用点心。"陈向芬说着就把厚厚的一摞文件放在木子的办公桌上，头也不回地走了。

陈向芬刚走出门，旁边的小李立马把头凑过来："哎呀呀，有人要遭罪咯，这活可不好干啊，木子。"

"你少在那妖言惑众吓木子。"主管刘强拿起水杯从座位上起来，把凑在木子边上的小李给拉了回去，随即转向一旁的饮水机："这种事一回生二回熟，没那么困难的，要不是张姐怀孕了，陈姨也不会把这事托付给你，你这是一点经验都没有啊。"

"刘大人，要不你来做吧！"木子乞求。

"领导把工作交给我了吗？"刘强翻了个白眼，然后才鼓励道，"不过，大家都相信你能做好啦，加油。"

刘强回到座位上，喝了一口茶又补充说："这种活动的策划和主持工作也没什么新意，你放宽心就好了！有啥需要帮忙的随时和我们说，大家都会帮你的，放宽心噢。"

"嗯嗯，小女子这厢先谢过各位大人。"木子只好点了点头，然后把拿到的资料翻了翻。

晚上回到家，木子草草吃完饭便打开了陈向芬给的文件，厚厚的一摞资料记载着近两年的活动情况。木子一页页翻看，从春节联欢晚会，再到例会、月会、年会，团队拓展的方案、预算、总结，一切记载得清清楚楚。

再次睁开眼时，木子看了看表，已经是凌晨三点了，木子伸了个懒腰，突然发现一件外套掉在地上，应该是奶奶在自己睡着的时候给自己盖的。

木子起身又伸个懒腰，去卫生间洗了个澡，然后回来躺到床上。这时候木子不困了，怎么都睡不着，她怕睡不够会影响白天的工作，便闭着眼睛酝酿睡意。一份份活动方案在木子的脑海中飘来飘去，木子想要把它们拼凑起来，却一点也找不到有关下一次活动的头绪。

不知过了多久，木子烦躁地挥了挥手，那一张张纸便从木子的脑海里被驱散了："罢了，反正时间还早，还是等明天上班再问问张姐吧。"木子摸了摸额头。

不对？今天周几来着，木子眯着眼睛打开了手机。

完蛋，今天是周六！

周六不上班，但是木子要带奶奶和部门王主任的儿子华华出去玩，这可比上班更费力气费精神。这是上周就约定好的，木子也不能"放鸽子"啊。

这周一直在忙，木子都忘了安排行程，转眼就到周六了，她还没想好去哪儿玩。现在公司里的人几乎都知道了，木子每到节假日都会带奶奶在近郊景点走走，常有给推荐景点的，偶尔有愿意同行的，没想到王主任会主动将孩子相托，让木子带着一起玩儿。

木子揉了揉眼睛，在手机上搜索望城好玩的地方，实在是让人眼花缭乱，不过，有一个地方牢牢地吸引住了木子的目光。

周六一早，木子被奶奶叫起床，两人刚吃完早饭，碗还没洗，王主任已经把孩子送到木子家楼下了。

王主任把孩子带到公司去过两次，所以这次已经是木子第三次见到华华，但还是有些不熟悉。华华略有些怯生生的，王主任把华华拉到木子面前说："快叫木子姐姐。"

"木子姐姐好。"

华华看了看木子，知道自己要跟着她混一天呢，于是挤出了个笑容。

"好啦，华华今天就交给你啦，我一会就要去总公司开会了。"王主任一边朝车走去一边冲着木子这边挥手："要玩得开心哦，华华要好好听姐姐和奶奶的话哦！"

华华不舍地挥着手："妈妈再见！"

看得出来华华平时很少和王主任分开。听说华华爸是海员，好几个月才回来一次，平时都是王主任自己带娃还要做家务，娘家婆家她都靠不到，有时实在没时间还把华华送到陈向芬家。但这次恰好陈向芬家俩孩子高考完就学开车去了，这些天也没空帮忙带，陈向芬就让王主任把华华送到木子家。

王主任觉得不太好，但也没办法，好在木子痛快答应了。

木子想尽快与公司的同事领导们熟悉起来。王主任人挺好的，陈姨又推荐了木子，所以这点小事木子还是愿意帮忙。只是要同时照顾奶奶和华华，木子有点担心自己忙不过来，要是磕着碰着华华就不好了。她压力很大。

好在，奶奶今天状态不错，她总是笑呵呵地看着华华。

上了年纪的人对小孩子总是有一种莫名其妙的亲和力，难道这就是所谓的隔代亲？

木子没想太多，她领着一老一小上了公交车，安顿老人坐好，她才回到前门去刷卡，刷了三次。奶奶还没办城市交通老年卡。

贝拉小镇也是陈向芬推荐的，她说自家儿子去玩过两次都感觉不错，只是二三十公里的距离，公交车要换乘几次还是有点远。木子从微信上点开贝拉小镇小程序看了看，一大一小几十块钱的门票倒也不贵，年过七十的老人还不用买票，只是没什么项目是老人能玩的，老人进去走走看看新鲜、看看热闹还行，但那么多精彩项目足够华华玩吧。

木子一行人刚验完票进门，就看见一辆辆大巴车停在了贝拉小镇的大门口。至少有好几个班的小学生在老师们的指挥下一排一排站好，然后在十几个家长的辅助下排队向里走——看来今天的贝拉小镇应该会很热闹。

奶奶牵着华华。华华看着路口正中间的路牌若有所思，研究了一阵，突然指着一处说："木子姐姐，我想去这里。"

木子顺着华华指的地方望了过去，问："探索飞行？"一听就很刺激。

木子从小到大都没接触过这种刺激的东西，就连海盗船都没坐过一次，但是华华感兴趣的话，还是得过去看看。

到了探索飞行的场地以后，木子才发现是自己多虑了，既没有什么海盗船一类的刺激项目，也没有什么所谓的一飞冲天的玩法。倒是有一群孩子在矮矮的索道上跑着，还有很大的飞机模型，一群小孩子在里面跑来跑去。华华见了十分兴奋地冲了进去，很快就和里面的小孩子玩到了一起。

"想想在你小时候，奶奶也带你去过几次儿童乐园，你也是玩得这么开心。"奶奶笑眯眯地看着华华和一群小朋友们玩在一起，"我记得那个时候你还把一个小男孩子打得头破血流的，最后人家家长带着小孩来找我。"

"哎呀，这种事都过去那么久了，您老人家还能记得。"木子不好意思地说。

"别看我一把年纪了，很多你小时候的事情我都还记得清楚。尤其是你和隔壁三叔家的儿子一起去偷人家的小奶狗那回，三叔等你睡着了，偷偷又把小奶狗还给人家。小奶狗送回去了，你醒来后趴在床上哭了整整一天……"

"得得得啊，奶奶您可别翻旧账了。"

木子连忙阻止奶奶继续说下去，然后牵着刚结束一个项目的华华向下一个项目走。木子一转头，却看到了个熟人——福湘公司的同事、她的老搭档小李正带着个小孩子在玩。

"小李！"她如同看到了救命稻草一般，冲奶奶招呼道，"你看着点华华，我看到一个同事了，去打个招呼。"

小李正招呼着要让小孩去玩一个项目，看到迎面过来的木子，突然一愣："嘿呀！木子，没想到你老大不小了居然还来玩这种小孩子的玩意儿。"

但木子更"刻薄"地回应了他。

"我哪比得上你，二十刚出头吧，你就有小孩了哎，真是深藏不露啊李总，得亏你还告诉过我，说你跟涵涵的爸爸都准翁婿见面了。想不到你居然是这样的人哦。"木子调侃着，顺势掏出手机，作势要打电话，"我现在就告诉涵涵！"

"别别别，我错了，我的姑奶奶。"小李连忙拦住木子，"我从小学起就是三好学生，一世清白可不能在您这儿坏了，这是外甥，外甥！我姐这些天忙着给大儿子准备婚礼，没精力带小的。我今天一早领到的任务就是带孩子玩，您老人家也高抬贵手吧。涵涵今天加班，她没空出来玩呢。"

"那好吧，就饶过你这回。"木子拍了拍小李的肩膀，"话说这次单位搞活动，你能不能出点主意啊？"

"我能有啥主意，每次年会都是看节目、吃零食，啥新意都没有。每次部门聚会都是会餐，KTV唱歌。"小李忍不住抱怨。

"哎呀，能不能积极帮我出点主意。我也是没办法嘛。"木子看到华华和小李的外甥大壮玩到了一起，笑道，"看，跟你外甥玩一起那小孩没，是王主任家的小孩，可爱不？"

"可爱是可爱，没我外甥可爱。"小李得意地捏了捏鼻子，"也不看看是谁外甥。"

"那可是王主任家的孩子！"木子故作淘气地提醒道。

"我知道那是王主任家的孩子，可谁家的孩子也不行，全世界最可爱的小孩就是我家小外甥！"

"那将来你自己的孩子呢？"

"木子，你有时候真坏！"小李抗议。

奶奶远远地看着在跟小李聊天的木子，她好像想不起上次木子笑得这么开心是什么时候了，也许让木子来到望城是一个正确的选择吧。

木子带着奶奶还有华华和小李跟他外甥一起，五个人在贝拉小镇整整玩了大半天，直到王主任给木子发了信息说自己刚忙完，现在已经过来接她们了。小李的外甥还想继续玩，于是小李和木子分开走。木子带着一老一小出了小镇，在停车场找到了王主任的车。木子坐在副驾，奶奶和华华坐在后面。

刚上车，华华就累得趴在奶奶腿上睡着了。

"哎呀，今天真辛苦你们啦，晚上去我们家吃饭吧！"

不一会儿到了王主任家，王主任热情地招呼着木子和奶奶坐下，她自己就把华华抱回房间放到床上睡觉了，又给木子和奶奶打开电视机，然后系上了围裙准备做饭："我们家平时也没什么客人，所以比较乱，你们先坐着，我马上去做饭。"

木子连忙跟着进了厨房："正好让我也偷学下厨艺，学着做点湘菜。"

王主任听罢也没有拒绝，和木子一起在厨房里忙起来……

木子和奶奶从王主任家出来，到家时已是晚上八点多。木子洗完澡躺到床上，又想起了自己要准备的活动，她突然有了一个绝妙的想法。于是她又连忙从床上爬起来，打开了笔记本电脑……

一直到晚上十二点合上电脑，她心里还在回想自己做的方案。她不知道周一交给领导看的时候会不会挨骂，不过也管不了那么多，她太困了，还是睡觉要紧！

16　微信群里抢红包

周五晚上，公司员工微信群格外热闹，木子看了一眼，见大家在聊买车的事，大家讨论着贵的买不起，便宜的又觉得不好。

"没钱怎么办，要不就努力赚钱，要不就少花点呗。"

"是啊，不要买自己负担不起的，谁不想买一百万的车啊！"

木子看了看，忍不住也回了一句："每个月还不起车贷，那就没必要购车啊，要不活得多累啊。"

"呀呀呀，我不仇富，只愁寻不到打劫富人的路！"小李也在群里开始耍宝搞笑。

"我还是搬个马扎坐下来研究，就俺这家境，十万上下的车不用发愁，大家有没有推荐？"刘强开始提问。

刘强虽然只是设计室的主管，在公司的员工微信群里却是群主。这说明他的人缘关系肯定不错，这一招呼出来的却是要他先发红包请客，等大家庆祝完了再说其他。

"哎，我是群主啊！应该你们'供养'我吧！"刘强惨叫道。

"不，你看从来都是某群主振臂一呼，响应者如云，建立新群，然后这个群主就给响应者发工资！现在是群主你呼唤我们出来，当然得给我们发红包……"这时小朱也冲出来应战了。

平时一两块钱掉地上估计都没人肯弯腰捡，现在一个个地为了那两三毛钱的红包也是拼了。木子端着水杯坐在床上看得快笑喷了！

"闭嘴吧，小朱，你个左脚踩刹车的仙女！"刘强怒道。

小朱开了这么久的自动挡汽车，一直是用本该休息的左脚踩刹车的事，现在福湘公司不说全体吧，至少有八成同事是知道的，就连外公司也有不少人知道了。现在刘强在群里这么说她，小朱气得把牙快咬碎了。

大家又瞎扯了几句，小朱转而约木子。

"木子，出来吃夜宵吧！"

"请注意聊天主题，楼歪了！"刘强插话。

"不来，会长肉。卖火柴的小女孩饿得在梦里吃美食，我在梦里都不敢吃。"

"请注意聊天主题，楼歪了！"刘强继续插话。

"好大一个鬼！你们都欺负我，我洗洗睡了！"

群里又有人开始发狂笑和吐血的表情包，而刘强一直在复制、粘贴，坚持发"请注意聊天主题，楼歪了"的话。但一群人跟约好了似的，就是不再聊与车有关的话题，刘强发了几个叹气的表情包，然后发了一个拽过被子睡觉的表情包，表示他洗洗去睡了。

"无车一族推荐11路车。"木子看了，便回了刘强一句，然后表示，"你们还能马上睡，本宫聊这会就算休息，接下来还要继续干活呢……大家跪安吧！"

"11路车"，在当地人的话里代表是自己走路的意思。木子新学到这个说法，也是第一次使用。说完，她真的关了手机，然后打开电脑开始干活了。

周日这天，木子主动联系小李跟着一起又去福利院忙了半天，她还给老人们带了些软和可口的蛋糕。

小李要完成采购任务，所以他到得早。木子到的时候，领队张译波见到她显得特别开心，笑着说："来参加一次活动的很多，来两次三次的就不是为了完成'打卡'任务了，那是真有爱心的人。来一次两次的我当然也欢迎，但能坚持长期来，我们的爱心队伍就会越来越壮大，我更开心。"

这次过来，领队给了木子高度好评，令木子比较意外。已签到的义工们也跟着为木子鼓掌，一股暖流在木子心里悄悄流淌，她感觉自己的眼窝浅浅的，似乎有泪想涌出来。但她只是抿嘴笑了笑，真诚地谢了谢大家，然后将一大包蛋糕放到了采购的物品里。

这天，木子跟着领队一起给老人们发放零食，看着领队将蛋糕分给老人们，谁分到了整块，谁又多得了一块，有糖尿病的老人只得到了四分之一块……每位老人的习惯和爱好，健康情况，甚至哪些老人内向不爱说话，哪些老人爱表演，哪些老人会哪几个节目，领队都记得非常清楚。

领队能做到这样，是当了多久的义工呢，又是用了多少心才能记得这么多这么清楚。木子再一次被感动了。

活动室的表演依然有，除了那位弹电子琴的老人，还有一位穿着非常干净帅气的短发老人吹了一曲口琴。义工们则唱了《东方红》《英雄赞歌》和《明天会更好》等歌曲，老人们也有跟着一起唱起来的。

当天夜里，木子陪奶奶散步回来，两人洗了澡，又把衣服洗了晾上。木子才有时间将前一天做完的方案拿出来重新思考，又进一步略做修改。白天参加的义工活动给了她很多的启发，使她对公司的团队活动也换了一个视角去思考。

再看一遍，差不多就是这样子了吧，木子有点满意。

但领导看了会满意吗？不知道，明天再说！木子关了电脑，睡觉了。

这天夜里，木子突然梦见了久久没有入梦过的父母和弟弟，一家人照旧在公园里欢乐地玩耍，划船、玩小羊拉车、骑旋转木马，然后去肯德基吃儿童餐，领一个小玩具。

在梦里，父母领着还在上幼儿园的弟弟离开了，木子拿着爸爸给她买的一大袋松软的蛋糕站在家门外，看着他们远去，泪落如雨。很久很久以来，木子都不曾哭过了，但这次梦里她又哭得像个孩子，心里好痛好痛……直到凌晨醒来，她才发现枕头湿漉漉的。

黑暗里，木子愣愣地摸了摸湿了一片的枕头，默然将枕头翻了个面，闭上眼睛。可她不确定，自己是不是还要睡，心痛的感觉太难受了，她害怕又做梦。她想着想着，又睡着了。

木子周末好一顿忙，她将方案在周一一早就交给了陈向芬，到了十一点，木子接到了电话通知她去王总办公室一趟。

木子起身，咬着嘴唇站了半分钟，然后才鼓起勇气走出门。

王总办公室的门开着，她轻叩了两下门，听到"请进"后才略显紧张地走了进去，站在王总的大办公桌前。

"这是你做的方案吗？"王总把一个文件夹从办公桌右侧拿起来，放到自己面前，边翻开边问。

"对！"木子对自己周末做了一天的方案并没有很大的信心，倒不是因为这方案不好，只是她发现公司原来的活动除了新年晚会，平时的活动都只是各部门自行在公司附近的酒楼里聚个餐，或者出去唱个卡拉OK意思一下。木子也是听到小李的抱怨才突发奇想，做了个不一样的活动方案，希望能整个稍微大点的活动。

只不过呢，她对自己做的这新方案没抱什么希望，所以只是给了个框架，避免到时候白费力气，公司也不批活动经费。毕竟活动规模大了费用肯定也会增加不少。

如果领导不同意这个新思路的方案，就只能把张姐之前的活动方案修改拼凑一下了。木子心里想着。

"这方案嘛，也不是个小事，你有这个想法也不提前和我打个招呼呀！这样，方案先放我这，我得研究研究。"王总推了推眼镜说。

"好的王总。"木子抬脚就准备往外走。

"对了，你把小张给我叫进来。"王总的声音从木子身后传来。

"好的好的！"木子轻轻地关上了王总办公室的门，来到了张姐工位边上说："张姐，王总让你过去一趟。"

张姐有些不明所以地问："咋了？有啥事吗？"

"我也不是很清楚，可能是和这周末团建方案有关。"

"那就好，我还以为有啥事呢。"张姐松了口气，"那我先过去了。"

木子应了一声回到自己的工位，小李又把脑袋凑了过去问："咋了木子，第一次策划活动就打算给兄弟们整个大的呢？"

"哎呀别烦，怎么哪都有你，"木子一把把小李的头推了回去，"八字还没一撇呢，不该你问的事情少问。"

小李自讨没趣没了声音，木子心不在焉地忙着手上的工作。

"这条线有什么不满意的地方吗？我看你删了画、画了删快半个小时了。"张姐的声音从身后传来，木子被吓了一跳，似乎张姐很喜欢在人身后讲话。

"没呢张姐，对了，王总刚叫你过去到底是说啥呢？"木子更关心这个。

"没啥大不了的，放宽心吧，专心工作。"张姐意味深长地看了木子一眼，回到了自己的工位。

木子这一天心里都有点发怵，因为她不知道王总对自己做的方案到底是个什么态度，难道做领导的都喜欢装高深莫测让自己看起来很神秘吗？还有张姐那意味深长的眼神。木子抓着头发，感觉心烦意乱的，就连王总已经从他办公室出来了都没注意。

小李连忙从桌子下踢了木子一下，木子这才回过神来。

"再过十几分钟，四点半，开个小会。"王总也没多说什么，又回到自己办公室了。

下午四点半，一群人坐在会议室里，王总开始讲工作上的事，这个发言那个发言，事情说得差不多以后，他才话锋一转。

"今天我收到了一个团队活动方案，希望这个星期的公司团建可以去黑麋峰玩两天，这个事我研究了一下觉得可行。"

"两天？车间也能放假出去玩吗？"车间的同事惊讶地问，因为这可是很少见的事。

王总点了点头，道："可以的，我考虑了一下，消防设施的定期检查保养也定了日子，干脆我们生产设备检修也放在同一个周末进行，只有对接消防、机修的人员要在场……"

王总将自己的安排说了一遍，又等大家补充了几点，然后各部门点头表示认可。王总这才总结说："其他要补充的，那就是人员出行方面，不可能像以前搞活动那样，大家自行到活动地点去集合。还有，包括一些吃饭之内的问题，我做了一个文件发给小楚，回头你继续完善。另外，你们说得对，作为福利，这次出行可以每人带一名家属，成人或小孩均不限！"

"好耶！！！王总万岁！"顿时会议室里的气氛一下活跃了起来。

听到欢呼声，王总满意地压了压手，会议室又安静了下来："活动场地我熟，我来安排。落实以后，财务指点一下木子，这两天帮木子将所有费用做个总预算和实际支出。应该没什么问题了吧？活动安排方面，我明天让黑麋峰出个项目和价格清单，大家放松两天好好玩，但安全一定要有保证。事情差不多就这样。好了散会。"

一说散会，会议室的气氛顿时又热闹了起来。小李带头，和几个小伙子一起朝着王总围了过去："王总，我们兄弟几个晚上去喝点，你要不要一起？"

王总很愿意跟年轻人一起玩，平时也跟底下的伙计们小聚过几次，但他此刻摆了摆手："算了，我家那位最近莫名其妙的心情不好，我还是不找打了，再说你们几个的小心思，是不是又想'宰'我一顿？"

会议室里又笑声一片。

木子嫌吵，也不会跟着一群小伙子出去吃吃喝喝，她看陈向芬起身，也赶紧站起来跟着一起离开了会议室。

"所以说，你完全可以啊。你的方案我一看就觉得不错。敢想敢提啊，现在年轻人的脑子灵活，胆子也大。"陈向芬看向木子的眼神中满是欣赏。

"哪有，我也是突发奇想，觉得大家一起出去玩两天，比在公司搞个聚会更有劲头。"木子有些不好意思，"再说了，不还是有很多地方不足吗，王总也指出来了。"陈向芬摸了摸木子的头："一起回我家去，我朋友送了几斤腊肉，接了你奶奶来我们家一起吃。"

17 参加单位的集体活动

　　知道公司组织的集体活动方案批下来了，大家的工作干劲都特别足，碰到王总经过时也都个个笑眯眯的，很开心。在机修队，除了生产部部长、车间主任，机修队的员工们的眼里都放射着"极度不满"。哪怕得到的通知是给他们安排同样的两天旅行，但他们的心里仍然充满了遗憾。

　　"好想跟大家一起玩啊。"

　　"哎呀呀，我当年怎么就学了机修，进了机修队呢！"

　　就这样，在大家的盼望中，时间转眼就到了活动这天，所有人都异常兴奋。隔壁公司的人听说后都很眼红。

　　周六一早，陈向芬开车去接木子和她奶奶，又去王主任家接了华华。王主任平时很忙，没什么时间带华华出去玩，因此她家孩子经常东家带一下西家接一下。木子带着玩过一天，华华也蛮喜欢她的。这次王主任在加班之列，就只能继续委托同事们带着华华了。华华这次还是跟着木子，木子也同意了，虽然带着一老一小的确辛苦，但三个人相处时会比两个人时的气氛更轻松、更开心。

　　刚走到公司门口，木子远远就看见公司大门里已经乌泱泱的一群人了。华华却一眼就看到了小李带来的孩子，马上松开木子的手跑了过去。

　　"哟，这舅舅可亲呢，去哪都带着。以后你和涵涵结婚了，带孩子的经验都先攒下了。"木子朝着小李打趣道。

　　"祖宗，您别拿我找乐子了，可以带个孩子的名额，我不用白不用嘛。"小李只好苦着个脸，又用眼睛偷看脸红透了的涵涵，涵涵却笑眯眯地转过脸去不肯看他。小李突然觉得失算了，不该带个"电灯泡"来参加公司活动。

过了好一会，所有人都上了公司租来的大巴车。木子把奶奶安排在靠窗的位置，小李的外甥大壮和华华也坐在了一起，俩孩子脑袋挤在一处小嘴聊个不停。而小李一看自己可爱的小外甥有人带，立马就坐到涵涵身边去了。

一车人欢声笑语，时间过得飞快，不多会儿，大巴车抵达了黑麇峰景区门口。门卫看了一下司机出示的通行证，直接放行。王总交给木子与民宿对接的任务完成得非常顺利。

其实，需要木子做的事并不多，她只需要负责部分工作，所以木子也没感觉到什么压力。比如统计家属名单、购买意外险的工作有点麻烦，她便将任务分给各部门统计，她只负责归总了一下。

小李见她如此安排，坚决表示以后要叫她"大聪明"。

汽车从景区门口一直开到了星空茶园，等所有人都下车以后木子让大家先集合，然后按照报名的家庭到前台领取房卡。没带家属的同事是同性的两人安排一个标准间。

"大家领好房卡先回各自房间休整，中午十一点五十分到餐厅吃饭。"王总宣布。

众人排队领卡，然后在大堂里"一哄而散"。

木子带着奶奶也找到了自己的房间，刚好木子住的房间和陈向芬住的房间相邻。小李嫌弃外甥这个"电灯泡"，见大家喜欢他外甥，索性建议让他外甥大壮和华华睡一张床，自己当甩手掌柜专心陪女友涵涵去了，真是好不快活。

茶园民宿每个房间都相隔有一段距离，这茶园的民宿和 般的酒店房间不同。星空茶园的民宿更特别一些，就比如木子住在林中的三角屋，底部是悬空的，房间整整有两层楼那么高。木子把阳台上的窗帘拉开，整个茶园尽收眼底。

"奶奶你看，真美啊。"木子忍不住感叹道。

"这有什么，在我们东北乡下，那一整片一整片的麦田连在一起，麦熟时候金黄金黄连成一片天，到了黄昏和天边的云连成一片的时候，那才叫壮观。可惜你那时候小，没见识过那么多。"说着说着，奶奶的眼角闪过一丝不易察觉的低落，木子看风景正在兴头上，并没有察觉到。

原本打算在房间里休息下，等到饭点直接带着奶奶去吃饭，结果陈向芬就带着俩孩子过来敲门了。

"两个小家伙太兴奋了，实在是要玩。我想着刚好让他们玩会儿，玩累了中午也好多吃一点。"

于是木子一行人便提前出门，在茶园里闲逛了起来。

好在今天天气比较凉爽，加上山上毕竟海拔高一点，风也刮个不停，满山的茶树也跟着摇摆。

"华华，袁大壮！跑慢点，别摔着啦！"陈向芬喊道，木子这才知道原来小李的外甥姓袁。

居然叫袁大壮！看着弱不禁风的外甥哪有"猿"那么壮？木子想了想，自己捂嘴笑了。

很快到了饭点，半个餐厅都坐满了，陈向芬一行来得晚了点就准备分开坐，同事们一看这有老有小，有两三个同事赶紧起身去了旁边桌。木子连连道谢，又领两个孩子洗手去了。

木子在经过小李那一桌时，忍不住在小李的椅子腿上踢了一下，把自己的脚都踢痛了。小李赶紧双手合十地对她说："拜托拜托，谢谢大仙！"

按预订好的时间，服务员们开始井然有序地把菜品端上了餐桌。主桌上，王总站了起来，场上的目光自然都被他吸引了过去。

"这次团建，本来有很多感恩共同奋斗的话想和同事们说说，现在想想啊，说那些得耽误大家吃吃喝喝，所以我浓缩了一下。"在大家的哄笑声中，王总拿起装着果汁的杯子，道，"总结一下就是六个字：吃好！喝好！玩好！"

"干杯！"

"干杯！"热烈的欢呼声很快就覆盖了整个餐厅，王总的身形也顿时高大了许多。

湘菜很美味，餐厅的厨师也很专业，如茶香鸭、腌笋丝等特色菜品木子从未吃过。华华和大壮靠在椅子上揉着肚子，表示吃得很满足。

休息到了下午两点，木子就带着公司一行人坐着租来的大巴车到了专门玩乐的地方。刚到地方，华华和大壮就拖着陈姨冲向了攀爬网。

"谁最慢谁是小狗！"华华朝着大壮挑衅道，随即立马朝着攀爬网上面爬去，不过这种攀爬网并不陡峭，小孩子玩也没有任何危险可言。

"谁怕谁。"大壮紧跟着爬了上去，大壮瘦得跟个猴一样，灵活度和猴子也不分伯仲，虽然华华抢占了先机，但是大壮很快就追了上来。

"注意点啊！别摔着了！"木子高声喊道。

"现在的孩子，没有一个能让人省心的。"陈向芬不由得感叹。

"没办法嘛，祖国的未来可不得有活力一点。"木子笑嘻嘻地看着奶奶说，"奶奶要不要也上去试试。"

"你可少折腾我这把老骨头了。"奶奶瞥了木子一眼说，"我这把老骨头可经不起折腾。"

"没事儿奶奶，一会肯定有你能玩的。"木子牵着奶奶的手轻轻地说。

"你快别逗我啦，我老太婆早就过了玩这些东西的年纪了。我现在啊，看着你开心就够咯。"奶奶一边说着，一边朝着边上的座椅走去，木子刚扶着奶奶坐下，华华和壮壮就爬了下来。

"两个小家伙，你们谁赢了呀？"陈向芬笑嘻嘻地问。

"我赢了！"满头大汗的华华拍了拍自己的胸脯。

"他耍赖，提前爬的，不算数！"同样满头大汗的大壮很不服气。

"这有啥的，今天能玩的东西多了去了，看我每个都赢你，让你心服口服！"华华得意地拿出在房间里拿的地图说，"你看！后面还有彩虹滑道、飞拉达，还有高空滑索。陈姨！我要去玩这个彩虹滑道！！"

似乎小孩子也很容易意识到，撒娇这个技能对年龄越大的人使用就越容易成功，所以华华不假思索地就忽略了木子。

一行人到了彩虹滑道以后木子显然有些震惊了，一条长长的滑道一眼望不到头，五彩斑斓的颜色也让人眼前一亮，虽说来之前木子大概想象过，但是仍然还是被这彩虹滑道震惊了。

"想不到这地方现在搞出这么多新鲜玩意了，几年前我来的时候这边都还是一片简简单单的茶园。"陈向芬忍不住感叹道。

"不然，长沙怎么会越来越多人来玩呢。"木子应和着。

华华和大壮已经在工作人员的指引下坐上了滑道，大笑着朝下面滑了过去，陈向芬看了直摇头。

"算了算了，这种刺激的东西我还是玩不来，你们这些小年轻玩吧，我带着你奶奶到下面去等你们。"

"好，那你们注意安全，别摔着了。"

木子兴冲冲地坐上了滑道，不知是自己掠过了风还是风掠过了自己，木子的心中有一种畅快感油然而生。

"噢——"

木子兴奋地大喊着。

终于到了终点，华华和大壮又在争论着谁先谁后。

"噢——"

这时一个声音传来，木子回头看向滑道的方向，只有陈向芬牵着奶奶从楼梯慢慢地走下来。顺着声音，木子又抬头看向了天空。

一个滑翔伞从木子的头上的天空飞了过去，在空中滑过的那双大红色篮球鞋，木子一眼就认出了滑翔伞上的人是小李。

这种刺激的东西向来不在木子的考虑范围内，陈向芬也受不了，两个小孩倒是喜欢，只可惜两个孩子年龄太小还不能去。

木子带着两个孩子疯玩了整整一下午，大部分玩的东西陈向芬都不是很喜欢，只是陪着奶奶和木子一起逛来逛去。

等到了晚饭时间，木子牵着两个小孩出现在餐厅的时候，她的头发已经凌乱不堪了。张姐见状连忙递上一把梳子："看不出来啊小丫头，平时文文静静的，玩起来这么疯。"

木子感激地看了张姐一眼，嘿嘿笑了一声，赶紧找了个角落边梳头发边检查明天一早的团队拓展活动项目。

晚饭过后，木子先把奶奶送回房间，让奶奶吃了一把药片就休息了。然后她才和陈向芬一起把两个孩子送回了房间，两个孩子澡也没洗，就往床上一躺，不一会就进入了梦乡。

18 悲喜人生

"如果是你，你会怎么做？"

"我会……我不知道啊，太难了！"

"啊啊啊啊，难道你们不觉得太可怕了吗？"

"是啊，现在想起当初我在医院生孩子那个随意劲儿，后怕！"

"以后我要去医院生孩子，我会二十四小时两眼盯着娃娃……"

"哎，你不是说你以后不结婚，不生孩子，要做快乐的单身女孩吗？"

哈哈哈哈……

茶水间沉重的讨论突然就转了风向。

是啊，事不关自己的时候，人都是能笑看风云的，若是自己遇见呢，难道不是痛彻心扉、九死一生？

听到茶水间里的讨论，陈向芬当然知道是在讨论什么，她也在悄悄地关注着这件事的进程，这几个月还没到案件审理阶段，她却从已知的信息里看到了事件的丧尽天良。

三十年前，一位身患传染性乙肝的孕妇在某省一家县级医院待产，这位孕妇家里已有一个智障女儿，因此她渴望有一个健康的孩子来支持家庭的未来。没想到的是，在这个孕妇生下儿子后，经医院检查诊断她的儿子也患有传染性乙肝。对这个孕妇而言，无异于晴天霹雳。于是这个孕妇立即用自家患有传染性乙肝的儿子换了同病房一个健康妇女生下的儿子。那个健康的妇女带着孩子出院后回到老家生活，多年来一直倾其所有为儿子治疗，悉心培养儿子到大学毕业，后又为儿子买房结婚，直至儿子因患肝癌需要父母割肝救子，这才发现儿子与自己完全没有血缘关系。

这一家人疯了似的查询、打听，终于在某省找到了亲生儿子。

但自家的亲生儿子并没受到善待。

偷抱孩子那家人只想有一个能照顾女儿一辈子的劳动力，因此被其偷换回来的儿子没有读很多书，甚至家里的四处房产没有一套在这个儿子名下。

若是身患传染性乙肝的孕妇生产，要给新生儿及时接种乙肝疫苗和乙肝免疫球蛋白便能大大降低新生儿感染乙肝病毒的风险。但那健康的母亲不知道孩子有隐患，因此孩子也就未能接受阻断注射，这与孩子后来患上肝癌存在直接的因果关系。

这段时间，该新闻因一连串的官司和全国网友的关注而让世人皆知。偷换婴儿的官司刚打完，患肝癌儿子便去世了，亲生的儿子也认回了亲生父母，但后续问题还有很多。这个社会事件引发了一连串问题，有的人甚至有了"妇产科危机感"。

对于这样的事件，旁人可能都是无关痛痒地一聊则过，对那些失去过孩子的家庭来说，却痛如扎心尖。陈向芬便是其中一个。

多数人的人生都是充满了遗憾的，很多事情如果知道结局，当初肯定会竭尽全力制止事件的发展。可是没有人能预见，只能遇见，然后痛不欲生。如果能预见，那天下午陈向芬不会让公公领两岁的女儿出去玩儿；如果能预见，公公也不会将心爱的孙女委托给曾经在邻居家租住房间的熟人看管，而自己进了卫生间……

可是一切就那样发生了。

若不是丈夫李成峰求她顾及公公后悔得差点服毒自杀，并保证不管千山万水一定会把女儿给找回来，那时候的陈向芬便会疯掉死掉。一年多后她怀孕并生下一对双胞胎儿子，是这一双可爱的儿子重新给了她希望与喜悦。同时，丈夫也一直在想方设法地寻找丢失的女儿。他们贴过海报，注册过寻亲网站，也曾多次去异乡找过孩子，但每次都不是他们的女儿，还因此上过两次当——预付了路费，报信人却消失了。

此刻，陈向芬端着空杯子站在茶水间外，鼓不起向里走的勇气。她站了一会儿，心情格外沉重。当她正准备转身离开时，却听到茶水间里传来了笑声——话题已经转向逛街买包了。

"这么开心，你们笑啥啊？"

陈向芬走进茶水间，打趣地问了一声。

"嗯嗯，刚喝了点茶，正准备闪呢！"

"嗯嗯，我也是！"

"走吧，干活去！这些万恶的资本家！"

"如果没有这些万恶的资本家，咱们难道去大街上乞讨？"

"那倒也是……那我感谢万恶的资本家！"

"你们啊，真皮！"陈向芬笑着叹道。

姑娘们说话的声音越来越远，茶水间里转眼就只剩下了两三人。

陈向芬将一杯红茶放在靠窗的圆桌上，慢慢坐了下来。这样的午后，太阳和煦，将窗外那棵大樟树的影子投到屋内。现在，陈向芬能安静地回忆起一点儿过往了，在一年以前，她还不能。

年龄的增长，生活中幸福与痛苦的堆积，已将陈向芬变成了一只谨慎万分的母猫，她有自己的观察、等待，还有计划。她痛得太久，如惊弓之鸟。眼下，她容不得一点一丝的闪失，她要找回自己失去已久的东西。

数月来，她不断地告诫自己，不能慌，不能急，要有耐心，她现在沉下了心绪，狂风骤雨也莫奈何她。

可在二十年前，年轻的她曾被痛苦撕成碎片，一直无法弥合，在她的内心深处一直是血淋淋的，不能触碰。如今，她觉得自己能够触碰那些痛苦了。如果兜兜转转，孩子能回到自己的身边，其间受过的所有苦难和悲痛，她都觉得值得，都可以当成上苍给她的考验。

前一周的周末，木子带奶奶去了长沙河东的南门口、太平街，又去了老火车南站等地逛了逛。在湘江风光带的地面上，老铁轨安静地躺着，周边铺着石板，还长着野花野草，像一幅精心布局的画面。这些铁轨据说都有上百年历史，曾经纵横千里，如今只留下了这一小段。木子吃惊不已，回家后便开始查阅资料，试图了解关于这条铁路的情况。

据说，在芙蓉北路上还有一点窄窄的铁轨也是历史陈迹之一。

木子知道京九线、京广线，现在顺着历史的脉络触摸，她才知道京广线就是她从北京转火车来长沙的这条铁路线，一直延伸到广州，现在更是到了深圳。而这条铁路线中南一段在百年前的名字叫"粤汉铁路"。

"粤汉"是指从广州黄沙始发到武昌徐家棚之间的一段，在1900年动工，直到1936年9月全线通车，长1059.6公里，跑完全程需要44小时。到1957年武汉长江大桥建成后，"粤汉"与"京汉"接轨后才称为"京广铁路"。

1896年，受卢汉铁路的刺激，粤、湘、鄂三省绅商提出自行集股修筑粤汉铁路，在汉口成立筹建粤汉铁路办事机构，如同大家在课文里学过的，著名工程师詹天佑出任商办粤汉铁路总理兼总工程师。武昌至长沙段是1918年9月完成——果然是一百年以上了。

"我们东三省的火车是更早出现的。"听木子边查资料边慨叹，奶奶便忍不住提醒。

"好像是诶，可能咱们东北的火车比长沙的火车还要早十几年。"木子不太确定，她又拿起鼠标准备继续查阅。

"有火车真好！火车跑那么快，你看咱们几天就到了长沙，要是在古时候，这么远恐怕要走几年。"

"是的，走路得走好多年的！现在还有飞机，两小时就能跑一千多公里。想想吧，坐个飞机一会就能见到远方的家人朋友了，"木子又接着说，"不过，一百年前是烧煤的蒸汽火车，速度比自行车快不了多少。"

"每小时二三十公里的速度也比走路强！"奶奶说完就起身，准备去洗澡睡觉了，逛了一天，她累得很。

"现在高铁时速两三百公里，太爽了！"说着，木子就笑了起来，然后便从电脑旁离开，起身去帮奶奶拿衣服，等奶奶坐在小板凳上开始洗澡后她又回到电脑前继续浏览。

1922年9月6日，在中国共产党员郭亮的组织领导下，徐家棚、岳州、长沙、株（洲）萍（乡）四处成立了粤汉路工人俱乐部联合会，向铁路局提出要撤查工贼、增加工资等要求遭拒绝后，9日举行大罢工。军阀萧耀南派军队强迫工人开火车。工人卧轨阻挡，遭军队镇压，死伤达200余人。最后在全国各地工人的支援下，罢工坚持到9月25日，迫使军阀接受了工人提出的条件，释放被捕工人，罢工取得胜利。

郭亮好像就是望城人，望城有郭亮路。木子好奇心上来，睁大眼睛仔细地翻看相关内容。

1928年3月27日晚，郭亮因叛徒告密而被捕，29日被秘密杀害于长沙司门口。他的头颅挂在司门口示众三天三夜，后又移至他的老家铜官东山寺戏台示众。郭亮牺牲时年仅27岁。时至今日，望城铜官还有一座郭亮陵。

"或者可以去郭亮陵看看？"

木子自言自语，马上又自我否定了。奶奶年纪太大，去陵墓这种地方走动可能不方便。但是想到革命前辈们牺牲自己的生命才换来今天的繁荣，才迎来了现在国家富强、人民安居乐业的生活，木子还是很想去看看。

不方便带奶奶去陵园，离斑马湖不远处的郭亮路去走走还是可以啊。木子再查了一下地图，发现那条路上还有一家万友家具城。挺好，明天顺便给奶奶淘一张摇椅回来。

19　老年大学

每个人有每个人不同的幸福和痛苦经历，网上那沸沸扬扬的换婴案与木子的经历相去甚远，她深表愤怒和同情，仅此而已。

木子自幼失去了父母和弟弟，她当然渴望父母在世，陪伴她成长，给她幸福快乐的生活；她也想弟弟能同她一起成长，长得像爸爸一样帅，还能保护她。她知道一切都已成为事实，无论拜哪一尊菩萨或者哪一路神，她的父母和弟弟都不会再回来。

其实，木子偶尔听到过一星半点，大约是说陈向芬当年丢失了一个女儿……

想起陈向芬的善意与关照，她心里不免有三分辛酸，七分欣喜。她突然有点明白——那些来自陈向芬身上的"母爱"光辉，极有可能基于此。

七分欣喜，是陈向芬关心她、照顾她、喜爱她。

三分心酸，是陈向芬对她的关爱来自对女儿想念的转移。

不管出于什么原因，这都是木子不能左右的。因此她不会主动去问，也不会挑起这类话题，更不愿意避开这种温情。

再微弱的光和温暖，她也害怕失去。

木子的关爱，更多地围绕着奶奶王素珍。

王素珍的世界里也只有木子。木子在哪里，她就在哪里。况且她这么跟着算是木子的负担呢，可她也不能想象如何独自在鸡西生活下去，一秒钟的设想都不敢有，所以她根本没资格矫情，只能尽量地把日子过起来，填满，不给木子添乱。

望城不就是冬天冷夏天热嘛，但望城的人好啊，风景也很好。吃不惯那是小事，她可以自己动手，一团面粉揉起来，想吃面条就擀面条，想吃馒头就做馒头，想吃饼就烙饼，全凭自己愿意。她既不用上班，又不用下地，生活虽然挺安逸的，但她还是有些孤独寂寞。

木子很忙，没有木子陪着出门的时候，王素珍最多只去附近买点菜，或者在小区外的马路边散散步，看看人来人往，偶尔跟几张熟面孔聊一会儿天，然后就是回家看电视。话说，现在电视节目不好看，全是广告，那个遥控器对王素珍来说也挺复杂的，有时按着按着频道刚看得好好的节目就找不到了，她连生气都不知道应该跟谁生。

木子开始并没意识到这个问题，直到有一天她出去办事，路过附近的路口，看到奶奶独自坐在街头的花坛边看着车来车往，那身影非常孤独。她远远看着痛在心里，才意识到自己不在家的时候，奶奶是怎样无聊。

奶奶需要她陪伴，她何尝不是也需要奶奶陪伴呢。

她现在努力奔跑，也是为了让奶奶放心，她想给奶奶安稳的生活，她想和奶奶一起有光明的未来。如果没有奶奶在身边，她都不知道自己能有什么情感寄托，甚至不知道努力的方向是什么。

水莲给木子的建议是允许奶奶独自去参加义工活动，但木子不放心。周末的义工活动木子没带奶奶去过，那些老人的身体都不怎么好，聋哑盲都有，她怕奶奶看了会心里难受。万一有老人去世了，她的情绪会受到更大的影响。

陈向芬跟木子聊过家里老人的事，还给了木子一个不错的建议。她说长沙市的快乐老人大学校区有八十个，发展得挺好的，建议木子去了解一下。

"上老年大学，奶奶一个人跑去太远，也不安全。"木子说。

"都是在社区里办学呢，望城区就有，你去看看有没有近的嘛。"陈向芬笑道，"听说去上学的老人家还蛮多，日子也会过得充实，干吗不让奶奶了解一下，万一她也想报个班呢？"

"也是，就算结交朋友，充实生活。"木子点了点头。

木子马上就开始四处询问，她了解到老年大学的课程有一二十种，开设了百余个学习班，从声乐戏曲、舞蹈艺术、器乐表演，到文体健身、书法绘画、文史语言、养生保健、生活技能等，内容挺丰富的。

"别说老人家老胳膊老腿的，人家照样喜欢唱唱跳跳。老年大学还能学肚皮舞、民族舞、广场舞、鬼步舞、模特、合唱等课程。"

"老人家跳广场舞的见得多了，还能学鬼步舞？"

木子听了完全不敢相信。

"瑜伽、太极、书法、绘画，这些可以吧？电子琴、古筝、京剧，这些也可以吧？"

"天啊，我突然发现自己有选择困难症！"木子哀叹道。

"又不是你学，你选什么选？"陪木子前来的同事小张微笑道，"我妈当时就是带着我外婆到这里来，让我外婆自己选的。现在老太太可时髦了，天天穿着旗袍走模特步，到处去参加活动，开心得不得了。"

"这位小姐说得对，您得带老人家来让她自己选啊，现在我们恒达校区和白庙子校区的电子琴班都在火热报名中，好多老学员都会续报，还介绍了新学员来参加。"接待员拿着资料塞给木子，"你拿回家去给奶奶了解一下，要报名就得赶紧，再等到后面万一没名额就可惜了。"

这一来，木子还真得加紧了，第二天她就带着奶奶前来参观。

奶奶看得眼花缭乱，但那些舞蹈班不适合她，因此她报了个电子琴班和绘画班。

木子看了看，心里想：奶奶是在省钱吧。这两个班的花费比较便宜。模特班的服装费不少，那些旗袍……还真漂亮，还得配各种鞋和包！

"奶奶，考虑学唱歌吗？"

"我才不！"王素珍反对。

木子听奶奶唱过"雄赳赳，气昂昂，跨过鸭绿江……"也听她唱过"北风那个吹，雪花那个飘……"奶奶有这个自知之明。

"奶奶，我们这儿还有各类艺术团、兴趣组，有老年安全理财防诈骗讲座，健康科普知识讲座和专家义诊，还有老年相亲会、志愿者公益行等主题活动，等到了老年大学，生活肯定会充实和快乐起来的。"

"好嘞，我先报这两个班，其他的慢慢来。"王素珍不贪心。

正式上了几堂课之后，奶奶兴奋地告诉木子，说电子琴班上有两个老太太住得离自己家不远，以前散步就见过，也聊过天，现在有伴一起去上课和回家，人家还说要带她去参加社区的志愿活动。

"奶奶，志愿活动你可不能自己去，万一累着伤着……"

"不呢，她们说的志愿活动，有时是在街头发遵纪守法防诈骗的小传单，有时是上下学时间在小学门口拉绳子，保护小朋友安全通行……"

木子想了想，好像还可以啊。

怎么，她瞬间有那种操心的感觉？

从前是爸妈看着她背着书包去上学，千叮万嘱；后来是奶奶看着她去上学，牵肠挂肚；现在是她担心奶奶去上学的安全问题……相同的是，只要去上学的一方安全、开心，另一方心里就踏实了。

从老年大学报名回来的路上，木子就带奶奶去看了电子琴，学校推荐了买哪几种琴适合，学校也可以代购，学员自己买也可以，绘画工具也一样。逛着街，木子又给奶奶买了两身衣裳，说是以后要出门上学，不能穿得比其他老太太差，万一能遇到黄昏恋呢，穿得好看也很重要……

"你这姑娘家家，嘴里有的没的胡说八道，我都什么年纪了，一只脚都踩进棺材了，还黄昏恋！"奶奶假装气恼，拿巴掌拍了木子几下。木子笑着躲开，嚷道："奶，你在这儿有没有相好啊？是不是有老相好？可别瞒着我哦！"

"老相好？"王素珍先是笑，后是恼，然后飞快地反应过来，沉默了。

木子以为自己猜中了，正想多打听几句，但看见奶奶脸色不对，赶紧换了话题道："明天我们去铜官窑玩儿怎么样？那儿有千古名窑，咱去看看是啥样！"

"名窑？哦，好！"奶奶应声，但显而易见的没什么热情。木子看在眼里，心中不免疑惑，也不好继续缠着问。

出来许久，奶奶也累了，木子想在路边小摊顺便买点红苋菜，然后赶紧带奶奶回家。

"奶，我想吃烤冷面和锅包肉了！"木子在菜摊挑选着菜突然说。

"荞麦面和小麦面家里有，做冷面也可以。"王素珍看了一眼菜摊上摆放的菜，接着说，"那再买点肉回家吧，奶给你做锅包肉。"

"嗯嗯嗯，好久没吃了，我一想起就会流口水。"木子笑道，"可惜这边的猪肉没有咱们鸡西的走地猪肉好吃，咱那边的猪肉切薄片后再裹上面粉和蛋液一炸，再加上糖醋汁，啊啊啊啊，那个外酥里嫩鲜美无比啊！"

看着边说边咽口水的木子，王素珍忍不住笑了，便随口问："啥叫走地猪啊？我咋不知道鸡西有这个？"

"哈哈哈哈，奶奶，你不见望城人管山林里放养的鸡叫走地鸡？那咱们鸡西放养的猪可不就得叫走地猪。"

王素珍快被木子整糊涂了。

当天的晚餐就是冷面，而周日一早王素珍就起床做好了锅包肉，早餐吃一点，再用保鲜袋装几个，等逛铜官窑时饿了当午餐吃。

望城的铜官窑始于初唐，盛于中晚唐，衰于五代，前后只经历了两百多年，距今却已经有一千多年的历史了，而且铜官还是釉下多彩陶瓷的发源地，窑址位于丁字镇石渚湖附近。

从望城去丁字镇，据说以前是要坐渡船的，现在建了几座桥，一切就都方便了。

乘车时，木子把查来的一些内容介绍给奶奶听。

早在唐朝时期，我们的祖先就已经和非洲人民做生意，他们把各种陶瓷制品销往国外，再带回来各种香料、兽角和黄金。

据说，在20世纪90年代有个叫沃尔特的德国商人从印尼勿里洞岛海域打捞出了"黑石号"，中国人都觉得应该把沉船归还给中国，但我国博物馆代表前去商讨时，德国商人拒不归还，还狮子大开口说要卖四千万美元。在"黑石号"沉船里打捞出来的瓷碟有六万多件，其中铜官窑瓷器占总量的八成以上，有些器物上书有"石渚盂子"几个字。这个"石渚"就是今天要去的这个石渚湖，铜官窑就在这里了。

"那些外国人真不要脸，以前八国联军还抢过我们中国的东西，还烧了圆明园！"奶奶气呼呼地说。

"就是，一个国家只要不够强大，就总是会被别人欺负。"木子感慨，"还好，现在没有谁敢欺负我们国家了。别说，要是敢再来，我都要上战场打他们去！"

"嗯，我也去！"王素珍马上接了一句。

祖孙俩忍不住都笑了。

王素珍前半辈子从没享受过旅行，直到来了望城，这一年里倒是出来短途旅行过十几回。她不是来参观学习的，也不是来探险猎奇的，甚至不是来打发时间的。木子想让她的生活过得充实，而她想让木子尽快熟悉这个地方，和这个地方产生感情和羁绊，同时，这也是她与木子一起的经历，是尽快融入这个城市的最佳方式。

木子没想过，她只是觉得奶奶喜欢走走看看，她便陪着带着顺着，但随着时间推移，木子发现自己对望城的景物如数家珍，甚至比一般的望城人了解得更多。有时候，她还能说两句望城话跟同事们开开玩笑呢。

"你到哦始去咯！"

"各俄得了咯！"

"恰嘎饭冒咯！"

……

句子简单实用，只要她开口，那不标准的望城话就能引起一片笑声。

此刻，木子和奶奶伫立在长沙铜官窑窑址区，广袤的窑址废墟，能让人自然联想起"古岸陶为器，高林尽一焚。焰红湘浦口，烟浊洞庭云。迥野煤飞乱，遥空爆响闻。地形穿凿势，恐到祝融坟"描绘的当时烧制陶瓷时烟火冲天的壮观景象！木子在门口站了站，遥叹一声，这才牵着奶奶的手一起走进厅门。

"你看这些草和树长得好漂亮。"奶奶指着门边的植物。

木子能理解奶奶对陶瓷，对杯盘碗碟，对千年古窑没什么兴趣，她或者不该带奶奶来这里，但既然来了，那还是走走看吧。

木子自己也不懂，但她年轻，充满了好奇心，并且在网络上已经预习过一次，能明白理解一些，况且这么大的建筑和场景，挺让人流连忘返的，即便什么都不懂，也不影响神思放飞，恍惚间若回到盛唐。

在唐代的时候，制瓷名窑林立，有浙江越窑为代表的青瓷，有河北邢窑为代表的白瓷，形成了南青北白的生产格局，但铜官窑另辟蹊径以彩瓷而崛起，在瓷业打出了三足鼎立的天下。铜官窑兴起得晚，但发展快，又因紧靠湘江有着优越的运输条件，产品远销日本、朝鲜、印尼等二十多个国家和地区，在当时全国的外销瓷中占有相当大的比重。

一路参观下来，琳琅满目。壶、瓶、杯、盘、碗、碟、砚、盂、坛、熏炉、脉枕等品种众多，还有人物、动物、鱼类造型的玩具件件传神，栩栩如生。窑瓷器上的绘画从花草树木、飞禽走兽，到山水人物，不论是单线勾勒还是彩色绘画，都足见其技巧娴熟，意境精深，充满了生命的活力。还有不少是诗文书法的瓷器，这在当时是罕见的，可以说开创了以诗文书法来装饰瓷器的先河。

"铜官窑遗址到1956年才被发现，遗址以瓦渣坪为中心有50万平方米，其中龙窑遗址46处，我们参观的谭家坡龙窑是目前世界上保存最完整的唐代龙窑。"木子边走边看，看到文字介绍便念一些给奶奶听。最后又带奶奶去参观了"梦回大唐"百米瓷板文化长廊的版画。

"我在这里坐一会，你自己继续看吧！"奶奶走不动了，直接坐下休息，表示对版画完全没兴趣。

"好，你先休息一下，吃点东西，等下我们再去新长沙窑陶瓷体验馆，让你体验一回手工制陶！"木子离开去看版画，一张张地看，心里又生了许多工作上的设计灵感出来。

不一会儿，木子看完版画回来了。

"奶奶，今天还去蔡家洲看看吗？离这里也不远，还是丁字镇的地盘。岛上的长沙湘江航电枢纽工程非常壮观呢。"

"不，我今天哪里都不去了，我走不动了！"出来逛了这么多回，王素珍终于发现了自己完全不感兴趣的东西。下次再出去逛，她宁愿翻山越岭，都不想脚走痛了只是去看些坛坛罐罐。

木子却另有想法，她下次还要再来，一个人来，慢慢走慢慢看。

20 捏陶泥的情趣

小时候，漫山遍野都是泥，大人有大人耕田种菜糊墙的玩法，小孩子有小孩子就地打滚晴天一身灰雨天一身泥的玩法。木子小时候其实养得蛮精致的，偶尔遇见人家玩泥巴，她也只是站着看看，父母是不许她弄脏漂亮衣服的。

有一次她放学回家，奶奶接到她后顺便去了菜场。菜场里卖花生的摊子旁有两个小男孩在空地里玩泥巴坨，小孩子已经把泥巴玩熟了，在地上摆出篱笆墙的样子，还放了几颗泥豆子说是养的老黄牛。木子站在旁边看，第一次发现泥巴还能塑形，能赋予一定的意义和故事。

"姐姐，你要不要玩？"

"不要！"小木子果断地说。

"软软的，像馒头一样呢。"一个男孩站起来，将一颗拳头大的泥球送到木子眼前，"你看，软软的。"

木子好奇地看了看，她忍不住伸出一根手指戳了戳，果然软软的，但是指尖上已经沾上了泥。她皱起眉头，回头看了一眼正蹲着挑花生的奶奶一眼，生怕被看到会挨骂。

小男孩一下就懂了木子的意思，连忙转过身子来，说："你可以擦在我衣服上。"

"你弄脏衣服了，妈妈不说你？"木子好心提醒。

"你看我衣服！"小男孩脆生生地笑着说道。

旁边摊位的女人走了过来，对木子温柔地笑着说："你可别把这么好看的衣裳弄脏了，家长会骂的。"说着，便拿出一条毛巾给她擦了擦手，同时对玩泥巴的男孩们说："虎子，你也好意思让人家看你，都脏成泥猴了……"

想起来，奇怪吧。虽然到处都是泥巴石头水，许多像木子这样的孩子，脚踩大地却从小到大没干过农活，也没干过脏活累活，即使是木子父母去世之后，她的生活也都是简单洁净丰足，除了学习，只需要做一点儿简单的家务。木子中学时候学了一篇冯骥才写的《泥人张》，木子的脑海里就只能想起那两个玩泥巴的小男孩儿，此刻她心里倒是有了点羡慕。

泥人张用左手从鞋底抠下一块泥巴，右手依然端杯饮酒，眼睛也只看着桌上的酒菜，但左手便摆弄起这团泥巴来，他那几个手指飞快地捏弄，比变戏法的刘秃子的手还灵巧……吃饭的人伸脖一瞧，这泥人真捏绝了，就像把海张五的脑袋割下来放在桌上一般——瓢似的脑袋，小鼓眼，一脸狂气，比海张五还像海张五。只是这泥人只有核桃大小。

原来泥巴还有这样神奇的玩法，有这样精美的文章。

看吧，木子这些隐藏得很深的情结，任谁也看不出来，她也不会宣之于口，但它的确是存在的，只需要一个机会，它就能迸发。

从铜官窑游玩回来，木子脑海里萦绕着那些古陶器，她又借了几本书回来翻了翻，发现满书都是知识点，翻得脑子里也乱糟糟的，越翻越乱，都是碎片。

木子突然意识到，这种缺乏足够认知的阅读太流于形式了。

"陈姨，就是像《人鬼情未了》里那样的玩泥巴，铜官有吗？"木子问。

《人鬼情未了》这部电影，陈向芬也看过，当年还感动得眼泪汪汪的，现在提到这部电影，她首先觉得跳跃性太大——这姑娘怎么了？然后才想到关键词玩泥巴。

"哦，就是那个……"陈向芬恍然，便说，"就在铜官古镇小街上有，你可能没注意到，作坊都在店后的小院里。少数在门外写了'陶艺制作'。"

"对对对，就是陶艺制作。"

"你想去玩啊？"

"嗯嗯，我想试试。"

"这个正好，我倒是知道一处，没在正街上，就是地方有点偏，没车可去不了……地方比较难找。"陈向芬边说边思索，但她看着木子眼里泛着一层渴望的光芒，便迅速拿定了主意。

"木子，下下周中秋节不是会放一天假嘛，要不我陪你去一趟吧。"

"啊，中秋节？我奶奶这几天都在说，她的老年同学们准备在中秋节聚会呢……"在木子的计划里，她肯定得陪奶奶去参加聚会，或者带奶奶一起出行，特别是中秋节，这可是正式的大节，陪伴肯定是必须的。

"哦，这周末我也没空啊，要不再往后看时间吧。"陈向芬遗憾地说。

"嗯，好!"木子回答道，又补充说，"我回家问问奶奶。"

"好!"

木子晚上回家给奶奶一说，奶奶便故作嫌弃地说："你个小姑娘，跟着我们老人家不好玩，你自己玩去吧。没事的!"

"没事的？您确定？"木子郑重其事地问。

"你早点回家就好，姑娘家太晚了在外面跑可不好。"奶奶叮嘱道。

"好!"

真是太感恩了，有一个特别讲理的奶奶。木子在心里感动着，马上又想起奶奶强迫她迁居到望城，那点感动扑哧一下就漏气了。

第二天，木子兴冲冲地到了公司，想把好消息告诉陈向芬，却先得到了一个"坏消息"。

木子来到王总办公室，陈向芬也在，于是她得知自己可能会借调去包装厂工作一段时间，担任董事长的分厂助理，可能还有一些其他的工作。

"这两周，你把手中的工作结束一下，下周一包装厂会送些资料过来，你也稍微熟悉一下。在下下周一送你过去……"王总交代。

"嗯，好的!"对于工作安排，木子照旧先应下再思考如何完成。

从王总办公室出来后，她这半天就没心思做什么工作了，满脑子里都是问号：

我啥工作没完成好？这是"贬谪"？

我还能调回来吗？

为什么借调我？培养还是惩罚？

包装厂在乡下。房子租在公司附近，要搬家可不容易。

……

"你这小脑瓜子在想什么呢？"陈向芬跟在木子身后出门的，见木子一点都没觉察自己在身后，一门心思在乱想，便忍不住打断她的神游。

"哦，奶奶说中秋节不用我陪。"木子没头没尾地说。

陈向芬一听，马上笑了，道："好，那我早上过来接你。你可以早点回家陪奶奶吃晚餐、赏月。"

"嗯，好！"到底是小孩子，一点事又让木子眉眼弯弯了。

一周多时间在木子的忙碌和患得患失中一晃而过。

到了中秋节这天上午，陈向芬开车过来接木子和奶奶，先将王素珍送去了老伙伴们集合的地点，才直奔铜官。

木子两眼盯着车窗外的宽路变成了窄路，城市变成了小镇和乡间田地，荷叶已经开始凋残，银杏树却还没有染黄，街边见过的西瓜摊已经不见了，有了些卖早橘的，但卖芝麻豆子茶和炸小鱼的一年四季都在。

"砰砰砰……"车身随着轮底与路面石头的撞击发出一串声音，然后折转上了一条更为荒僻的路，她们进了一处两边长满荒草的大门，再继续往里开，下坡，停车，开门。

木子解开安全带还没下车，就见从左边一扇大门里迎出来几人。

"陈姐，好久没看见你了，欢迎欢迎！"

陈向芬带着木子下车，将她介绍给了众人，然后一群人回到屋内。木子文静地坐在一张五米长大茶桌的一侧，悄悄地打量着室内的布置。

一看就是玩艺术的地方，旧的厂房，简单的布置，粗糙、简单、质朴、利落、精致、文艺……各种布置在这里默契地和谐起来，高阔的空间里茶香清润。

"木子，喝茶。"陈向芬提醒。

木子把眼神从墙上的装饰和一排青花大肚罐儿上挪回来，看到面前正推过来一盏茶，忙点头笑道："谢谢！"

端杯，学着人家的样子，轻嗅，轻抿，果然很好闻很好喝。至于如何好喝，好喝的原因，木子不懂，也不研究——她不懂得饮酒品茶尝红酒，她没这个天分，只有好喝和不好喝的概念。

知道陈向芬要来，一起喝茶的都是她的朋友，其中还有一个是从小一块儿长大的表姐，因而她们聊的话题木子插不上话，但她顺从陈向芬的节奏，只安静地欣赏屋子里的陈设。古旧的唱片机，听说已经坏了，否则放音乐出来应该会很好听。

晾干的莲蓬，高高低低，错落有致，优雅自然成一景。

雕饰着各种图案的红陶枕，插着茅草的浅色陶罐，满头智慧果的菩萨头像，还有不少绿植。墙上的木格子柜里摆着无数造型各异的陶艺制品，和一些印章画。

一双眼睛一颗心，真的不够看，不够装。

"木子，你先进去看看！"陈向芬朝里间指了指，并请一位漂亮的工作人员带木子去操作间。木子刚挑个位置坐下，那边喝茶的人也都进来了，大家说说笑笑，有坐下来熟练捏起一团泥的，有乖巧地坐着等着发陶泥的，也有在旁边看着看着，忍不住坐下也开始捏泥的。

陶艺中心的主人家姓庄，是一个很帅气的男人，也许有三十来岁吧，笑起来很温暖，说话也轻声细语。

一团鹅蛋大的陶泥在手上，会不会陶艺的人都不需要指点，随便团弄它就是。不一会儿，各人手上有了完全不同的粗坯，然后有人满意，有人将就，有人不满意……于是，有人开始求助，主人家就拿出了"老师资质"，拿着各种专业工具，三两下就给那不满意的粗坯修出了感觉。

陈向芬将一团泥捏成了一块饼，再聚拢向上捏成了一个四方形的烟灰缸模样，她左看右看，东补西抹，便加上了几片荷叶和莲蓬，看上去有那么些意思了，和众人捏的粗坯茶碗一比，说鹤立鸡群都不为过。木子低头看了自己的"作品"，她也是将一团软泥揉成滚圆捏扁压窝起边，成了一个上薄下厚的茶缸，丑死了。

木子把自己的"作品"砸回台面重新加水揉软，再来一遍，这回捏成了一只底部厚厚的，边沿坑坑洼洼的四方座子，烧出来养几枝花是可以的，可它仍是丑死了。泥一干透，那边沿恐怕全是裂纹。

木子不声不响，将陶泥又揉成了一团，重新开始。

倘若人生，倘若许多事，都能这样反复试验，都能这样练手，都能这样从头来过，该多好啊。一次又一次，直到自己满意为止。

随着一次次的重复，木子会越来越熟悉陶泥的性格，懂得添水的多寡，知道它的优势和软肋，构思会越来越成熟，手指也会越来越娴熟，作品当然会越来越好。只要勤奋练习，一切总会越来越好的。

捏陶泥像什么呢，像当年考试"刷"题吗？

一遍遍重复"刷"题，一次次将做错的题翻出来反复"刷"，后来一看到题就眼熟心清，做起来更是手到擒来。

倘若不曾见过你当初的努力，只见到你的成绩，这多像顺手拈来便有模有样的天赋啊。

手是忙碌的，不停重复。脑子却是空的，若空若满，时思时忘，眼睛在手指上，心思在天际外。

"庄老师，您看看我这个该怎么修一下？"木子请教，想请庄老师过来指点改进，当然也可能是期望表扬。在左右几个粗糙四方杯的烘托里，这个异形的水碗上还做了外饰，虽粗朴了些，但有艺术的味儿了吧。

"不要修不要修，就这样挺好！有艺术范儿了！"庄函恺立刻给予了鼓舞。

"那，它黏在底座上，取不下来，一扒拉可能会变形！"木子发愁，这一次她不想再重来。

庄函恺笑道："不用拿下来，明天我放出去晾晒，然后过两天能赶上烧制……"

就这样，当最后一位朋友捧出了自己新雕刻完的陶印章，大家赞叹欣赏了一番，这才各自洗手，又回到长桌边去喝茶，吃水果。这时跟大家有一点熟悉了，木子也参与了聊天，然后里里外外去逛逛，去看看对开木门外的一片山野。

21　挑战新岗位

木子站在包装厂门外，左看右看。

原来福湘公司的包装厂如此陈旧，只有几栋房还都是老建筑，想想未来三个月她就要在这里度过，心里不免有点担心。她倒也不是担心回家距离远了，因为公司安排好了会让厂里每天送货的大车捎她下班回家，只是担心距离摆在这里了，晚上到家会很晚。

当然，这里有宿舍，她也可以不回家。

这里有食堂，加上夜宵，一天可以吃四顿。

既然来了，木子也就既来之则安之，因为她只是临时调过来一阵子，有些什么麻烦也只能克服。况且奶奶能理解，说万一临时有事，她可以找房东帮忙，可以联系陈向芬，甚至联系新结交的老年朋友们。

现在，木子直接分管了包括原刘大老板的助理所负责的食堂、车队和生产安全等方面的工作。这些工作对她来说都是全新的，她需要认真学习，做到公平管理，并且不用她动手去生产车间摆弄机器做具体操作，想必也难不到哪里去吧。

早晨刚进办公室，两个车间里的男员工就进来了，生气抗议道："楚助理，我们要反映一件事，面条里的辣椒面起了霉，你得管。"

食堂主管是张副总经理的表姐，一个身材丰硕的中年女人，她有所倚仗，面对所有工人都不屑一顾，自然对新来的楚助理也是奉上一个白眼。

"辣椒面容易起霉，每次少买一点儿吧，多采购几次也不麻烦。"木子到食堂厨房检查了解，并耐心劝解。

午餐后刚回办公室，丁零零，办公室的座机电话响起来，车队司机老董焦急汇报："楚助理，我的车在伍家岭爆胎，修不了，只能换。是公司安排人来检查换胎还是……"

"看看附近有没有给货车换胎的地方，问问价格多少……旧轮胎要记得带回来。"

半夜十二点刚睡着，手机响起了刺耳的铃音，电话里传来焦急的求助声："楚助理，一根电线掉下来了一点，悬在公路上方被经过的货车挂断了……"

"好，马上联系村上，安排……"

这一天天的各种琐碎之事足以让木子抓狂啊。

都说这是个只有夏天和冬天的地方，但实际上这短暂的秋天实在舒适得让人沉沦，这样美的秋天可以干什么呢？

当然是趁着秋高气爽去登山啊！

山上有黄澄澄的野橘子，还有红彤彤的野柿子……

不管工作多忙，也要去！

但是去哪座山走走散散心呢？木子突然想起了春天去过的乌山。

乌山西起虎仑岭，东至狮子口，逶迤十余里，她还可以再去别处转转去找找，看看山中到底有多少奇异怪石，看一看乾隆年间《长沙府志》记载的乌山"有一洞，深广数丈，洞外石壁镌元朝年月，又有鹰石状如鹰"是什么模样。

网上说，有"乌山八景"，分别叫狮子口、鹰嘴石、蛤蟆石、悬门洞、斗笠石、坐栏石、棋盘石、瀑布峰。清代岳麓书院山长王文清就曾写诗赞曰：

> 石梯危径几人过，引我寻高伏薜萝。
>
> 日落寒烟归寺院，天空宿雾恋山窝。
>
> 渴呼峰顶甘泉出，俯拾平原沃壤多。
>
> 极目长沙秋色远，祝融吹叶下湘波。

一到周末，木子就会甩开乱哄哄的工作，带上奶奶出去玩儿。

传说在东岭下道堂坡原有明朝修的乌龙庵，庵在深山茂林里，清闲幽雅，是方圆数十里民众进香、朝拜之圣地，也不知道现在还在不在，万一找到了呢，一餐斋饭就有保证了嘛。

庵自然是找不到的，就算有，她带着奶奶一顿乱窜也是难找到的，但乌山森林公园的秋天真的太美，也不枉有"洞庭湖以南第一道生态屏障"的美称。从山上往下眺望，视野开阔，这一方山、一池水、一座林处处都是好景色。两千多亩的竹林繁茂幽深、满目青翠，比岳麓山多了一份野趣，比黑麋峰多了几分闲适。樟树、青冈栎、枫香、马尾松、杉木、白栎、杜鹃等各种高矮胖瘦的植物参差，更显得乌山山高林密，又有溪水潺潺，简直就是仙境。

"奶奶，深呼吸，深呼吸，这可是对人体最有利的负离子空气啊。"

"负离子是什么东西？"奶奶不懂。

"知道袁隆平吗？是科学家，他都夸乌山是天然氧吧，人间仙境呢。仙境，这你能明白吧！"

这时节的乌山真是仙境，数千亩竹林已经从绿色转为红色或金黄色，在秋阳下满眼亮丽。

"姑娘，买点农家特产吧！"山林后露出一小屋，山道边摆着个简易小摊，摊上摆着些板栗、柑橘和茶叶等，摊子后面的地方还放着几桶茶油。

"嫂子，这是哪里啊？"

"乌山啊！"

"我知道是乌山，这是乌山什么地方啊？"

"我们这里是黄金园村。"

"哦，难怪这么美，连名字都美！"

奶奶示意木子买一点山货再走，木子便买了两斤板栗继续向前行。两人走走停停，也不着急，走累了就找地方坐一会，渴了就拿出水喝几口。

极目远眺，峰峦叠翠、云雾袅娜如同幻境，偶尔能看到几处庭院精致别雅，洁白的外墙与山体形成一幅完美的画卷。

老人们常说，祖辈们都是用山上的青石头盖房子，很多人家里的灶、桌子、地板都是用青石做的。早在明代，有一年皇帝做寿辰，潭州（今湖南长沙）郡守就带着乌山稻米赴京城贺寿，皇帝吃了乌山米之后赞不绝口，便将乌山稻米定为进贡珍品，而乌山之所以能产这么好的稻米都源于水田底下埋有五亿年的大青石。

在乌山，青石石雕有近千年的历史传承，山下老百姓多以打石、雕石为生，其作品工艺精湛、巧夺天工。中国佛教协会名誉会长一诚长老在十岁的时候就随他爹在此以打石为生，他常去乌山寺大殿拜佛，在此与佛结缘，剃度出家。乌山是福地，据说住在这附近的人从小不长痱子，甚至当全国发生大规模的猪瘟的时候这里也毫不受影响。

这一天翻山越岭，祖孙俩都累得不行，木子一回家就赶紧烧热水给奶奶泡脚，然后按房东教的方法，将一小袋艾叶也放进了水里。水的颜色慢慢变得金黄，并散发出一种淡淡的艾叶香味来。木子不管三七二十一，也将一双白嫩的脚塞进泡脚桶里，踩在了奶奶的脚面上。

这时候水还是比较烫的，奶奶的脚本来慢慢放下，水不动，也还能忍受，等木子的脚一踩下去，那水荡漾起来，马上感觉到烫，奶奶呼地就将脚从热水桶里提了出来。她又好气又好笑，伸手拍打着木子的腿，好让她继续把脚踩进水里去。

木子也感觉到烫了，她不傻，不管奶奶怎么摁，她就是硬撑着不往水里落脚。

周一到岗，迎接木子的仍旧是各种琐碎的工作，还夹着一个"晴天霹雳"！

星期天，刘大老板没打招呼就扑到厂里来了。他发现车间旁边一个四平方米的小房间里挤着四五个工人，正在生火烤红薯。

后来木子打听清楚，原来这许多年来，工人们都这样做，饿了就躲在小房间里烤点红薯土豆吃，一般是冬天烤得多点，夏天不烤，春秋天也烤不了几次，但这次大老板经过小房间，闻到了香味，推门就看见了。

小房间里只有四面墙和一扇门，里头其实没有任何可能引发火灾的堆积物。但厂区是不许生火的，这有明文规定。

刘大老板大手一挥，从在家休息的车间主任到当班班长，再到所有在场工人，每人罚款二百元！

二百元，对于这些工人来说，是巨资了。

但规章制度上写的是罚五十元。

木子发愁地拿着大老板下发的指令眉头紧皱。

木子给大老板发传真过去，内容是："制度规定的是五十元！"

大老板给木子发传真回来："从重从严处罚！"

传真过去："小房间偏僻，一直是冬天烤火的所在，车间没空调，特别冷，那里没易燃物！"

传真回来："还说'一直'，那要罚得更多！你不要为他们说情！！！"

传真过去："事先没通知，没理由从重从严！"

"楚助理，你不要命啊？又不罚你的，你这是干啥啊，跟大老板讨价还价？执行就好啦！"财务部主任老杨看不过了，过来相劝。

垂头丧气的生产部主任蒋魁更郁闷："有我什么事啊，这么多年了，突然一下就……"

传真又回来了："必须得罚，否则规章制度管什么用！"

木子有点生气了，干脆发了一段话过去："明明罚五十元都够他们心痛了，工人工资才多少钱，您要罚二百，您调我过来当临时助理，却自己带头不遵守规章制度，让我以后怎么开展工作？"

财务部主任老杨看呆了，生产部主任蒋魁也看呆了，办公室主任徐姐显然有些不知所措了，这是哪里来的小助理，为了几个工人，竟然要对刘大老板顶撞到底？

十分钟后，传真机再次吱吱吱地响了起来："好吧，给你个面子，五十元！不过他们每人得写一份检讨，签名，必须发给我看！"

"楚助理，太谢谢你了，我替工人们先谢谢你了！"蒋魁感激地说。

"你也看到了，检讨总要写吧，大老板需要台阶下啊！"

"他们能写得出检讨？名字都写不周正的水平……"

木子无奈道："要不，我写一份给他们，再让他们抄一遍吧，签上名，多少也表示个诚意……"

22 发现白蚁

在这件小事的处理中，包装厂一应上下都看到了木子的态度，欣赏者给予她更多尊重和支持，阴阳怪气者则心里堵得有点难受。作为受罚的当事主任、班长、工人的心里则充满了感激，又暗藏着些得寸进尺的小狡诈。

木子坐在办公桌后，冷眼看着坐着的几个工人，脸上都是不用罚那么多钱的安定和不想写检讨的拒绝。

"我只能做到这个份上了，你们多少要给大老板台阶下，否则我也拦不住他要罚你们一个人两百元。"

"我们不会写呀！从没写过！"几名工人异口同声。

"要不这样吧，楚助理打印出来的检讨，由我来抄一份，把他们的名字都签在同一张后再上交给大老板，你看如何？"生产部主任蒋魁赔笑。

蒋魁个子不高，年纪也不大，但头发已经脱得整个脑门顶都是亮光光的，而且他一家三口住在厂区进门右边的宿舍房里，儿子小豆特别挑食，三岁了还像个一岁多的娃儿。木子逛街时曾买过一只小足球送给小豆，这在蒋魁眼里是很大的善意，他也在配合木子的工作上拿出了诚意，不管公事还是私事，只要木子喊一声，他都马上热情处理完毕。

木子沉思一会儿，点头同意了蒋魁的建议。这时高个头的生产班长也主动站了起来，说："检讨还是我来抄吧！"

十多分钟后，一张字迹歪扭的检讨书抄了出来，后面写着每个被处罚人的名字。木子接过来检查，然后将检讨传真给大老板办公室。

大老板当然不怎么满意，但他已经作出了让步，也就不再在这件事上计较。木子刚稍微解释了两句，他就表示算了。

日子继续向前，木子的工作说不上太忙，也说不上有什么太难，她凭着一颗肯为公司事务负责任的心，很多事都是秉公处理，但经过一段时间，人和人之间还是有了些许矛盾。

首先是办公室几位主管会在饭后一起散步，沿着湘江江堤走一会，大家工作上互相帮助，有什么事会一起讨论一下，总体来说身份对等、三观相近，工作氛围不错。其次是食堂、车间等各处的领导亲戚和大妈们的公开议论转向了暗处，面对凡事秉公处理的木子她们惹不起，否则就会被木子说上几句，但只要她们不兴风作浪，木子是一点都不会为难她们。

变化最大的则是几个生产车间。

生产车间不归木子负责，因此她拿到生产计划只需要交给蒋魁，蒋魁会按照机器型号和产能安排某批次的产品生产。哪些规格可囤货，囤多少，他都会根据经验合理安排。但是，出于安全考虑，木子每天会进车间巡查两三次，她纯粹走走看看，偶尔聊一两句，表示关心，也算是一种监督的体现。

车间的男工人对木子的到来充满热情，笑脸，招呼，偶尔还开几句玩笑，以示他们对木子的好感和工作上的配合。车间里的女工人则对木子持冷漠的态度，并特别反感这个无视车间安全制度的助理，因为她居然敢穿着裙子进车间。

听到闲言闲语，木子解释说："车间安全制度是生产车间上下遵循的，我不是工人，也不会穿着长裙靠近机器，更不会靠近运转中的机器。生产安全，生命至上。"

坦白说，木子没进过工厂工作，也没有学习过相关规定，甚至也没打算学。因为她没打算长期待在这儿。可能她也还有一些"优越感"，从骨子里不想把自己跟女工们相提并论。因而就在这些地方有了"不讲理"的行为。

是的，她不是学习过相关规定再来说这话的，她是"想当然"地说了这些话。基于她穿着裙子不靠近机器就不会影响安全的解释就属于是任性了。而女工们呢，但凡遇到权威，自然就先心怯，好像人家说得有道理，她们也不知道该怎么反驳。

木子对女工们的"看不上"还来自这件事。

刚到厂区的第一天，木子就在女卫生间里发现了生产部用来制作纸箱的瓦楞纸，这种纸张像课本封面那样特别厚。却有女工撕下一尺半尺长的瓦楞纸，揉一揉就能拿到厕所使用。这样的纸张太厚太硬，根本无法冲进下水道。还有就是有人使用厕所之后经常忘记冲水。

木子用A4纸打印了提醒文字贴在厕所墙面，但毫无用处。

不得已的情况下，木子亲自带人将男女厕所都打扫得干干净净，然后消毒一遍，再在墙面贴出公告：

凡举报未冲厕所者奖励三十元一次，被举报者罚款五十元一次，并罚清扫厕所一周。

罚清扫厕所，这是木子突然的想法。

木子在打扫厕所那天，看到了所有工人都避得远远的，眼睛里流露出不可思议的目光。木子看得明明白白——工人们都以清扫厕所为耻。

仅仅是害怕被举报，害怕被罚清扫厕所，厕所的卫生问题和使用瓦楞纸的问题同时解决了。

办公室徐主任竖起了大拇指，赞道："楚助理，你真厉害，我们思想教育几年，各种办法想遍了都解决不了的问题，你一招就搞定了。"

木子笑了笑，表面上好像是轻而易举，但实际上她没把自己焦头烂额和心里气愤怒骂的过程与"算计"倾诉出来。

……

"楚助理，这桶挺重，我们帮你提吧！"三四个年轻小伙子刚下班从车间里出来，走在林荫道上就见到木子正用个大桶提了一桶热水回房间，他们马上就接了过去。

从这一天起，凡是他们见到木子干力气活，就会主动过来搭把手；凡是见到木子经过，都会笑着招呼一声；甚至也会在三班倒之余的黄昏一起陪着木子到湘江边散步。

这样一来，闲言闲语自然也就多了。

"跟我走得近，并不能为你们带来什么好处，我只会更严格地要求你们。

如果犯了错，我也一样会惩罚。你们不要让我难做。"木子告诫说。

男生们年纪都不大，还有青年人的青涩与天真，他们开心地笑着应道："知道呢，我们保证守规矩，绝对不给你添乱。"

任何当过小主管的人应该都能体会到这种感觉。你手中"有人"时，你便不是孤军奋战，大事小事一呼一应，自然有人应。这就比无人可用好得多，叫谁都不动，就只能事事亲自动手。既没面子也没里子，还没效率。

木子借调到包装厂办公室当刘大老板助理这么久，工作流程她基本都熟悉了，而且与各部门都处得还算不错，与工人也都慢慢熟悉起来。大家也从观望和抵制逐步进化到了解、认同、支持、反感等各种不同阵营。

对于年轻的小姑娘，多数人都会秉持善意抱有喜爱，但也有"资深员工"会瞧不上，严守私利底线，不爱搭理这个上级安排的年轻小女生。现在看来，目前发生的各种小事情都不打紧，还没产生什么大冲突，木子算是顺利过渡。

看到木子在包装厂工作顺利，沟通汇报有章法，事务处理有度，刘大老板终于有点放心了，借调三个月一满期，他便提出再追加三个月。

没有资历的人没什么挑三拣四的余地。环境还算不上太差，又没什么殊死抵制的必要。况且，这样的借调其实也是机会，不是人人能得到的。所以木子没有拒绝。

盼着日子满了三个月，结果还要继续，木子把这当成一种锻炼，她愿意到不同的部门、不同的岗位去学习和锻炼，使自己获得更多的技能和经验，达到快速成长的目的。

木子是不会主动去寻找困难克服的，但有困难有难题来到她眼前的时候，她也不会逃避。不管遇到什么样的难题，她都努力扛起来，难题总是能扛过去的。她并不缺少解决难题的能力，只是缺乏"明知山有虎，偏向虎山行"的主动性。

就在木子过五关斩六将的时候，她遇到了就业以来最大的一个麻烦，而且还如"蝴蝶效应"一般，麻烦一个接着一个地来到了。

早前木子来包装厂办事的时候，就发现过一些情况，那是一个闷热的黄昏，她突然发现许多小虫子正围着宿舍区昏黄的路灯狂飞，一团团的密度非常大，看得让人头皮发麻。

木子特别烦这样让人头皮发麻的"风景"，但周围谁也没为此说过什么做过什么，她便以为这是常态，就没去打听。这天下午微雨，木子从宿舍房间的屋檐下经过，一大块天花板掉落在她眼前，她这才懂得了其中的关联。

这些宿舍楼是数十年前盖的房子，老旧的红砖墙，老旧的木梁和天花骨架，用扣板钉成的天花板，在岁月和风雨的侵蚀下逐渐腐朽，啪的一声就掉下这么大一块，差点砸着木子。

木子想，如果继续掉落，真砸到谁身上，肯定得受伤。木子感觉责任在肩，便开始研究如何处置这一危险现象。她开始长时间地站在屋檐外盯着那些屋檐打量，脑子里在设想如何才能解决这个问题。

简单加固可以吗？

"哗——"又掉下来一块朽木。

木子这次走近，看清了这块碎木上满是虫洞，像沙琪玛一样松软。

这是？

木子疑惑了，她再抬头看眼前那些完好的柱子，柱子身上也有许多微小的孔洞。木子找来一根晾衣叉，往那儿捅了捅……

晾衣叉的铁叉头随即没入了木柱，木子手一转，便带下来一大片细碎的木屑。

"楚助理，你在这里啊！你看这个生产计划表需要报给大老板签字。"生产部主任拿着几张计划表走了过来。

"蒋主任，你看这些木头，都成渣了……"

"是啊，这房子太老了，木头都被白蚁蛀空了！"

"白蚁？"木子大吃一惊。

"是啊，就是白蚁！到了初夏，灯下都是白蚁在飞，你没看见过？"

"啊！见，见过。"

木子一直以为白蚁就是白色的小蚂蚁，会到处爬来爬去，她这会儿才想起那些漫天飞舞的小虫子，就是白蚁！那么多！

这天夜里，木子在电脑前疯狂地研究白蚁会带来的危害。

第二天一早她便在办公室提出了这个问题。

"白蚁必须治，得花多少钱，请谁来防治？掉了几次天花板的那两间宿舍房子会不会垮塌？不管怎么处理危房，首先得把宿舍里的那几名工人搬出来，对吧？"木子严肃地说。

办公室里一片沉寂。

"厂房和宿舍都是租的，只有使用权！"办公室主任说。

"白蚁不是小事，别处的房子没这么严重，但多少也有被侵蚀了，把这一排房子拆了重建肯定不可能。"财务部老杨摇了摇头。

……

接下来一周，木子发现在危房和白蚁这事上进入了死循环。

这一大片房子是向原某转型不成功的大厂租用的，人家坚决不出这笔治理费用，更不可能将危房推倒重建。

白蚁防治是要付费的，不给钱就不会有人来治。刘大老板表示，这笔钱厂里不可能承担。

"伤到人怎么办？"

大老板沉吟一番对木子说："不能伤人，你自行处理吧！"

木子早就摸排过厂区的宿舍情况，虽然都住满了，但有些房间没按要求一间住四人，没按要求住的人理由充分，有的是夫妻房不能加人了，有的则是屋顶漏水，某些区域放不了床。

就这样，木子将注意力放到了办公楼旁边的那栋大平房里。

这一栋中间是通道，左右对开门的大房间宿舍，一间约有二十个平方米，每间至少应该住四人，但住两三人的房间比较多，而且住的人女工占多数。一间宿舍的门锁着，木子问旁人，才得知这一间只住了一人，是一个叫韦满的中年男人。于是木子趁韦满休息的时间去拜访了他，并提出计划将危房里的男职工挪到这间宿舍来。

"危房治理完白蚁和加固后会再让他们搬回去。"木子说。

韦满一口便拒绝了："我不习惯与别人同住。"

"这是厂里的宿舍，有规定大间住四人，你这才住了一个人，而且堆了半屋子的私人用品。那边危房里住的同事要是被砸伤了怎么办？那房子说不定会垮……"木子苦口婆心地做思想工作。

"我不管，那不关我的事。反正不许搬进我房间！"

厂里的中高层管理员是不少，但此时都只表示出发愁和没办法，大家都是人精，谁也不想因此去得罪人。

况且，白蚁防治和危房修补都是遥遥无期的事，他们才不愿意蹚浑水。徐姐背后也悄悄劝过木子："你是借调的，不多久就会回去了，操心那么远干吗？"

无权、无钱、无计。

木子只能退一步了，危房里的人必须迁出。要知道，几名工人住的那一间房子的天花板已经掉了三分之一了，而且隔壁那间空房几乎快没有天花板了。

一连三天，木子都在给韦满做思想工作，韦满反问道："楚助理，你也是住的单间，你怎么不说？"

"我？"木子愣了一会，才想起来，回道，"宿舍要住单间，这是我借调到这里来提出的唯一条件，也是刘大老板批准的。再说，也不可能把几名男职工安排跟我住一间吧？"

韦满愣了一下，说道："那想办法把他们几个安排进别的宿舍啊，又不是每间都住满了。"

23 相信因果

木子去了新岗位之后，工作比从前忙碌了许多，回家时间越来越不规律，她对奶奶充满了愧疚，却也无可奈何。

周四早晨，木子刚准备出发，奶奶便叫住了她。

"木子，明天周六你会休息吗？"

"奶，明天是周五，后天才是周六，应该是能休息的！"木子不确定地回答。她这才想起来，两周没领奶奶出去走走了，"奶，如果后天休息我们就出去走走，我回头研究一下有啥地方好玩。"

"哎，我不是这个意思。你这么忙，我还给你添乱！"奶奶马上解释，脸上也有些内疚的神色。

木子忙笑道："上班心累得很，我也想出去散散心呢，望城这么多好风景，我要带你一一走到！"

"嗯，那好。你赶紧上班去吧，那么远，别耽误了。"奶奶帮木子打开房门，把她送到楼梯口。

"嗯嗯，奶，你要出去也可以，别忘了带钥匙。还有，别忘了关水关电关天然气哦！"木子经常这样叮嘱，百说不厌。毕竟奶奶人老了没记性，容易忘，多提醒总会好一点。

"好嘞，我知道。我除了去上课，不会往外面乱跑，你别担心。"奶奶学画画一段时间，画得不怎么样，但她还是觉得蛮有趣的，特别是在老年大学能与一群老人家聊聊天，总比一个人傻坐在家里强多了。

午饭后，木子果然在电脑上查询起来，又在线上同水莲聊天。

水莲挺好奇木子怎么去了包装厂，而且她也很羡慕，但聊过两次后，她发现木子自己也一头雾水。

"你做事公正敞亮，可能人家就是看中了这点，毕竟做助理是老板的代言人，可不能弄个不放心的人。"水莲总结说。

"我怎么觉得你这话不太好听呢？"

"哈哈，不好意思，不好意思。我真不是打击你啊！"

"我这脆弱的小心脏啊！"

"肉麻，听得我一身鸡皮疙瘩……"

"其实呢，我自己也在想，我这么平凡的一个'小仙女'，真没有什么亮点。不过嘛，拿到什么折子唱什么戏，我也没啥好纠结的，尽力而为就好。你看我心态不错吧？"木子打了一大段话，然后点了发送键。

水莲想想，没什么好学习的，因为她和木子差不多的性格，都敞亮。看来，各人有各人的运气和本事，她还是努力把自己手中的工作做好，争取多考几本证。

水莲心想老话怎么说的？机会会光顾努力的人！我就做一个努力的人呗，别等有机会了，才发现自己没本事。

木子不知道水莲现在特羡慕她有好的学习和积累经验的机会，她也不觉得协助管理这点事有什么难度。有的工作不是事难做，而是人难做。若能做到心性安定不受人左右，纯粹秉公做事反而没难度。至于坐到这个位置上，木子要不要赶紧学行政管理，学工厂管理，学财务知识，学生产……好在工作中做到面面俱到，满身光环，以便在一段时间之后成为高级管理人员或者总经理总裁什么的。但木子就连看小说都不看这类型的。

这叫什么？这叫平凡而美好的女子，随遇而安，没有什么上进心，自己不累，跟人相处也不累。现在，木子的小脑瓜子里只是在想着，这样的天气去哪里更好玩，去哪里能找到好吃的，她想周末带奶奶去走走。

木子的出行计划通常是一周做一次，她没有年度计划或十年计划。

水莲看着木子又在变着法子打听好吃好玩的，打了一串感叹："你好厉害啊，这么快就上手了，有空出去玩了！我表示膜拜，请收下我的膝盖！"

"膝盖有什么用，炖汤？别'策'我了，赶紧给我支招吧。"木子用学到的几个望城方言字跟水莲耍嘴皮子。

"我到望城这么久了，去过的地方没你一半多！你问我？"

"哦，那你就没什么利用价值了，咱们拜拜吧！"

"我不——"

"拜拜！"

"我不，我还有用——你等等——"水莲故作挣扎。

……

突然，窗外传来一阵凌乱的奔跑声。木子愣了一下，刚想站到窗口去看外面发生了什么事，就见到办公室的门咚的一声被撞开了。

"楚助理，出事故了！"

"事故？什么事故？"

木子脑子里轰然一响，迅速起身，跟着前来通知她的工人向门外跑去。工厂里每周二都会安排班组开安全会，对安全管理工作也算是抓得紧。木子也懂得对于一个工厂来说，"事故"代表什么意思，代表随时可能出人命啊。

"是韦满的头被机器砸到了！"

"严重吗？"

"严重！"

木子一听，吓得嘴唇都紫了……

她虽然慌张，但脚下一步不停地朝外面跑去，说话间两人已经跑下了楼，就看到抬着韦满的队伍已经到了办公楼外。

几个男工扶着一个中年男人缓缓走过来，然后坐在地上，一群工人紧随抬着韦满的队伍也走了过来，围住了韦满。木子冲过去一看，只见韦满满头满脸都是鲜血，脸都看不清了，更看不出伤口是什么情况。

木子看到韦满还活着，她感觉稍微安稳了一些，但心仍在颤抖。她几时见过这样重的伤，这么多的血……天哪，看到韦满头破血流，后果不堪设想。木子喊道："快，去宿舍拆一块门板过来，抬韦满去镇上的医院，要快！"

没两分钟，门板迅速被工人拿过来。刚赶过来的蒋魁赶紧扶韦满躺下，组织几名工人抬起简易担架就准备走。"蒋主任，你留下，查明事故原因，处理事故现场，生产不能停。"木子一边说着，一边跑步跟上了担架。

韦满的头随着前进的步伐一晃一晃的，木子跟在旁边，赶紧伸出双手扶住了韦满正血流不止的头部。木子的双手瞬间就被黏糊的鲜血沾满，她的手掌手指手背全是热乎乎的血浆，"快，快走！"木子下意识地喊了一声，她突然想起车祸去世的父母和弟弟，即使她没看到现场，也从不去看那些与车祸相关的视频，但这一刻还是全部涌上了心头。她心里害怕极了，嘴里却还在不停安慰韦满："没事的，就快到医院了。"

"快一点，再快一点。"木子又喊道。

几名工人也同样焦急，他们健步如飞，不一会儿，一两公里的距离就跑到了。

"医生，快……"

木子脑子里此刻只有眼前的伤员，她所有的视线和思考以及指令都在围着伤员转。

"万幸，头骨没事。只是头皮被砸开了几寸长，出血太多了！脑震荡是一定的！"镇医院规模小，处理不了大问题。好在韦满的伤不是特别紧急要命的大问题，因此医生只做了简单检查，迅速清创、缝合、上药、包扎，最后给出建议——得去望城人民医院拍片子，做进一步的检查和处理，镇医院只能应急。

简单包扎完毕，韦满的头裹得像个剥了青皮的柚子，他的脸和眼肉眼可见地开始慢慢肿大，肿得像个冬瓜。想必他也痛得撕心裂肺。

"大刘，小陈，你们俩送韦满去望城人民医院检查吧。看看是什么情况，如果要住院就马上打电话回办公室。"木子不敢大意，马上安排。

……

这时候，木子已把双手清洗得干干净净，但她知道，这沾满鲜血的双手的模样，她这辈子不可能忘记了。

把韦满送到医院之后，木子就安排部分工人回厂了。从医院离开时，她跟在另两个工人身后慢慢往回走，感觉非常疲惫——就是那种特别紧张害怕过后的放松，像被抽去了骨头的无力。

蒋魁也急得不行，在厂门口转来转去，此时看见木子回来，赶紧迎了上去道辛苦，然后陪着她走进办公室。

听到推门声，里间财务部的椅子也立即哗啦响了几下，财务部主管老杨和出纳小玉出来了。

办公室主任徐姐也正好回厂了，她拿着背包一脸莫名其妙地走了进来。

木子简单说了说韦满的伤势和处理情况，然后看向蒋魁。

"为什么会出事故？机器坏了吗？"

"唉，韦满是自找的！"蒋魁恨铁不成钢地说，"生产安全天天喊，操作规程一定要遵守。韦满一个老师傅居然犯这样的错——机器一头有块压铁，有七八斤重，要把压铁安放好、卡紧了，才能启动机器。不知道他今天发什么疯，一只手去移动压铁，另一只手就去重新启动了机器，结果压铁弹了起来砸中了他的头！"

众人面面相觑，深深叹气。事故都发生了，又能怎么办。

生产车间，处处都有潜在的危险，千叮万嘱也保不住个别工人脑子一热，就……

"这个韦满……"木子想了想，有些话咽了下去。

"他啊，就是太自私。前几天那个宿舍的事，他千般不肯万般不愿，你看现在这也是报应不……"蒋魁虽然也担心大老板知道后会问责，但此刻他一肚子怨气，也就心直口快，嘴里不饶人。

木子也不喜欢韦满，但事情发生在车间里，到底还是责任重大，她说不出什么风凉话来。

一下午毫无韦满的音讯，直到天黑时大刘才回来了。

望城人民医院检查完毕，告知韦满没有大问题，医生建议他回镇上医院留观和输液三天再去复检。韦满回到镇医院，小陈在陪他，大刘回来送信。

"大刘，韦满和你是老乡，他现在住院需要人照顾，你……"木子试探地问道，可是话还没说完，便被大刘拒绝了。

"楚助理，我要上班，没时间管他。今天他受伤了，我们第一时间救助，送他上医院，到县医院检查，已经仁至义尽了，你可不要再安排我！"大刘这样说也极为有理，但韦满怎么办？总要有人照顾啊！

大刘继续说道："韦满这人非常自私，太自私了，跟谁都处不好，从私人感情上来说，没有人愿意去照顾他的。"说完，他便嚷着肚子饿，要去食堂吃饭了。

木子没有处理过这样的事故，也没处理过这样复杂的人际关系。韦满违规在先，导致自己受伤，但总还是工伤，不管怎么样都不能撇下他吧。

看到三个年轻的身影下班朝她这边走过来，木子便招了招手："小罗、小维，你们几个过来一下！"

小罗是三个人当中最高的，也对木子最上心，眼神柔软、干净。

"楚助理，啥事？"一车间出了事故，所有车间的人都知道了，但小罗几人没想到这事能跟自己扯上关系。

"我给你们挖了个坑，要不要跳？"木子说。

"不跳！"小维年纪最小，果断回答。

"跳！"小罗满脸堆笑。

"什么坑？"江波问。

"那个韦满受伤了住在镇医院，得有人去照顾一下……"

"不去！"木子话没说完，三人异口同声。

关系处得好，自然就不是上下级之间以威压人，况且这事，以威压人人家也可以拒绝。木子没有多想什么，只是看着眼前三位道："就是去给他送饭，扶他上上卫生间……安排其他人都不肯去，你们跟我关系最好，你们不去，难道让我去？"

"楚助理，韦满在日常就小气巴拉的，自私得很哦，在宿舍问题上完全不肯配合你的安排，你还管他干吗！"小维年纪小，还不忘提醒了木子一句。

"可生产上出了安全事故，我现在是在处理公事，难道不管韦满？算了，你们不去那我……"

"我去去去！"木子还有一个字没说完，小罗便一连串的"去"字打断了她的话。还是小罗最容易服软："好吧好吧，哪里能让你去，我们去好了！"

洗澡，换衣，进食堂吃饭，再拿着食堂准备的病号饭，小罗与小维去了镇上的医院。隔了两小时才回来，汇报说他们也尽心照顾了，如果韦满要去卫生间，护士会照应，他们不愿意留在那里陪护。

这天夜里，木子给奶奶打了个电话，便留在了厂区宿舍过夜，她睡前去卫生间一趟，见里面干干净净，又觉得稍有安慰。从卫生间出来，她挨着一个个车间走一圈，每个车间都停留两分钟，然后再往自己的宿舍房间走。

天空明月朗朗，浮云如纱，甬道两侧树影重重，甬道的左侧是小小的二层办公室，右侧是食堂和车辆旧配件堆放处，在甬道的尽头延伸成一条Y形的小路，分别通向几栋平层宿舍。木子的房间在右侧最里面的一间，有二十来个平方，但里面只有一床一桌一椅一柜一盆一桶，还有一只昏黄的灯泡在房间里等候着木子。

木子没有回房间，她脑子里乱乱的，需要寻找一个出口。她此刻还没有意识到自己的潜意识刚经历了一重劫难。她只知道自己想要随便走走，但她不想说话。

也没有叫人做伴，她一个人朝大门外走去，朝门卫点了点头，出了门沿着土路走捷径上了江堤，在早已空寂无人的废码头找了一处干净地方坐了下来，明月，云纱，江上清风，粼粼细浪……

木子抱膝坐着，慢慢地，下巴抵住了膝盖，想起了她的父母。她有很多话想说，却不知道该向谁说，默然，然后突然地崩溃，泪流满面。

在木子的身后，远远的苇草灌木后面，站着三个年轻的身影，他们看着木子，小声讨论着，最终谁也没敢靠近。

24 陪朋友逛时装店

　　韦满在包装厂工作快十年了，也是第一批进这间工厂的老员工，但在他住院期间，全厂无论管理层还是工人、门卫，无论新工人还是老工人，对他的态度无一表示亲近关怀，即使是去医院送饭照料的几名同事，也是受楚助理的各种"威逼"才勉强前往，并没什么好脸色给他，也不知道他心中到底是什么滋味。

　　木子一直没忘调整寝室的事，也没打算惯着韦满。

　　韦满出院回厂的第二天，木子就再次上门了，直接通知他说："韦满，我安排了两名同事搬进这间宿舍，你明天记得别锁门哦。"

　　"……"

　　这一次，韦满终于以沉默面对，大概也算是默认的意思吧。木子没想那么多，她想的是，如果明天门上有锁的话，她就让蒋魁直接将门锁撬了。

　　第二天早上八点半，蒋魁领着两名刚下晚班的工人，带着撬锁的工具来到韦满住的宿舍楼，许多工人的目光都跟上了他们，还有三五个看热闹的工人也跟在了蒋魁后面。一群人来到韦满住的那个大房间门口，才惊异地发现房门没有上锁。

　　就这样，被白蚁蛀坏的那几间宿舍里的工人全部完成了搬迁。

　　不求无功，但求无过。工作是工作，她尽力公平公正地做好自己该做的事，有些事木子也管不了。白蚁为祸的事她多番汇报了，办公室主任表示暂时搁置，那接下来会怎么处理，就不是木子的职责范围，她不操心。

　　一切麻烦结束，木子心中松了一口气，终于有心情逛街了。

在望城区新开辟的"长沙首创汉唐文化IP打卡地"——元拓秀街，周末正是人山人海的时候。麦当劳、茶颜悦色、零食很忙、大斌家、海伦司等近二十家商家已相继进驻。一线大牌汇聚元拓秀街，各类网红业态形成强大的商圈聚合效应，强力吸引周边人气。这里汇聚繁华的多元业态，再赋城市商业新篇章！这儿主打东南亚异域风情，辅以欧洲花园风、欧式爱丁堡风、意大利托斯卡纳风，四种主题风格装修将环境体验感分值拉满。

木子眼花缭乱地打量着这里，如果不是陈向芬带着木子，她都不知道此处还藏着个这么精彩绝伦的地方。女生爱逛爱吃爱美是天性，木子的热情立刻噌噌噌地上升。

木子去包装厂工作的这段时间，陈向芬和木子很少有机会能碰面，但她一直关注着木子的工作和生活情况。因此木子手头的工作暂告一段落时，陈向芬立刻就招呼木子来"陪着逛街"，其实是心里想念木子了。

木子兴致勃勃地应约而来，作为一个从小缺失母爱的孩子，她天然对陈向芬的善意和关照有着感激和依恋，甚至有一种不可言说的信赖。陈向芬的邀约带给了她被需要的感觉，带来了些恍惚的幸福感。

"木子，这地方不错吧！"

陈向芬笑眯眯地盯着眼前的孩子，看她眼里放光的样子，陈向芬心里的酸楚一挥而散，心情也变得很美。

"嗯嗯嗯，太好了，我算又'打卡'了一个网红地吗？"木子对"打卡"网红地完全没兴趣，但今天她也算"打卡"过了，因此就调皮了一句。

"那个茶颜悦色，喝过没？"陈向芬顺口问道，她知道年轻人都喜欢吃这些东西。

"没！"木子简单回答，"一切要排长队等候的东西我都没兴趣。"

"那烧仙草怎么样？"陈向芬指了指另一家。

"哈哈，那个好，里面很多料，珍珠、葡萄干、椰果、红豆，满满一杯，连饭都可以不吃了。"木子笑道，说着就拉着陈姨往烧仙草的小店走去。

望城是陈向芬从小到大生活的地方，因此熟人多得不得了。两人逛着逛着，就碰到了几拨熟人，有的站着聊几句，有的点头招呼一下。

"哟，陈总带姑娘逛街啊！"有人用揶揄的口气打趣。

"啊？你是……你是小宣？"陈向芬大笑，猛地向前一步，就用手打了那女人两掌。

"是啊，好多年不见了。"

"什么时候回来的？"

"回来几个月了呢，没想到我们能在这里碰到！"

木子站着听两人聊了几句，陈向芬这才转身介绍："木子，叫宣姨！"

"宣姨好！"木子很乖巧。

"叫木子是吧？后来听老同学说过你还生了一对双胞胎儿子？"叫小宣的女人又问陈向芬。

"是啊，他们现在也上大一了。"陈向芬略有点骄傲地说。

"真是有福，有儿有女，羡慕你。"

木子愣了一下，心想陈向芬家现在不是只有一对双胞胎儿子吗？难道宣姨把她错认成陈向芬的女儿？这么一想，木子也就懂了。木子不会戳穿这个误会，也不会去追问，因为这又不是什么有关系的事。木子见两人在聊天，还拿出手机来互留电话号码，添加微信。木子便蹲下去逗弄旁边摊子上售卖的小兔小鱼。

陈向芬满眼温柔地低头看了她一眼，然后继续与老同学小宣聊天。她们两人是高中同学，陈向芬生下女儿的时候小宣还来看过她呢，但后来小宣结婚不久就跟着丈夫回了婆家工作生活，那时候也没网络和手机。随着望城改县为区，乡变城，多少村镇老宅都拆迁成了居民区，多数当年玩得很好的朋友后来都失联了。没想到现在逛个街就遇见了，人到中年的两位女同学却还能一眼认出对方，随即叫出对方的名字，简直太让人惊喜了。

"向芬，我现在还要去给我妈送饭，她在住院，晚点我给你打电话，明天一起吃饭。"

"哪个医院？明天我去医院看看。"

"明天再说吧，老人家小病，没事的！"小宣回答。

"那好吧！那就明天见！我等你电话啊！"

聊了十几分钟，两人还有无数的话没说呢就要分开，两人都意犹未尽的样子，互相抱了抱才依依不舍地分开。

木子已经将方圆几平方米的小摊小店小广告看个遍了，终于等到了老同学街头喜相逢一幕的结束。她赶紧站到陈向芬身边来，笑着说："宣姨拜拜！"

"好，你们母女慢慢逛，拜拜！"

等杨小宣一转身，陈向芬就笑着对木子说："抱歉，让你等了这么久，无聊吧。"

木子咧着嘴故意露出八颗牙笑了笑，说："没呢，看来你们很多年没见了，说上三天三夜都可以理解。"

"哈哈，你这丫头！"陈向芬太开心了。

陈向芬让木子陪她出来逛街，理由是说表妹开了一家服装店在元拓秀街，让学设计的木子过来参观，并给一点建议。陈向芬说："我年纪这么大了，她让我给建议，我哪里懂这个啊，所以你得陪着我来看看。"

就这样，两人捧着满杯料的烧仙草边嚼边逛，一会儿就到了陈向芬表妹开的服装店门口。她们站在门外，也不急着进去。木子退后几步瞧了瞧门口的店名，又看了看店外的装修，她很羡慕地打量了一下。

能拥有一家服装店，挺好的。

服装店门面不是特别大，是一个大众品牌的服装，风格年轻时尚，不走舒适白领风，和木子的穿衣风格倒挺对路的。发现这一点，木子挺高兴，心想以后有合适的可以打折买一套，因此陪着陈姨给她表妹打了个招呼之后，她自己就在店里转开了。木子发现这个裙子不错，那件衬衫不错，这套装搭配得好，特别是这个小包搭得好……哎，就是有点小贵啊，木子舍不得。

陈姨站着和表妹蔡岚边聊着天，边用眼睛看着木子，看木子表情很喜欢，陈姨才说："木子，那个套装挺适合你的啊！"

"有喜欢的就试一下，那边有试衣间！"蔡岚也热情地招呼道。

"哎，不用试了，我刚喝了奶茶，手不干净！"木子托词。

逛完一圈，木子回到收银台边，在布艺沙发上坐了下来。

木子的奶茶早就喝完了，这会喝着店员递过来的绿茶，她发现先甜味再喝茶，茶的味道都变得怪怪的了。陈姨也跟着坐下来，向木子询问意见。木子学设计的，审美自然不会差，索性就提了几点意见。蔡岚一听，果然很合心意，便笑道："到底是年轻人，想法更对路子，蛮好！"

陈向芬也发觉刚吃过甜的，喝茶真是一点茶的味道都没有，便把杯子也放了下来。

换一个视角重新打量店面和摆设，木子继续说着自己的想法，听得蔡岚频频点头，看得出来，她真是蛮惊喜的。

"木子！"蔡岚突然轻声叫她，声音特别温婉，让木子心里一动，觉得这一声里充满了感情，她奇怪地扭头朝蔡岚看去，又没看出什么异样。

"我觉得吧，你的风格和我们店挺搭的，清秀、甜美，气质柔韧。用长沙话说，就是很经看，越看越好看！"蔡岚很随意地伸手拉住木子的手，笑道，"岚姨给你提个请求好不？你在我们店挑几身衣服，穿上拍个照，我回头洗出照片来放在店里供顾客参考，广告效果肯定会不错。你在店里挑两身衣服当报酬……"

说着，蔡岚就朝店员扬了扬手。

木子目瞪口呆地望向陈向芬，陈向芬一点都不吃惊，只是冲她点点头，表示这样完全可以，她也认同。但木子只是轻轻地摇了摇头，表示这样不太好。

"你帮帮岚姨吧，木子。"陈向芬开口，"岚姨也不是外人，你就帮帮她嘛。"

木子觉得挺不好意思的，也不知道该怎么办。店员很快就挑了四五套符合木子风格的新款衣服过来，蔡岚笑着把木子推进了试衣间。

在试衣间里，木子翻了翻衣服上的吊牌，看了一下，发现价格都是上千元一套。她先前逛过一圈，也挑了几套看过价格，知道这个价位在这家服装店里算中上，花这个价钱买衣服她舍不得，但这进都进来了……木子迟疑了一下，决定还是换上再说。

面料不错，款式不错，颜色不错，做工也不错！

木子看了看镜子，这衣裳衬得她越发白净甜美，气质都提升了几分，于是她鼓起勇气推开门走了出去，同时用眼睛往陈向芬的方向看了一下。

陈向芬站起身来迎向她说："哟，咱们木子真是好看，好看！"

蔡岚围着木子转了一个圈，拽了拽腰身，赞道："小敏的眼光就是精准，这型号这款式都挑得真是没话说，适合木子。"

店长小敏被夸得不好意思起来，忙道："哪里，那是木子长得好，身形也好，所以穿什么都好看！"

木子等大家都评点完了，正准备进试衣间换另一套，这时店门一响，就见另一名店员小贞领着一个戴眼镜的圆脸男人从门外进来，男人手上拿着一台尼康相机，进门就嚷道："岚老板，你又抓我来做义工！要请我吃饭啊！"

"请！请！你先帮我侄女拍个照片，给我的新款衣服做个广告。"

男人是街口婚纱摄影楼的，叫秦立，这条街里不少店家都会请他帮忙拍些广告照片，给其他家拍照片是要收费的，但秦立正在追求蔡岚，当然坚决不肯收费，每次都让蔡岚请他吃饭，蔡岚坚决不请，拍照却还是照喊不误。

这人嘛，不怕有人情，就怕没人情。不收钱的，又能耍赖的是什么人？说是"友达以上，恋人未满"不为过吧。

秦立在店里店外选角度，还劝木子到街边也去拍几张，陈向芬就协助木子换服装——递个包，补妆——涂个口红，换发型——束发或者散发或者绾个发髻。陈向芬有点笨手笨脚，但做得挺开心。

蔡岚看在眼里，酸在心里。如果陈向芬的女儿一直在她们身边带着，她们会不会变身绾发高手？好在配这类服装要的就是干练，不需要特别精致的发型，只要大致过得去，美图的事秦立完全可以照顾到。

费了不少时间，衣服已经拍了五套，蔡岚就过来招呼说到中午时间了，她要请陈向芬和木子吃饭。摄影师秦立二话不说，立刻提起相机就跟上了，他执拗地说："餐厅背景还可以再拍几张。"

蔡岚对着秦立翻了个白眼，也没说同不同意，带上陈向芬和木子转身就走了。

"吃啥？火锅？比萨？牛排？……"今天是蔡岚的主场，陈向芬完全不多话。

"牛排牛排，她今天这一身哪点跟火锅搭得上啊？"秦立在后面插话。

木子根本不想做主，但听了秦立的话，心中一动，想想吃火锅太容易弄脏衣服。于是她也笑着点了点头："牛排也好！"

一行四人到了西餐厅坐下，秦立摆出一副敬业的样子，又拿起相机开始指挥木子拍照，窗边、休闲区、绿植边都拍了，又远景近景地拍了几张陈向芬和木子的合影，还有三位女士的合影。

"三个女人一台戏，就我一个是苦力。"秦立哀叹道。

蔡岚一听，抬脸正准备怼他，陈向芬在旁边拽了拽蔡岚衣袖，于是怼秦立的话又被蔡岚咽了回去……

25 回到原单位工作

　　饭后回到店里，店长已将木子试过的两套新款衣服折叠好，装在两只纸袋里递给了蔡岚。木子想拒绝，但陈向芬已经帮她将衣服收下了。

　　送木子到楼下，陈向芬这才关心地问了问木子工作上的事。

　　陈向芬一家人与包装厂的刘大老板是朋友关系，刘大老板到包装厂检查工作后与朋友一起聚餐，刘大老板酒后聊起他用了多年的助理回家生孩子需要休假半年。若是把岗位留下吧，事没人做。换新人当助理吧，原来的助理又挺放心的。可是找一个贴心的助理临时用也不太现实啊。

　　一个字形容，愁！两个字形容，很愁！！

　　陈向芬见他发愁，便笑着说："干吗不借个放心的人临时用半年呢。"

　　"借人，一个萝卜一个坑，哪里能有人借啊？"

　　"我推荐一个呗。不过，得你自己去谈哦！"虽然是临时，那也是挖墙脚，陈向芬肯定不会自己出面。

　　别人来提这种建议，刘大老板肯定是不会考虑的，他不放心。但陈向芬说了，他仔细一想，也还有可行性，于是问到具体人选，才知道陈向芬的推荐居然具体到了去哪儿借和向谁借。

　　"人品呢，这点我可以跟你保证。但借，肯定只能你去开口，毕竟咱们公司老板和你有业务关系，他不好驳你的面子。"

　　"那个楚漓漓，她人很好吗？"

　　"人是真的很好！"

　　"人很好？"

"嗯！"

刘大老板连问两次，又看了看陈向芬的脸，看不出什么，他又转脸去看李成峰，见他脸上也看不出什么。

"你们夫妻给我搞什么鬼啊？"

"你就说吧，要不要借？不借就算了，以后不要后悔！"

"后悔？我怎么觉得你们是在给我挖坑？"

"就是挖坑，你也得跳啊！还是不是战友？"李成峰扬脸。

"你就说要不要借吧！"陈向芬也"咄咄逼人"。

"我——借——！！！"刘大老板猛喝了一杯酒，嚎道，"你们太狠了！我的好奇心全部上来了！"

这些情节，木子自然不知道，木子还以为真是福湘公司借调他去支持包装厂工作。陈向芬自然也不会说，她只是想让木子多些机会去接触更多的工作，想多培养她，她的确相信木子是最合适的人选，况且这真的能够帮老朋友解决难题。

"开始说调过去三个月，后来又加了三个月。"木子斟酌一下，说道，"我后来才知道，刘大老板的助理是请假半年回去生孩子了，那个助理也是个要强的女人，估计她快回厂来上班了……"

"那你自己觉得包装厂怎么样？愿意留在厂里吗？还是觉得在福湘发展更好？"陈向芬笑着问，"难道你准备一直从事设计工作吗？"

"福湘公司离家近，工作内容没那么琐碎，少操很多心。"木子坦白地说。

"不觉得做管理工作，搞行政什么的更有前途？"

"哎，心累啊。这几个月我经历了多少劳心劳力不讨好的事。我挺胸无大志的对吧？哈哈！"木子话一转，"陈姨，我觉得留在福湘还行，在包装厂有点独自为战的感觉，有时候会四面楚歌，让人好心慌。"

陈向芬听了丈夫的建议，从一开始就没告诉木子实情，就更没说刘大老板其实也算她半个后台，而是选择了让木子谨小慎微地自行探索，积累工作经验。他们希望"关系"只是"敲门砖"，木子能真正胜任新工作新岗位。

事实证明，木子果然胜任，只是她并不想那样一直绷在弦上，得随时面对突发情况。

陈向芬听了，笑了笑，脑子里突然浮现一句话"优秀的孩子是给国家培养的，普通的孩子是陪自己慢慢变老"，她想到这话便忍不住想起了俊龙和俊麟，到底是希望他们优秀，还是希望他们平凡呢？陈向芬突然心情复杂，笑不出来了。

中秋节过后不久，木子终于调回了福湘公司，薪酬没变，岗位没变。

小李等人吃惊地发现，飞出去的凤凰又飞回来了，惊异之余大家又很开心。但接着大家就发现，现在的木子看人看事的视角和处事风格与之前完全不同了。

同事们有的诧异，有的为她高兴，但大家都在聊天时说，木子很得公司管理层欣赏，听说借调过去的工作完成得很好，人家狠狠地表扬了木子。

看来木子前途一片光明，不会一直在这个岗位上干下去的。

"搞设计挺好的，偶尔忙起来没日没夜，但也有悠闲的时候，并且同事们关系简单，很好相处。你们可不知道当管理人员那个琐碎，威风未必，费心费力那是一定的。"木子苦笑道。

她从没想过要成为"人上人"，只觉得顺遂、幸福，吉祥、安康才是人生至关重要的事。所以不管是毕业、迁家，还是年节祝福，木子的祝福总是最简单的那一个，重复着简单乏味的几个词，殊不知道这里头却是她最浓最重最热切的祝愿——幸福安康的人生多重要啊，顺遂吉祥的日子多重要啊。升官发财春风得意当然好，但那都不是生命必须。若能事事顺遂，人生幸福，一个人又能穷困到哪里去！

"木子，别'凡尔赛'了，我们是想升职加薪都没机会啊！"

"哪有加薪，跟你们一样啊，都是辛苦完成任务才会给三五斗米钱啊！"

"你看，你们看，这话题聊不下去了！"

同事们对木子的前途寄予厚望，好也好，不好也好，重要的是大家相处愉快。至于升职加薪，这不是考虑得来的，聊聊便罢。

日子回到了起点，木子周而复始地奔波在骑共享自行车上下班的路上。街角种的一大片银杏开始黄叶舞秋风，木子每天经过那儿都会认真地看上两眼。秋色浓了，满树的叶儿都被染得金灿灿的，然后一场秋雨一场寒。在深秋的时候，银杏树开始掉叶了，不到一周时间，树下的绿地便被黄叶完全覆盖，风一吹，一片片的落叶飘动，好看极了。

木子停车拾取几片落叶，带到了公司，拿出一支水性笔在上面画了些卡通图案，然后夹进了书页。

日子周而复始，没有亮点。就连老太太王素珍都慢慢地融入这个城市，跟一群老伙伴相处融洽。

一群老姐妹偶尔在张家包饺子，偶尔在李家吃火锅，偶尔在刘家吃土鸡，偶尔出去野餐、拍照。若是有谁过生日了，还会聚餐后去卡拉OK唱歌，共同回忆青春时代的那些精彩片段。

能上老年大学的老年人的家里条件都还不错，家里孩子们也孝顺懂事，支持老人们出来活动就是图一个开心。木子回到家，见奶奶过得充实开心，身体状况也越来越好，她就觉得心里挺踏实的，有时候也会买一些小礼物让奶奶带给老姐妹们分享。

天气越来越冷，这时候木子已经有些经验了，所以她提前给经常需要出门的奶奶买好了保暖的秋衣、秋裤、围脖、手套，还有帽子和羽绒服。奶奶一个人出门的时候，万一突然碰到刮风下雨又没带伞的情况，这些东西就能保护她不必着急奔走，可以从容地走到避雨的地方。而且南方的冬天没有集中供暖，家里也挺冷的，奶奶舍不得开空调，在家里可以穿厚些，"省服"（冬季的厚款居家服）也得给备上一件新的。

和多数年轻人一样，木子不喜欢把自己裹得像个熊，依旧是长袄里面穿一件小毛衣，小毛衣里面再穿一件保暖衣就足够了。再说，办公室里都开着空调，完全不会冷。

飘了几片雪花，落到地上转眼就被车流碾成泥。又到了年底，其他部门的同事像往年一样都开始忙起来了，但设计室这边也跟往年一样有点清闲了下来。工作不忙，大家偶尔会在工作时间闲聊，话题从食堂的饭菜到同事们的感情故事，到猜想年终奖的数额，再到猜想优秀部门、优秀班组今年会花落谁家……木子来了一年多，对福湘公司上下都熟悉了，多数聊天的内容她也能插得上话。水莲在微信小群里"吐槽",说她孕期反应严重,她这辈子不管男孩女孩就生这一个,谁想让她生二胎,她是坚决不会同意的。

小群是公司里五六个常去做义工的同事建的,方便大家聊一些相关话题,甚至中秋节时还全群集体去参加了一次义工活动,大家都想在现场拉一面"福湘公司志愿者"的旗帜了,但他们做义工的事公司没出面也没出钱,整个义工活动也不是他们组织的,所以也不好意思"另立山头"。

见水莲连连"吐槽",小李忍不住说她:

"很多女人怀孕难受时都说过,只生一个,以后不生了,但等过两年都会好了伤疤忘了痛,一次次说又一次次生,老二老三持续上线……"

"你一个男人,蛮里手啊!"万玲第一个回复。

"蛮里手啊,你有实践经验?"木子第二个回复。

"你怎么如此里手?不如教教我怎么应付孕吐!"水莲第三个回复。

"你好里手啊,将来准备让涵涵生几个?"

"我投降了,我什么都没说!!!"小李落荒而逃。

26　值得反复逛的古镇

日子无惊无险甚至无大趣味，但小趣味还是有的。

木子依旧在周末天气好的时候带奶奶出去走走看看，遇到特别喜欢的地方，她们会反复去几次。

比如靖港，这真是一个值得人们反复去逛的地方，每次去玩都会有新发现、新惊喜、新感悟。

据说还是在唐朝的时候，大将李靖奉唐高祖之命，领军击败萧铣以平定江南，在镇守长沙湘江一带时就曾在沩港驻军，他治军有方，从不骚扰百姓，很受老百姓爱戴。李靖离开长沙去漠北之后，人们一直很怀念他，就将此地改名为"靖港"。靖港曾为湖南四大米市之一，又是省内淮盐主要经销口岸之一，商贾云集，市场活跃，当时还有一个民谣说"船到靖江口，顺风都不走"，充分说明了当时的繁华。

靖港在沩水入湘江之三角洲地带，为天然良港，水路畅通，帆影不绝，顺江而上，可直通岳阳进入长江，沿江而下可至广西，由于水运交通发达，一度成为湖南除长沙外的第二大商贸中心。它还是古代军事要地，1854年，太平军将领石贞祥在这里大败曾国藩的湘军水师，打得曾国藩两次投江，所幸被人救起。

靖港古镇现在还有"革命母亲"陶承故居、宁乡会馆、杨泗庙，甚至还有中晚清的青楼建筑宏泰坊，有的景点在门外看看就够了，有的景点木子好奇心重想上去看看，但奶奶王素珍拽着她，无论如何都不让她进宏泰坊的门。

木子也没办法，好说歹说想进去看看热闹："奶奶，就是个空房子，进去看看什么样儿。"

"不许的，那是不许的，肯定是不许的！你一个女娃娃家家的，不许进这样的地方！"王素珍异常倔强地拽着木子的手腕。

木子摇了摇头，只好顺着奶奶的意思。两人继续沿着麻石街向前走，举头欣赏古建筑和老店铺的外墙，低头欣赏幽雅的麻石缝隙。她们在一处处小吃摊前流连，然后继续向前走，在乌篷船边拍照留影，又进陶瓷铺子里买几件小物品塞进背包……木子饿了，扛不住馋嘴了，她想再遇到小吃就下手。木子吃一份糖油粑粑，啃半个烧饼，喝一碗姜盐芝麻豆子茶，最后又买了一点手工面和香干子塞进背包准备带回家。

店家们悠悠闲闲地聊天或者干活，孩子们在街边各玩各的游戏，一根小木棍儿就能在墙上玩好一阵子，或者遥控小挖掘机在路面上艰难前进，遇到麻石上一处坑凹就翻了车。

街边有一家陶艺体验店，一个中年男人搬着马扎坐在门内晒太阳，手中拿着一个手机在看网络小说，可能是视力不太好的缘故，他手机屏幕上的字有花生米那么大一个，一屏幕才一二十个字。

木子走进店里，无意中看了一眼屏幕，发现他看的还是修仙小说——她都不看！

看见有人走近，中年男人就抬起头来招呼，于是木子开口问了一句废话："老板，我可以自己动手吗？"

"可以可以，这里就是给大家自己动手的！"老板满口说行，"你看那几排陶罐，都是游客自己动手制作的，制作完后还要进电炉烧制，所以当天不能拿走，可以邮寄。"

木子听了忍不住手痒起来，又在铺子里逛了一会，把货架上的展品都仔细看了看，才跟老板说："那我要给自己做一件——一件不那么复杂的吧。"

"你以前也做过吗？"

"试过一次。"木子竖起一根手指示意，"据说还挺有艺术性的！"

"哈哈，那就更容易了！"老板一听，觉得这姑娘挺有趣，便道，"那你今天再创作一个出来，万一评上年度优秀作品奖呢！"

"啊，你们店还有这个评选？"木子好奇地问。

"没有！我随便说说的！！"老板继续笑。

"呃，这个完全可以有！"木子边往做陶艺的位置走，边建议道。

"嗯，我可以考虑……"

"骗子！"木子嘀咕，"你就是个骗子！"

嘀咕声很轻，但很清晰。老板跟在木子身后，忍不住笑了。

奶奶也走累了，巴不得有个地方可以歇脚，一进店门就搬了个凳子坐下休息，现在又将凳子挪到了木子身边坐下。

木子扭头问奶奶要不要也玩一玩泥巴，奶奶直接拒绝了。

此刻，两排相对摆放的拉坯机上，已经有两个小朋友和一个年轻人在操作了。木子看了一会，老板这才拿着一团陶泥过来，教她如何利用拉坯机制作陶罐——这个比较复杂，鲜少有人第一次就能制作成功。

软稀稀的泥团微凉，软硬度刚好。

木子团了团，按老板教的方法将陶泥放到缓慢旋转的拉坯机上，她皱眉看了两秒，然后伸出指尖去捏，但她手上没掌握好力道，拉坯机均匀运转，陶泥被她戳了一块下来。

"别急，慢慢来，手指要这样，轻轻地，指腹，对。"

老板笑着指点最基本的动作，等木子掌握了，就让她自己慢慢练习，找找手感。然后离开去指点旁边那两个小朋友，教他们如何给异形杯子安装把手。

木子这一玩就是一个多小时，直着腰太久现在都酸软了，手下才勉强成型了一个碗不碗罐不罐的东西，但她已经心满意足了，便问老板："倘若要在罐罐上写字或者描花该怎么办？"

"这个……"老板歪头看了看那个"艺术性很高的作品"，憋着话也不知道从何说起。木子赶紧说："今天没灵感，别说艺术性，成型都挺难的。我保证上次做的不是这种样……我下次弄出漂亮罐罐再写字……"

"那你今天这个还要吗？"老板问。

"这样子放家里都打我的脸，好歹我也是个……"不能说了，木子赶紧闭嘴，绝不能暴露自己是设计师的身份。

这期间，奶奶在旁边看着木子反复揉捏，成型了又捏成团，实在是看厌了，就起身去门外走走，又去门边坐坐，再回到店里来看别人制作。奶奶见木子差不多玩够了，便赶紧催她回家。

木子这才知道奶奶不耐烦了，赶紧起身，边付款边声明："赶明儿一定要做个绝世精品。"

"就你，绝世精品？哼哼！"奶奶都想要好好"吐槽"一番了。

等从工坊洗干净手出来，木子又顺着小街走进一处漂亮的民宿看了看，这间民宿是一个叫瓶子的姑娘开的，她毕业于湖南师范大学美术学院，后来辞掉工作搬到靖港古镇来，并在家后面的小空地上放满了从野外乡间捡来的瓶瓶罐罐，种着无数千奇百怪的植物，又配上了两张旧木头沙发和茶具。

"饿了吗？"木子问奶奶。

"嗯，好像有点！"

"那正好，我们去吃杂烩吧！"曾记杂烩馆的招牌菜是三鲜杂烩，这菜在其他地方是吃不到的，因为需要用靖港古镇的井水制作。木子听小李等人推荐过，于是决定今天去尝一尝，她们进店去点了一个中份的三鲜杂烩，又点了一盆猪脚和一份青菜。这都是湘菜，猪脚带点辣味，但炖得软烂，蹄筋吃起来太香了，就连奶奶都吃了好几大块。木子就更不用说了，三个菜一扫而空。

冬季天黑得快，越晚越冷，还是得早点回家。木子带着奶奶逛也逛累了，现在吃饱喝足万事大吉，背包也塞得满满的，回家。

刚走到楼下，木子就遇见了房东，房东一脸焦急地问：

"木子，你看见我家米可没？"

"没有啊，我们刚回家。"

"那你们从小区外面走进来，这一路有看见米可没？"房东继续追问。

木子想了想，又朝奶奶看了一眼，答道："没有，我们也没注意。怎么，米可不见了？"

"是啊是啊，今天有事进进出出了几次，都不知道它什么时候出门的。半小时前准备出门扔垃圾，才注意到米可不在家！"

米可是一只小橘猫，房东已经养了四五年了，挺有感情的，不过小橘猫是那种活动能力挺强的猫咪，它经常趁房东一不留意就跑出去。房东出来寻猫是小区里的常景，于是木子安慰道："应该没事吧，它出去玩一阵，会自己回来的！"

木子现在只想回家用热水泡脚，也不可能出去帮忙找猫咪，就是见到了，米可也不会让她抱回家，所以安慰了房东两句就牵着奶奶往家里走。一直到半夜，木子站在窗边时，发现房东还在到处找米可。

"丢也丢不了吧，猫咪会自己回家。"木子说。

"要不，你告诉他一个找猫咪的好办法？"奶奶突然说。

"有什么好办法？"木子觉得奇怪。

奶奶想了想，很认真地说："我小时候听奶奶说，如果猫咪走丢了，就在灶台上放一碗清水，在碗上放一把剪刀，剪刀的开口朝着自己家的门，猫咪就会自己回家的。"

"啊？"木子不信，没听说还能这样找猫的。

"奶奶，你养过猫吗？"木子笑着问。

"没有养过！"

"那还是算了吧，万一这法子不灵呢……"

"可那也是我奶奶教我的啊！我奶奶小时候养过猫啊，她还能骗我？！"奶奶有小女生的固执，那表情好像昨天才听她奶奶教她的。

奶奶的奶奶小时候，木子暗自掐着手指头算了算，那不是一百多年前的事吗？

这么一思量，木子又乱想了一通，双手插兜在屋里转了两圈，手指头触到了衣兜里的手机，她突然决定问问"度娘"。

查询结果令她吃惊，网上竟然也有这样的说法，但也不见得就是真的。木子决定把查询结果的链接转发给房东，以示关心。

万一找回来了呢，也算是间接求证啊——毕竟米可经常走丢。

27　各有各的年

两周前，在经过木子同意以后，陈向芬把俊龙和俊麟的微信号推荐给她，说两个孩子想同她聊聊学业上的事，于是三人加为好友便拉了个微信小群。

俊龙想加入学校社团，但社团那么多，加入哪些社团，他犹豫不决、难以取舍；俊麟则是情感上的事，表示自己可能有点太优秀，已经收到好几个女同学的感情暗示，应该如何回避，但又不伤害对方……类似的话题，三人偶尔能聊上几句。等到了周末轻松的时候还能多聊一会儿。

"今天这么早就发圈了？"木子在群里问。她一早醒来时打开手机翻了翻朋友圈，发现俊龙发了一张两兄弟吃早餐的照片。

"木子姐，你猜我们几点起的？"俊龙问。

木子抬眼看了一眼墙上的钟，才九点，好歹是周末呢，能多早？

"八点？"木子说。

"错！再猜！"俊麟回答。

"七点半呗！"木子又多给了半小时。

其他人恐怕会在周末睡到上午十点，甚至十二点。

"姐，咱们六点半就起床了，你说凄惨吧！"

"起这么早干吗？不必像高三那么勤奋吧！"木子发了几个笑脸的表情问道。

"苦啊！"

"手动沉默……"

两兄弟显得一言难尽。

"来，说说，遇到了啥不开心的事，说出来让姐开开心！"

木子发完这一句，就放下手机开始起床梳头洗脸了。人家六点多起床，自己九点还在床上，这对比也太强烈了，让木子感到不好意思。

世界就是这样，只要不起床就好像天下无事，起床了就事似云来。木子收拾完自己顺便收拾屋子，然后同奶奶一起到小超市买电池和牙膏。两人走走聊聊笑笑，到了楼下又与房东聊了一会儿关于小区里的流浪猫的事。没多久，两人就回家做午饭了。一直到奶奶午睡的时候，躺在沙发里窝着的木子才又拿起了手机开始看起来。木子一看手机居然一串消息，同事群是加班的在"吐槽"，同学群是想考证的在询问收费，小区群里是七八个人同时在聊三四个主题，各说各话，脑子不灵光是根本找不出脉络的，只能一头雾水。

这么一路看下来，最后才读到木子觉得重点的群，群名显然刚改成了"三俊客"，挺搞笑的。

木子在群里一看，看到大部分文字是俊龙的成果，俊麟像个捧哏似的时不时地发出一个短句，或者一张图，配合得相当默契。

木子在脑子里想象了一下两兄弟在寝室里聊微信的画面，俊龙打完字了便喊一声俊麟，让俊麟插图。

这大约就是一对双胞胎兄弟住同一个寝室的趣味了吧。

原来两兄弟起得早的原因很无奈。

一个宿舍住四个人，两兄弟这间宿舍的另外两位男生的年纪比他们大两岁，两人都是大一入读没多久就去当兵了，虽然去的是不同的部队，但退役时间相同，所以两人从部队退役之后又回到学校继续读书，还被分到了同一间宿舍。

当然，俊龙和俊麟都觉得这是好事，他们觉得当过兵的人身上有一种不同的气息，更阳光，更热情，更值得信赖。学校军训，俊龙和俊麟是参加新生训练，那两人却被学校选为军训教官了。一间宿舍，那两人年龄略大，经验又丰富，到了训练场上兄弟俩更是被严格对待，等回了宿舍还可能会被纠正不标准的动作，更不要说被子得叠豆腐块，桌面得干净，床上不能坐人，杯子、书本、鞋子等要摆整齐。

随着一张张随手拍的照片发到微信群，兄弟俩全面展示了寝室里的各种角度的场景，的确是干净整齐。

可能是因为兄弟俩一直说一直拍，但木子一直没回复的原因，兄弟俩的话到紧要关头就戛然而止了。

木子想了想，还是一头雾水，于是开始追问：

"这跟你们早上六点半起床有什么关系？继续说啊，咋停了呢？"

"哦哦哦，其实是……"这次回复的人是俊麟。

"上周五我们一起逛的时候，他们吹牛皮说能单手做俯卧撑多少个，然后咱们坚决不信，就打赌了呗，结果我们输了！"

"哈哈哈（我没有不厚道），那你们输了就得六点半起床？"木子忍不住笑了。

"也不是，只是从上周一开始，得每天早晨跟他们一同起床跑步，今天周末，批准我们可以晚半小时起！"

"赚了啊，这是学校免费给你们配备了两个专用教官！"

"啊，是啊，最惨的是，当时只说'以后'，没说期限！"

"那就是'无期'呗！深表同情！"木子在沙发上笑得打滚，又问，"俊龙呢，咋不见他？洗袜子去了？"

"不是，那是另一个输了的赌……"说着，俊麟用手机拍了一个现场照片发过来，群里就出现了一张照片，俊龙端正地坐在书桌旁正在写什么。

还别说，这事木子越想越觉得是兄弟俩赚了，甚至陈姨都应该给那二位舍友写感谢信，有好舍友是多么不容易的事，能带着俊龙俊麟一起锻炼和学习，多好啊！哈哈！

……

日子就这样有一搭没一搭地过着，转眼木子和奶奶到望城已一年多，不管是同事还是邻里她们都熟悉了，城市和习俗也都知道一半以上。习俗这东西，一乡一俗，恐怕很难有人知道所有。城市也是，城市一直在不断地建设拓展中，即使是经常出门的人也未必能知道所有。木子能在一年多的时间里了解一半，得益于她的经历多，勤查阅资料，爱刨根问底，喜周末闲逛，又去包装厂这种当地人比较多的工厂待了半年。

这一年多的经历积累到了第二年末的时候就显现出了大不同。

同事之间熟悉的会相互主动询问过年打算和年货筹备情况，邻居间也会聊一些与过年相关的话题，老年大学的伙伴们家家户户都会忙起来，备足年货等儿女孙辈们拖家带口地回家过年。

"木子，你们家就两人过年，也冷清了些，年夜饭我们两家人一起吃怎么样？在我们家里吃，或者去餐厅订年夜饭都可以！"处得久了、熟了，说话也就可以随意很多，陈向芬直接发出了邀约，并不显得突兀。

"谢谢陈姨，我得回家问奶奶。"

"你看，这里有新春游轮七天游，挺诱人哎！"小李觉得往南方走挺好。

"我奶奶坐不了飞机啊，火车一来一回就占很多时间，游轮七天，往返时间怎么算？"

"木子，年夜饭要早订啊，晚了订不到哦！"

"旁边桌都是一家挤不下，俺家两个人咋订？"

怎么到了年底就发愁呢，不是杨白劳愁没钱过年，是一老一少两个人的年不好过啊。但过年这种家庭团圆性的节日，到谁家去凑合好像都不合适。

"好想有所改变，首先从沉闷的过年中改变，可我又不知道该从哪里做起，怎么做才合适。"木子在微信中与大学闺蜜聊天。大学里两人住一间宿舍，头顶着头睡，方便半夜聊天，彼此交流了不少贴心的私密话题。

"干吗不回东北过年？一来一去，回家乡亲友家走走，几天时间一下就过完了，根本没时间孤单沉闷。"

"我奶坐不了飞机，太远了，以前在老家过年也是沉闷的，我奶不愿意人来人往。"木子两手飞快地在电脑键盘上打字，"平时往来还好，到了中秋、春节这种节日，人家家里越热闹，自己心里就越难过。我奶心里还是过不去啊！"

……

这种话题，跟谁都聊不下去，谁也解决不了。人家的家庭悲剧，开解不了也安慰不了，做什么都不管用，只有亲情能温暖亲情，只有欢喜能治愈忧伤。

千算万算不如天算，天算难等，但人算总能雪中送炭。

木子下班回家的时候，就看见奶奶在门口迎她，奶奶一见到木子便拽着木子的手往另一个方向走。

"奶奶，我们不回家？这是去哪里？"

王素珍在门外的花坛边停住，小声同木子说："听说社区里在组织年夜饭活动，各家各户可以带上菜一起吃年夜饭。邻居们向我介绍了这个活动，让我也报名参加。"

"我们可以参加吧？听说已经有几十家人报名了，很热闹！"王素珍充满期待地说。

木子听了先是觉得不太好意思，但转念一想，自己不正是想寻求改变吗？这不就如同想睡觉就有人送来枕头？自己带奶奶去朋友家过年肯定不合适，但这数十家人一起参加社区组织的活动，多好的机会啊。

"我看行！"木子点头。

见木子点头，王素珍眼里的期待变成了高兴，眼睛一下就亮了。

木子还专程到社区了解了一下情况。原来是社区考虑到现在的空巢家庭越来越多，各家年味越来越淡，就连最重要的春节都过得挺没意思的，于是经过多方商讨，决定组织一次这样的活动。报名的家庭，有的是儿女出国留学、打工，有的是家人得在过年期间坚守岗位，有的是失独家庭，也有离家万里无法回去过年的上班一族、小商贩，还有小区的困难家庭和孤寡老人。

逢年过节就是要人多热闹气氛才足，一两个人过节远没有几十口那样的热闹，但几十家人一起吃年夜饭就会很热闹。

要准备什么菜，王素珍和木子也用了心。作为东北人，她们决定"包揽"包饺子这项任务，并且提前两天就开始准备，包好饺子速冻，只需下锅煮好便可。

"百家宴"年夜饭在万众期待中迅速到来了，木子和王素珍都换上了喜庆的新衣裳，用大锅装着煮好的饺子，用瓶子装好调味料，赶到了年夜饭现场。所有参加活动的居民们喜笑颜开，都穿着新衣服，端着各式各样的菜往桌上放，各家穿着喜庆新衣服的小朋友们凑到了一起，正在旁边的空地上追追打打玩得不亦乐乎。

木子将饺子分成几份，在长龙似的桌面上每隔一段距离就放上一盆，然后再将醋倒在旁边的小碗里。

王素珍则喜滋滋地围着长桌转了两圈，细细端详各家摆上桌的菜肴。有四川的、安徽的、东北的、广东的……各家都端上了各具地域特色的菜品，使得长桌上精彩纷呈——羊肉汤、排骨汤、虎皮鸡爪、梅菜扣肉、腊鱼腊肉合蒸、回锅肉、宫保鸡丁、烧鸡、臭鳜鱼、白灼基围虾、蒸扇贝、土豆炖牛排、南瓜包子、甜酒汤圆、四味水饺……

坐在木子身边的安徽女孩笑着说："我家乡小年夜的氛围没有这么浓，得知这次要搞百家宴我特地做了汤圆，寓意团团圆圆嘛！这还是我第一次在外面过年，好开心啊！"

等一餐热热闹闹的大团圆饭吃完，各家取回自家物什，然后大家伙又共同收拾善后。孩子们吃饱了又在一起玩开了，老人们则坐在一起聊会儿天。这时，木子注意到社区党总支成员和小区党员们一起拎着一些礼品物资去给空巢老人和困难家庭送祝福了。

28 小雨飘落的日子

南方多雨，暴雨的时候也不多，只是会把气温拉低，因此人们常以"逢25减10"来调侃这变化巨大的天气。

春天，太阳天暖得毛衣都穿不住，但只要一下雨气温就回到冬天，需要裹回羽绒服。夏天明明热到车顶上都能煎熟鸡蛋，但只要下一场猛雨就使气温掉个七八度，不穿个外衣就冷飕飕的。这样的情形，对人美心善的鱼米之乡的百姓来说，又算不得什么难受。

冷暖有太多可以解决的办法了，唯有民风却是一域百姓生活的幸福基础。望城是个完全不排外、不欺生的地方，这里处处有雷锋，人们愿意主动帮穷助困助残，以能奉献、能助人为快乐。

在这淅沥沥的雨天，哪里都不好去，木子整天都窝在家里看书。

两个人的小家，家还是临时的，家具用品都不多，家务也不多，奶奶偶尔扫一回擦几把，家就能干净好几天。到了周末也就是多逛一次超市，多做一个菜，洗洗衣服被子什么，没啥要忙要累的。因此这雨天木子睡到自然醒，一看时间都上午九点多了，木子顺着充电线把手机拽过来，打开看手机里的各种消息，也没啥好看的。

木子觉得有点疑惑，点开"三俊客"微信群看了一眼，俊龙和俊麟居然没说话，她便输入几个字：

"小少爷们，今天练趴了？咋不吱声捏？"

等了几秒，见还是没人回复，木子便放下手机，起床去洗漱。

家里特别安静，木子觉得奇怪，嘴里叼着牙刷就满屋子找人，小小的四方餐桌上摆着两个烙饼和一盘酱菜，电饭煲的保温灯亮着，打开一看，是粥，又推开奶奶的卧室门，奶奶居然没在房间里。

看来奶奶跟老姐妹们的关系处得不错，这雨天都约着去哪里了？

雨下了三四天，木子跟老太太说过，天气又冷又湿，这个周末不出门去逛，还以为她会在家里窝着呢，没想到老太太自己就排上了活动，倒把木子一个人扔在了家里。

木子睡够了，吃了一个饼一碗粥，然后在家里转了一个圈，发现无所事事，拿出手机一看，那兄弟俩仍旧没有回复，于是回房间翻出一本书，窝在被子里开始翻阅。

世人都道读书好，但多数人日常是不读书的。木子的父母不爱看书，别说像其他家长那样为孩子将书柜堆满，家里连个最小号的书柜都没有。父母没了以后，奶奶也就更不为此上心了。即使如此，她还是从小到大都在听人说在学校里要好好念书，走出校园更要一辈子读书。所以上周五晚上逛街的时候，经过夜市里一个旧书摊边，木子忍不住蹲下翻了翻，多数是质量很次的盗版书，刚准备起身，发现最里面有几本书感觉不错，拿来一翻居然是正版的旧书，价格还挺便宜，她就挑了四五本买了回来。

当晚她就决定开始好好阅读，翻开的第一本是闻名已久的《瓦尔登湖》。木子喜欢先阅读简介和前头的书评，这样有了大致概念再开始读正文，就能从更多的角度进行思考，可以关注到自己可能忽略的点，并且同时考证别人书评里说的那些话是真实可靠，还是空泛吹捧。但很遗憾《瓦尔登湖》前面那一篇"怎样读这本书"直接就把木子给读睡着了。

到底不是个读书的苗子，木子醒来后就开始了自我检讨，刚翻了两页又睡着了，醒来后还一点印象都没有，书里说了啥？要不，还是从正文读起吧，也许正文会很诱人。就这样，周六晚上木子决定直接从正文开始看起，第一篇"简朴生活"很顺利地将坐在床头看书的木子送入了梦乡。

《瓦尔登湖》被束之高阁，木子有受到打击的感觉。以前木子从没发觉自己阅读如此艰难，难道脑子坏了？

前几天忙工作，脑子里都装的设计图，但也没妨碍木子一直在质疑自己。今天木子在家转了几个圈，觉得挺无聊的时候，她决定再拯救自己一次。她翻了翻剩下的几本书，从中将另一本世界名著拿了出来。世人都说《简·爱》好，那就请《简·爱》来拯救自己吧。

周日的黄昏，木子翻完最后一页，慢慢合拢了书。她忍不住闭上酸涩的眼睛，仿佛睡着了一样，隔了好一会儿才慢慢地重新睁开眼，客厅里电视节目的声音小小的，楼外车声人声雨声轻微。

你知道自己身在何处吗？

你知道自己身在何处吗？

一声轻微的叹息声，穿过树林，穿过山野，穿过岩石，穿过黄昏，缓缓而来，轻柔地笼住了全身。这种感觉真的很好。

这是怎样的好呢？

你或者没从中学到什么成功的方法，或者并不羡慕也不想做书中的主角，甚至配角也不想，书中没有太大的道理和必须背诵的经典段落，但肯定还是有什么东西从眼睛里进入了心灵，温暖了人的灵魂，让人觉得不一定有什么，但就是很好。

这让木子想起了一件旧事。

大一的时候她看见室友买了一本《呼啸山庄》，于是兴致勃勃地申请借读，但她花三天时间读了开头几章，最终还是放弃了。等到毕业时候，室友开始打包行李，将几年里购买的书都清点出来堆在桌面上，准备找箱子打包好快递回家。木子一眼又看到了那本书，她有些感慨地说："时间好快啊，转眼就要毕业了，我一本《呼啸山庄》都还没读完！"

"它不合你的胃口呗！不会全世界的人都喜欢你，你也不会喜欢全世界的所有人，书也一样。"

"是啊——"木子抚触着那本变旧了的书，顺手又翻了起来，她只是怀念大一的时光和自己的青春，随便翻几页，看几眼罢了。可是后来，她顺利地读完了这本书。

她合上书的那天，室友们开始陆续离校了。木子的心里充满了惆怅与难舍，她觉得刚刚读完的内容每一个字都印在了她的心上。这种惆怅与难舍，又随着情节慢慢退去，最后走向阳光。

你看，你好像并没从一顿饭里得到什么，一天天的吃饭却养活了一条生命。书也是，你可能并不会从这一本书里得到什么，但你经过了它，喜爱了它，为它流连忘返过，它就能滋养你的灵魂。

从此以后，看到窗帘，读到"石楠"，听到吹过旷野的风，都会想那"小简"了，对吗？

就在这阅读带来的恍惚中，木子想起了自己曾经在特别难过的时候也躲在窗帘里过，她还想起了上周。

上周陈向芬去集团公司开会带上了木子，中午的时候她们并没在集团公司的食堂就餐，而是在一家西餐厅里坐下了。两人吃着牛排，陈向芬突然递给木子一件小礼物，说："生日快乐！"

木子一下子蒙了。她当然知道这天是自己的生日，她习惯了对自己的生日毫无期待，她没有想过这个世界上有谁还会在乎自己的生日，并且给自己过生日。陈向芬说一起去集团公司开会，熟悉一下集团公司的氛围，去参观学习宣传和设计方面的事，木子就答应了一起过来。但她没想到中间会有这样一个惊喜，太出其不意了。

木子猝不及防，眼泪哗哗地就滑过光洁的面庞。

陈向芬很意外，赶紧拿了两张纸巾隔着餐桌递给木子擦眼泪。木子反应过来，有些不好意思，赶紧接过纸巾抹了抹脸。

她无法解释什么。

陈向芬也没询问什么。

只是默默地坐着，用缓慢进餐的动作掩饰心底滚过的惊雷，慢慢平复。

木子不意外陈姨知道自己是哪天生日，只是意外陈姨会隆重地邀请她出来吃饭，并送上礼物。

陈向芬不意外木子吃惊，但意外她突然失控的情绪。

可是陈向芬不能问，也不知道该如何问。至少，现在还不是时候，她不能打听。

于是话题转移，陈向芬问木子将来有什么打算，是一直留在福湘公司做设计吗？还是像其他年轻人一样考个研，或者考公务员过上为人民服务的日子。木子当时笑了笑，说自己也不知道，也许奶奶会让她一起回到鸡西去，也许是留在这儿，她什么都不知道，也没想过。

木子如浮萍一样漂泊。

想到这里，木子又低下头来。

于是生日后的几天她想了想，若是考研，她没那个闲工夫也没那个研学理想；若是考公务员也不容易啊，录用比例太低了，好像工资也不高，还是适合那些家里条件好的年轻人。那其他的呢？木子有点沮丧，自己好像毫无天分，也没怎么格外努力，琴棋书画唱歌跳舞她样样不能，英语似乎还行，但离很好又相差太远。嗯，她能在河面上滑冰，但湘江河从来都不结冰啊。

对了，木子的字写得很漂亮，特别是仿宋字体写出来看上去就像是印刷出来的一样。但现在都是用电脑打字，偶尔写几个字也不需要仿宋字体，好像也没啥大用处。这么一想，木子倒是想明白了一件事——陈向芬关心她，对她的前途很关心，对她有所期待。

木子这才联想起来，在包装厂时她听人聊起过刘大老板与陈向芬一家关系不错，那所谓的借调过去负责助理工作，是不是想培养她呢？

木子的鼠标停下，静坐，一直到电脑自动进入屏保状态，她都没有动过。小李在她身后经过两次，她都没有察觉。小李很好奇地看了她几眼，总觉得她在"憋大招"，或者下一秒就会灵感大爆发呢，万一被他一打扰就丢失了灵感，那可赔不起。于是小李也不敢打扰木子，只是好奇地看看发呆的她，又走开了。

从王素珍上老年大学以后，木子的生活有了特别大的变化，以前王素珍隐约开始的老年痴呆几乎被兴奋感冲刷掉了。木子下班回来，奶奶会跟她讲一些和邻居们交往的事，还有老年大学里老姐妹们的趣事。王素珍说，大家知道自己是从东北过来的，到望城的时间还不长，连本地方言都听不懂，大家一把年纪了咬着腔调跟她讲普通话，时常变来变去，出了不少笑话。

有时候王素珍会给木子展示自己学到的"当地方言"，木子听了笑得肚子痛。隔了很久，木子发现奶奶的方言没有进步，她深深地觉得奶奶在语言上没什么天分，但也不好打击老人家，只当是添一个乐子罢了。

老伙伴们还是很热心地教王素珍说本地话，说出去买菜的时候用当地话讨价还价就不会被商家"宰客"。王素珍也体会到了望城人的热情关怀和爽朗大方，因此大家都相处得非常融洽。平时去老年大学上课那也是一个交流的平台和机会，大家时常会带一些做好的食物互相交流，有时下了课还会一起散步回家，顺道一起逛商场或者买菜。反正大家每天都穿得美美的，所以一看到路边花坛里花开得最好的时候，都会拍个照，或者树长得好，也靠着树拍个照，再无聊的事也都变得有趣了。

甚至有一对老夫妻跟着孩子开车出去旅行，回来带了不少礼物分给大家，还送了一条非常红艳的丝巾给王素珍，说周末一起去油菜花田里拍美照，大家都系一色的红丝巾。

"周末？你确定是周末？去哪里拍？"

"很有名的地方，蛮远的！"

"远？江西婺源？"木子吓了一跳。

"没呢，哪有那么远，我哪里敢跑那么远！"王素珍连连摇头，"就在望城……"

木子赶紧掏出手机来查询，看望城有哪些地方可以看油菜花，一搜索，这才发现还不少！茶亭镇、靖港前榜村、乔口甄皮洲、龙王岭村、桥驿镇和丰村、光明观园……

"这么多啊，那还是不知道你们会去哪里啊？"木子喃喃自语。

"周末你会放假吧？"

"我尽量吧！"木子不敢让奶奶独自出远门，所以接下来的两天她努力干活，到周五又加班到半夜干完了活才回家去睡觉。因此周六一早出发，木子在车上一直睡到了目的地。

汽车是老年大学的老伙伴们开自家的，本着节约环保的原则，按报名人数只开了五台车，除了有两台车是老头儿亲自开，另三台是有空闲的孩子陪着出行。加上木子，一共有四个年轻人陪伴着十多位追逐春光的老人游玩。

奶奶叫醒木子下车，木子下了车才知道，这是数十公里之外的茶亭花海，非常有名。

三月好春光，整片油菜花烂漫盛开，金黄色染尽山野，远远望去大地上像铺上了一层金色的地毯，与有近两百年历史的惜字塔遥遥相望。花香扑面，泥土的清香和菜花的香味弥漫在乡村田野，好一处金色的人间仙境。

木子现在也睡醒了，跟在奶奶身后与老人们点头招呼，然后拿着相机帮忙跟拍，单人的，双人的，多人的，一圈一排的，站着的，蹲着的，舞着丝巾的，摸着头发的……老人们的精力无限，相反把四个年轻人累趴下了。

再看，金黄色的油菜花海和间隔栽种的彩色油菜花田铺就了一场春天盛宴，吸引了不少扛着专业设备的摄影人来这里采风。号称万亩油菜花田里的人越来越多，男女老少，全都融在这美丽的春光里。

午餐安排在农家乐，又是一桌美味，木子吃得高兴，奶奶也不矫情，能勉强吃上一些辣味的菜了。

"素珍，吃这个，粉蒸排骨没辣椒。"

"木子，你们年轻人能吃辣吧？"

大家对祖孙两人还是格外照顾的，木子笑靥如花，觉得奶奶的这些老伙伴们真是太好了，以后奶奶和老伙伴们一起出来玩，她会放心很多。

"去年我们也来这里玩了，但是下雨，油菜花摇曳在错落有致的梯田里，加上绵绵春雨、黛瓦白墙的村落，真是太美了！"

"王老师，别抒情了。你也不要忘了去年玩完回去你感冒了好几天！"旁边的郑老师笑着提醒老伴。

"哈哈哈哈……"

29 青春的感动

　　要考公务员吗？要考研吗？要……木子在梦里思前想后，都没有找到答案，她甚至在梦里还回想了陈向芬的建议和态度，似乎也没什么指向。

　　其实就是几个月前，在聊天时候陈向芬顺嘴问过她一次，并非指出一条什么路建议她去走，但不知为何，木子最近又突然反复想起这事。瞧，日有所思，夜有所梦，木子在梦里都在想着这事了。

　　"木子，木子，起床了！"奶奶轻轻敲响了房间门。

　　"唔——"木子翻身而起，在这凉爽的秋天早晨也惊出了一身冷汗。

　　因为有点兴奋，木子昨晚辗转反侧难以入眠，后半夜倒是睡着了，却连着做了几个吓人的梦，梦里她起床迟了，赶到活动现场的时候，活动都结束了，就在这时，奶奶敲门惊醒了她。

　　还好，幸亏奶奶知道今天有重要活动，提前来叫醒她，否则她还真可能会迟到。

　　"牛奶在桌上，温的。"看着木子匆忙洗漱，奶奶一边放下面包和鸡蛋在餐桌上，一边叮嘱道，"多少要吃点，可别低血糖晕倒在活动现场了。"

　　奶奶这样说，木子还真不敢不喝了那半杯牛奶，这才拿着面包边啃边朝门外跑去。

　　出租车在雷锋纪念馆门前停下，木子像风一样跑了出来，朝广场奔去。作为企业指派过来的工作人员，其实没有什么具体的事安排到木子这儿来，她的任务是要拍几张好照片，再写一篇小文章放在企业内部的网络平台就行。

木子看看场地都布置好了，她的心也安定了下来，接着立刻在心里琢磨起来，如果是企业要做一场这样的大型活动，重点是什么，应该怎么做……

"你好！"一个年轻的女孩招呼道。

"嗯，你好！"木子收回好奇的目光，视线落在女孩手中的天蓝色文件夹上。

女孩摇了摇文件夹道："我是湖南雷锋纪念馆的雷锋民兵宣讲员贝贝，送新兵活动有一个环节是宣讲雷锋故事！"

木子一听，又羡慕又紧张，忙道："当着台上台下那么多领导和数百名新兵的面上台讲故事，你好厉害啊！"

"这没什么，我们都经过专业训练的。就是没经过专业训练，若能经常当着众人的面讲，次数多了也不会紧张害怕的。"贝贝轻笑了一下，露出好看的牙齿，接着问道，"我刚看你一直在打量展板，是发现了什么问题吗？"

"没有没有，我看着很漂亮，在偷学呢！"

"啊？哈哈……"贝贝明显地松了一口气，才问，"你是哪个单位的？"

"福湘，今年有两个新兵是从我们企业应征，公司安排我过来拍照做企业宣传用。"

"赞！"贝贝伸出手做了一个点赞的手势。

半小时后，已经经过初训的新兵们排着整齐的队伍入场了，台上也坐了一排春风满面的领导，国歌声响起，"像雷锋那样当兵——从企业走向绿色军营"新兵欢送仪式开始。

仪式现场，退伍老兵代表将钢枪郑重地交给新兵，勉励他们接过雷锋的枪，争当雷锋传人。曾服役于"雷锋团"的老兵与新兵们分享从军故事，激励他们争做新时代"永不生锈的螺丝钉"。新兵们披上了绶带红花，青春的脸庞上写满了骄傲与坚毅。

木子第一次经历这样的震撼场景，她激动得几乎落泪，全身的血液都在为这个时代沸腾，并且心里充满了懊悔——读大学时怎么就没想到去当兵呢！她多想也穿上这一身绿军装啊！

在新兵队伍中，有二三十名企业员工经过层层选拔，从全市十五家企业的一百多名应征青年中脱颖而出，光荣入伍。这是长沙市全面展开"依托大型企业征集义务兵"的试点工作，按照"企业招录—带编入伍—返岗兴业—后备力量"的人才培养路径，将员工服役时间计入工作经历。但这次征的全部是男兵，木子可望而不可即。

当然，如果木子去当兵，那奶奶怎么办呢？

想到这里，木子又深深地叹息了一声，才满怀失落地抬眼看向了台上正在发言的新兵代表。

"作为雷锋的家乡人，循着雷锋的足迹，走向雷锋的部队是我一直以来的心愿，今天终于圆梦了！"

活动到尾声的时候，新兵们在万众瞩目中排队坐上了一辆辆"雷锋·强军号"公交巴士，车窗里映着他们年轻纯洁的面容，父母亲人们站在车外频频挥手，落泪者有之，微笑者有之，兴奋者有之，感伤者有之，鼓舞者有之……车队慢慢驶出望城区雷锋广场，来自长沙各县（市、区）、高校及企业的三百余名新兵乘车从雷锋家乡出发，踏上了保家卫国的新征程。

"贝贝，我可以跟你去雷锋纪念馆参观吗？"木子看了看不知道什么时候站到了自己身旁的女孩。

"好啊，好啊，我请你喝奶茶！"

"秋天的第一杯奶茶！"

"这个可以有！哈哈……"两个姑娘忍不住一起傻笑起来。

"傻闺女，走了走了！"余馆长在不远处招呼道。

木子愣了愣，道："那是你爹？"

"那是你爹呢，哈哈！"贝贝拉着木子向停车场走去，解释道，"我们馆长心情好的时候，就胡乱管咱们宣讲队的小姑娘叫闺女。谁让他家就一个儿子，馋女儿呢！"

听了贝贝的介绍，余馆长便问木子之前有没有参观过雷锋纪念馆，听到木子参观过的答复，余馆长脸上的笑就更多了起来，忍不住又问木子对雷锋这个人的印象如何，对纪念馆有没有什么建议。

"馆长，您的三板斧又来了！"贝贝抗议道。

"好好好，我不问了。"说着不问，没两分钟，余馆长又打开了话匣子。

虽说全国人民学雷锋，但"雷锋"最多的还是在我们望城啊！例如，前几年，有一则女大学生发的寻人启事，她要寻找救命恩人，一名身穿军装的大哥哥。一辆摩托车撞伤这个女大学生后逃逸了，是一名身穿军装的男人经过此地，把她送到人民医院，还垫付了2000元医药费后悄然离开。又如，一个女民兵用家庭全部积蓄购买了5万册图书，创办了一所公益性图书馆，只为留守儿童能够有去处、有书读……

"馆长，您不当宣讲员真是太可惜了！"贝贝笑着，适时打断了馆长之后的"一千零一个故事"。虽然相处时间不长，但贝贝觉得跟木子投缘，便不想木子的耳朵被馆长继续"轰炸"下去。

"我怎么不是宣讲员，当馆长的，必须就是最好的宣讲员！"余馆长抗议。

车里顿时笑声一片。

不一会，车停在了雷锋纪念馆前，这是木子第二次来，一切仍旧是新鲜的，令人感动的。

《学习雷锋好榜样》的歌声飘荡在纪念馆上空，聆听着那激昂的旋律，走进湖南雷锋纪念馆，看两厢枫林夹道，花坛青草如茵。在陈列馆大厅，首先映入眼帘的是以雷锋在望城县委当通讯员的形象为蓝本创作的雕塑作品《榜样》，融合油画作品《晨光——团山湖的雷锋》为背景，雷锋那青春活力、朝气蓬勃、积极向上的形象令参观者赞叹不已，肃然起敬。

追寻着雷锋成长足迹，一阵阵穿越时空的暖意朝木子扑面而来。

木子忍不住想，雷锋做的其实都是一些小事，真正难得的是他一直在做好事，就像是一块块石子的积累，积累久了这些石子就能筑起一座高台。她想起奶奶说过好几次了，奶奶也想去雷锋纪念馆看看，但一直没能去成，木子就将此事摆上了日程。

晚上，祖孙俩再聊起雷锋的时候，木子忍不住感慨：

"奶奶，你说是望城的民风本来就很好，还是雷锋的出现才使望城变得这么好的？"

王素珍边看电视边回了木子一句："肯定是好地长好苗啊，这还用说？"

木子听了，忍不住辩驳：“但雷锋的出现给望城打上了一个标签，所以望城人才会向雷锋看齐，这样望城才变得越来越好吧。”

“你自己也说了，是越来越好！”王素珍笑道，“咱们来这里多久了，这里的人是挺好啊！奶奶没骗你吧！”

“这是哪跟哪啊！”木子发现奶奶跟自己完全不在一个频道，便解释说：“我是说——做一个像雷锋这样的人多好啊，总是帮助他人，能带给他人温暖，也被人们所喜爱！”

“哦哦哦！”王素珍明白了过来，然后顺嘴说，“这个自然啊，人多做好事就是积福，可以消灾，运程会变得越来越好！不管本来多有福气的人，坏事做多了就是消福，最后就会越来越惨！反正从小我奶奶就是这样讲的！”

木子刚想就此说几句，没想到这话题勾起了奶奶的兴趣，就开始给她讲从电视节目里看来的情感故事，直接把木子给讲晕了。她耐着性子听了十来分钟，赶紧插嘴说明天上班要赶早，得洗洗睡了，然后就拿上衣服直奔卫生间而去。留下奶奶一个人，坐在沙发上继续抹着眼泪，看着电视节目里父不慈子不孝，鸡飞狗又跳的情感故事。

30 木子李

"木子，你寄来的靖港鱼嘴巴和香辣鱼肚腩收到了，太好吃了！一开封我就吃了三块！还被我妹抢走了一罐！"

木子一睁开眼睛就看到微信里有大学好友宛丽的留言，于是她床都没起就先回复："嗯，吃得习惯就好，下次再给你寄点其他的尝尝！哈哈！"

"好的。"还挺早的，宛丽居然在线，回复很迅速。

等木子起床洗漱完毕再来看手机，就看到宛丽说："下周我给你寄点椴树蜜和榛子过去，你现在想吃家乡的特产不容易了。"

"好，谢谢小仙女。"木子回复。

"把你在望城的地址发给我一下。"宛丽说。

其实木子在家乡的时候也很少吃这些东西，她不会主动去买，而且好的椴树蜜也很难得，但她爱吃榛子，宛丽说要寄一点，她还是挺开心的。

等木子把地址发过去，细心的宛丽马上就发现了问题，笑着问："你确定没发错啊？"

"错？没有吧！"木子不确定，她还没来得及细看，就见宛丽将聊天记录截屏发了过来，木子把截图放大一看，被圈出来的是地址下面的手机号，明显多了一位数，有12位了。

"哈哈，不好意思，手一抖，多输入了一个5。抱歉抱歉，得亏你细心发现了，要不快递小哥会发疯！"

"这都能错！诶，'I服了U'！"

木子觉得眼底有什么闪了一下，她又看了一眼截图，才发现宛丽给她的备注名字居然是"木子·楚"，恍然一看还以为是姓木，名子楚呢。听是挺好听的，蛮有古意啊。

从前，戏里面的人物在介绍自己姓氏的时候一般都会说——鄙人姓张，弓长张，别人便知道不是"章"之类，若说是双木林，别人便知道不是"玲琳宁"之类，有时还有方言的夹杂则更需要预说明，比如文刀刘来区别"牛"，古月胡来区别"付符伏"等容易听岔的字眼。

"木子"就是"李"字的拆解法。

前几天小李看到木子在休息时间看书，就笑："这年头还有看纸质书的啊！太老土了！"

"手机屏幕那么小，看电子书太累了。还是翻纸质书更有读书的感觉。"木子边翻书边淡淡地说。

两人聊了几句读闲书的事，木子随口问："你在看什么书？"

"没啥大意思，就是打发时间的，修仙玄幻系列你不看吧？"

"不一定，有趣的也看看。"

到晚上，小李睡前开始拿起手机看睡前小说时，突然想起白天聊到关于看书的事，便把自己正在看的书名发给了木子——《鄙人李洵安》，从字面上看木子看不出是写的什么，于是习惯性地上网查了一下，结果查询到的是"各宗派出修士，联手把从虚空逃出的上古凶兽饕餮镇压……"

果然不是木子的"菜"，她扫一眼就关了，还是继续翻自己的那本书。

小时候木子对这个称呼毫无感觉，慢慢长大后便回家问奶奶，为什么女同学们都叫小花小珍团团妞妞之类，为什么她的小名叫木子？小学是就近入读，同班同学里多是远近相仿的人，同学们知道她的小名后总是会打趣她，甚至不怀好意地改叫她木盒子、木头人……

木子向妈妈求助过换小名，但妈妈说都叫习惯了。

后来木子也给奶奶也提过，奶奶也没说出个一二三，只是让她跟同学们好好说、好好相处，并且极忽悠地说了一句："你看那些树长得多结实、多青翠、多漂亮啊，叫这样的名字会身体健康，会长得好看还有出息。"

这个答案木子还是能接受的，所以别无他计的木子只能选择接受。

后来她在电视里看戏，戏里的人说"鄙人姓李，木子李"，木子才第一次开始思考这两个字的其他意义。木子李，木子两个字组合起来是李字。

奶奶的话她自然坚信不疑，因此她额外得到的这个小秘密让她欢喜了一阵，因为她知道了一个文字的秘密，也开始慢慢体会到知识中有许多小趣味，这让她对读书有了更多的兴趣。

失去父母和弟弟的那个冬天，木子和奶奶的日子过得格外沉闷。年幼的木子已经懂得死亡的意义，懂得了自己失去了什么。她虽然还是个孩子，却再也欢快不起来，甚至不敢欢快地说和笑。因为最快乐和最悲伤的时候都会想起失去了的父母和弟弟，她在任何时候看见小男孩，都会想到弟弟，然后便陷入一个难以言说的痛苦旋涡里去。

那个冬天，识字还不多的木子缩在温暖的房子里，像一只被世人遗忘的小猫。她静静地，鲜少弄出什么动静，但一个本来聪明正常的小孩子，若不弄出些动静来是不正常的，或者久而久之就会变傻变疯。木子没有，她窝在房间里，悄悄地抚摸着那些曾属于父母的物件，每一件都是好的，哪怕是破了口的杯子，脱了漆的盒子，缺了页的书，掉了钻的发夹，那也是好的。这些物件可以陪着她，让她不出房子去疯跑去玩儿，也不在屋子里弄出动静，这些物件听她说话，给她讲故事，陪她发呆做梦，还陪她睡觉。

后来时间隔得久了，每当遇到什么人什么事，一个念头刚要升起来，她便会直接放弃，不会纵容自己思想沉沦。

在那些思想走投无路的苦日子里，木子曾翻开了堆在柜里的那不多的书，没封面了的是小说，有她曾经看过的几本连环画，还有一张红纸里包着两本小小的红壳面册子，那册子只有一个巴掌大，薄薄的，但还很新。木子小心翼翼地翻开册子看了看，里面有很多字是她认识的，还有一些简短的诗——山，快马加鞭未下鞍……咦，木子念起来好有劲头。这些句子特别容易在脑海里萦回，占去大量的时间和心绪。因此她也就更纵容自己去读那些书，即使不懂得这些诗句的意思，但这些字在口里跳动就很有趣了。木子反复念着，不多时就能背下来了。她又往后翻，那些多数字认识的就读一读，不认识的就只是看一看。有些没学过的字有半边认识就念半边的读音，反正她自己觉得读得对。

有些诗呢，即使只有几个字不认得，她也念得喜爱，舍不得丢开，比如一个飚字，她有时候念"扬"，有时候念"飘"，有时候念"风"，感觉哪个都像，因为都很形象。《蝶恋花·答李淑一》：

"我失骄杨君失柳，杨柳轻飚直上重霄九。

问讯吴刚何所有，吴刚捧出桂花酒。

寂寞嫦娥舒广袖，万里长空且为忠魂舞。

忽报人间曾伏虎，泪飞顿作倾盆雨。"

木子不懂诗中失去的骄杨是什么，也不知道君失柳是怎么回事，但小小年纪的木子已经痛失双亲，一句诗两个"失"字开启了她的灵感，使她读出了一种痛的滋味。

况且你看，这个李淑一的"李"，就是木子李的"李"。

多年以后，木子站在一间面积不大的展馆里，展馆分为"同学少年　风华正茂""三湘灵秀　革命先驱""蝶恋情深　传颂国门"等5个篇章。她怔怔地打量着李淑一的生前旧物和42封手稿，那泛黄卷边的信笺叙说着李淑一与朋友、与家人之间的革命情谊。

站在白箬铺镇淑一村兴家园组的李淑一珍藏馆里，木子静静地想起了许多往事，想起那红色的册子，那册子里的诗被她反复诵读，那册子陪伴了她整个漫长的冬天。一直到春天的时候，王素珍才在人们的劝解和木子的乖巧中重新活了过来，开始重新为木子打点起居，开始重新为木子的生活送上关怀和温暖。

奶奶挣扎着从悲痛里活过来了，所以木子也熬过了生命里那个最黑暗的没有光亮的冬天。这些，奶奶是不知道的。从当时到后来，木子都没有对任何人讲过。她习惯了将这些微小的心绪永久地装在自己的心里，记得，或者遗忘。反正都不重要，她也不想让人知道。

李淑一故居在1975年被毁坏，原有的房屋、院落荡然无存，仅余部分残砖碎瓦、一口古井和一些古树。后来在遗址上建起了三栋小楼，当然周边的风景也不同了。到这时，木子才从馆藏品里了解到李淑一，了解到她的故事。

李淑一出身于书香门第，在上中学时经好友介绍与革命先驱柳直荀认识，24岁那年与柳直荀结婚，婚后三年左右，柳直荀离家革命去了，李淑一独自在家养育儿子，并以教书为生，夫妻两人从此再也没有见面。

直到1933年她才得知丈夫去世的消息，闻此噩耗，她痛彻心扉。同年，李淑一梦见丈夫衣带褴褛，血渍斑斑。她大哭而醒，于是写下《菩萨蛮·惊梦》。

"兰闺索莫翻身早，夜来触动离愁了。

底事太难堪，惊侬晓梦残。

征人何处觅，六载无消息。

醒忆别伊时，满衫清泪滋。"

第一次读到闻名已久的李淑一写下的诗作，木子才明白了之前读的诗作为何名为《蝶恋花·答李淑一》。

木子看看表，时间的确不早了，心中默念"我走了，我走了啊，李淑一……"遂抬脚出门，在讲解员的微笑示意下朝门外走去。门外冷风萧瑟，和许多年前那个冬天一样，木子走出来了，且离家乡千里。

31 似梦非梦

那是在波平如镜的大海上，千百艘巨舰护航，新月的光芒洒在海面上泛出一片粼粼银光，天空中有夜鸟在飞翔，夜鸟之上是挂满了星星的天空，天空中还飘浮着丝丝轻逸白云。这样的夜太美了。

呜——呜——呜——

汽笛长鸣，撕破了宁静，风开始狂乱，掀起怒涛。风帆已经被撕裂成碎片，船身激烈摇晃如在骰盅里滚动。船舱里全是男人的吼声与女人的尖叫，还有孩子的哭声。咕嘟咕嘟……有水泡泡从地板上冒出来，巨大的轮船顷刻间倾覆，成了一只潜艇向下沉，然后咚的一声撞在海底的巨礁之上。

游出了船舱的人们在水里睁大了眼睛绝望地挣扎，他们手舞足蹈，发不出一点儿声音，一切极其缓慢，像嵌在蓝水晶里头的静止标本一样。一个有着如丝绸般长长黑发的女子绕着沉船游荡，水中传来悠长的葬歌。

木子像鱼儿一样在海水中漫游，海底岩洞、环礁、万千色彩缤纷形状各异的鱼儿。木子想，我在哪？谁是我？我是那沉船中挣扎的罹难者，还是那长发翻飞的海妖？好像都是，好像又都不是。那我这是在哪里呢？海水这么深，水下这么黑，鱼儿五彩斑斓这么美，顷刻间沉船上就长满了水藻和藤壶，就像过去了一千年那么久。

我还能去远方吗？还是回到故乡？

故乡？在哪里？

……

"欢迎来到铜官窑遗址参观！来来来，我们都往这边走！"

"明代以后，我们铜官窑生产有大缸、酒瓮和广钵、茶壶等日用陶器。在中华人民共和国成立初期，以产绿釉、黄釉陶器为主。旧时的铜官，从誓港到石渚，沿湘江绵亘十余里，到处都是烟囱林立，厂房鳞次栉比，陶砖、陶瓦随处可见。走进铜官，如进入陶瓷世界，人称十里陶城……"

小喇叭呼喊声声入耳，导游大嗓门的介绍惊醒了木子，使木子慢慢地清醒过来，这里不是清凉的海底，而是在古窑外的亭子里。午后的太阳斜着晒进了亭子里，晒得人微微冒汗，清风一吹，又通体凉爽。如果是醒着，这凉风倒是舒坦，可是睡着了容易感冒。木子心想，我太困了，睡得太沉了。

身上还犯困，木子挪了挪身体，换到太阳晒不着的一角继续靠着，这才看到远处的大树下，奶奶正和几个老姐妹在聊天。

"那时候正三伏天，湘江河里的大水涨得好高啊，河水几乎涨到了河岸，铜官码头边停了好多来运陶瓷的大小船只……我记得当时每天都有由长沙开过来的客轮，每天两班，反正过了时间就过不了河了。家里不许我们到河边玩，我到十几岁才跟着老师同学坐过一回轮渡过河去县城里照相。"

"她没讲错，那时候这地方穷得鸟不拉屎的。"夏奶奶说着就出来方言了，又忙转成"塑料"普通话继续讲道，"以前的街上房子都是稀烂的，东西走向一条街也没几家店，跟现在比，起码差十万八千里！"

这次再游铜官是木子提议的，奶奶自然响应。后来她在老年大学里上课时跟大家聊天提到，当即吸引了两三个老姐妹强烈表示要同行。

大家先到小街上逛了会，那些陶器陶壶细细地看了半晌，走累了就在茶店里喝茶听故事。明亮的日光照进窗棂，洒在浮着薄尘的博古架上，也照着那些微凉的器皿。

铜官这地方，说是来随便走走，可来了，又岂能只是随便走走？各种小店里许多有趣的器物，来了少不了要多看几眼，多摸几下。老太太们兴趣很高，走走停停，只要有谁好奇拿起一件看看，瞬间大家就围在一起讨论察看；若谁走进了哪一家小店，其他人就都得进去瞧瞧，即使什么都没打算买，也会一件件地浏览、把玩。偶尔瞧见一件想带回家的，就与商家还价一番。

"老板，这个小玩意儿多少钱？"

"20！"

"15行吗？"

"不行！"

王奶奶铩羽而归。

"18！"

"10块吧？"

"12！"

同一个物件，夏奶奶用更低价买到了，她笑容满面。

"为什么不肯15块卖给我，却肯12块卖给她？让人伤心了不是？"王奶奶边笑边恼，做出捶胸顿足的样子。

就这3块钱差距，能换来一行人的欢乐。

"你看，这大器具上的纹饰，小器皿的形状，不同的陶泥，不同的温度，不同的釉色和工艺，哪款哪色不藏着几千年的故事？"

老板一一讲给木子她们听，木子和奶奶们在半懂不懂之间游离，在典故和古意之间沉沦。一壶茶，几枚满口生香的胡椒饼，围着滚烫的炉火，木子有些迷恋这暖暖的气息。

木子仔细地诵读陶罐上的诗文。

一首首烧制在陶器上的诗文，在等人们来读，一等就是千年。这些诗意在字面上由人品评，但现在木子站在一旁听专家一行行地读，一句句地解，入耳的就是全然不同的故事。

"三国时期，铜官为吴、蜀分界处，相传吴将程普与蜀将关羽共铸铜棺一口，要与曹军决一死战。后来此地便被称为铜棺。后因忌讳'棺'字不吉利，去掉'木'旁，作'铜官'，这就是我们这个地名的来历。当然也还有别的说法，但我比较喜欢这个，哈哈。"铺子里听故事的人也都跟着笑起来。

铜官窑有这么多历史故事，不管是陆路还是海路，商行万里，家人牵挂，小别或许是一年半载，但也可能是故国难归。千年商旅路，多少泪和愁。

诗文甚妙，书法甚美，可系在上面的故事太痛太深。但那一切，对于现代的人们来说，都是历史。现在的铜官对于现在的人们来说，就是一处游玩怀旧休闲之地，有着无限乐趣，已经从艰辛谋生之处变成了一个幸福的所在。

在小街上吃过午餐，木子陪老太太们休息了一会，乐不思归的一群人精力充沛。有人建议换一处继续逛，于是木子一行人直奔谭家坡旧窑址而去。木子反而最先走累，没逛多久老太太们就继续聊开了。

"唐代时候是最繁荣的，作为三大出口瓷窑之一的铜官窑，那时候就能将瓷器卖往海外，我们的瓷器从湘江出发进长江，到扬州、宁波、广州等口岸，经过'海上陶瓷之路'销往东南亚、西亚和非洲……"

拿着小黄旗的旅行团又走过去一队，小喇叭余音袅袅。

海上运输？木子有点疑惑，难道她刚才在梦里穿越了不成？

好像刚才在梦里的狂风暴雨，她已经绝望过，恐惧过，已随巨大的"黑石号"沉没过一次了。

当年它可是装载了六万多件陶瓷器出海，可它在行驶到印尼海域时遭遇巨大风浪，触礁沉没，一箱箱崭新的陶瓷器在海底足足沉睡了千年。

我到底是沉船中的人，还是海妖？

木子看着不远处的龙窑，心里想抓住一点什么感觉，仿佛一闪，又没抓住。此刻木子心里倒是浮上一首杜甫的《铜官渚守风》，诗中写道："不夜楚帆落，避风湘渚间。水耕先浸草，春火更烧山。早泊云物晦，逆行波浪悭。飞来双白鹤，过去杳难攀。"唐时明月宋时风，现在的铜官窑还是杜甫笔下的那个吗？恐怕不是了吧。但要说不是，它好像又还是杜甫曾见过的那样。

一条条半圆形、沿山势而修的窑体，从山脚沿着山势而上，全长有几十米上百米长。窑体的中间和尾部各开有窑门，可以放置燃料和窑制品，还有风门和高大烟筒，颇为壮观。

在清末的时候，铜官还有陶工数千人，生产的产品有日用陶、建筑陶和美术陶等，号称"十里陶城"，是全国五大陶都之一。但现在的铜官镇才真正走上繁荣昌盛之路，城市漂亮，人民富足快乐安宁，而陶瓷品更成为艺术与生活高度结合的体现。中华人民共和国成立后第一批被评为湖南工艺美术大师的雍起林、刘庭坤、彭望球、胡武强四位大师当下已经成为铜官陶瓷的代表人物，年轻一代多数是从工艺美院毕业，都是高学历的专业人才。

设计师其实是一份有创造力，有艺术感的工作，以前木子从未换一个角度去看待自己的专业和工作，但在铜官这一路走来，一路听来，她觉得自己终究是懈怠了自己的专业和梦想。奶奶都上老年大学充实自己，把日子越过越有希望有滋味，而自己仿佛没有想过更远的未来。那种除了工作，除了赚钱吃饭之外的未来。

习惯了随波逐流、随遇而安的木子在这午后好像生出了一点儿希望，往事如风一瞬就是千年，她或者能生出一双翅膀，驭风飞翔。

"还逛吗？"王素珍见木子朝这边张望了几次，于是主动问她。逛了大半天，王素珍也有点累了。

"不逛了，回家吧。我儿媳妇打电话找人了！"老伙伴周翠桃说。

"那边白墙灰瓦的房子蛮好看，红灯笼黄灯笼蛮漂亮，我们过去照几张相再走吧。"最爱拍照片的程奶奶提出了建议，接着又说，"上次我儿子和儿媳妇带我来过一次，那边的音乐喷泉一会儿开出朵朵绚丽的莲花，一会儿冒出颗颗红心，一会儿冲出一条如巨龙般盘旋的水柱……还有那边的焰火遥遥相映，太好看了！"

"算了吧，我们这一把年纪，熬不到那么晚去。"

"是啊是啊，小程，你比我们小了四五岁，我们没你这样好的精力，下次再来继续逛吧。"

老太太们一边说着一边笑着站起身来，木子一看，终于松了一口气，可以回家了。

32 想出去玩，工作又来了

到处逛了一年多，湘江上来来去去，木子觉得走过的几座跨江大桥都挺漂亮的，又听人特别介绍过湘江枢纽，于是多关注了点儿。

这些年，湘江望城段架起了四座跨江大桥，特别是最后建成的香炉洲大桥是跨度最大的独塔斜拉桥，202米的塔高成为目前长沙跨江大桥中的高度之最。在建桥之前，望城段那么长的岸线只有三个码头，人们从望城过湘江去办事，得一早出发，天黑才能回来。

随着知识的积累，再聊到这些本地旧事和新闻的时候，木子就也能说得上话了。一句话，一个问题，办公室里又热闹了起来。

"咱们昨天看到的那个江心洲叫什么名字？月亮岛吗？"木子问。

"不是！"

"萝卜洲？"

"也不是！"

"那是什么名字？"

"不知道啊，但我知道不是什么！"

"你不是本地人？"

"本地人不知道很奇怪吗？我出门开车还经常要导航呢，找个什么路还要问人呢，这有什么奇怪。"小张答得理直气壮，"以前才几条路，现在新修了多少路，谁认得全啊！"

"可江里的洲岛又不是新修的。"木子不屑一顾。

"哈哈哈哈……"办公室里不同的方位都响起了笑声。

说起也觉得奇怪，刘强突然问："从小就听得太多了，湘江里那么多'洲'，从天下闻名的橘子洲，到芭溪洲、蔡家洲、冯家洲、洪洲，却只有一个'月亮岛'，为什么呢？"

大家对望一眼，没有标准答案，于是决定让这个问题直接"过"！

小张换了话题，说："不过，天气好的时候，你们可以去月亮岛走走。以前我爱去月亮岛骑马，那是方圆几公里唯一可以纵马奔驰的地方。去吧，那儿也是烧烤的好地方，拍照、玩水，都挺不错。就是切记不要去露营，哎哟，那个蚊子多得啊，半夜能把你抬起来丢河里去。"

"多带蚊香熏熏不就好了？"小李插嘴。

"那倒也是，有蚊香勉强可以熬到天亮。月亮岛看日出可美了，特别是……"

"我们以前，随便找几块石头搭成炉子就能野炊，还是以前好玩，不用上班，太痛快了。"要知道张姐也是个老望城，说起这些东西来她能讲一堆故事。

而且在张姐眼里，月亮岛非常美。

月亮岛南宽北窄宛如新月浮卧于湘江之中，两头银白的沙滩亲吻着迢迢碧波，岛边的柳林随风起舞，群莺纷飞，岛上长满了又厚又密的青草，如一张绿油油的席梦思。在南边滩头，还有一片青翠欲滴的芦苇林，清风摆弄着苇叶习习有声，偶尔也惊起白鹭盘旋而飞，引发人们的诗情画意。

听张姐迷人的声音深情诉说，木子心里被画上了一幅美图，她又在搜索框里打字，准备找攻略看看。网上好评果然挺多，还有网友评论说是长沙的新晋网红岛，露营拍照简直美绝了！

"我上网搜了一下，估计你们自己也想不到吧，现在的月亮岛和你们说的可不一样了呢。"木子盯着电脑屏幕对同事们说，"岛上现在新开发了沙滩公园，占地有六七十亩，还有无动力游乐设施等项目，你们要想搞运动或者亲子活动什么的，这可是个好地方。"

木子这么一说，小李马上站过来看了看，大呼："啊，月亮岛现在这样洋气了？听说以前就是一片荒滩，除了野鸟、野兔、柳树、芦苇可啥都没有。骑马和沙地车还是后面商家上岛圈地开发的，现在这是政府规划商家开发，搞得完全不一样。"

"这你又知道了？我记得你不是月亮岛上的居民！"张姐问。

小李不服气地提高了声音："不是纯正的月亮岛居民，我至少是半个月亮岛居民啊，我妈就是在月亮岛上长大的，我舅也是岛民！"

"岛民？哈哈哈……"

以前"岛民"生活艰苦，现在也成了炫耀的资本，大家忍不住都笑起来！说起来从前的生活是真苦啊，年轻人没体会过那种苦，但家里的老人们看到现在日新月异的好生活，免不了会时常回忆。

月亮岛地势较为平坦，以前岛上有三个自然村一千多人生活，从20世纪80年代开始发展旅游。因为远离城区，来玩的人有限。有风的日子岛上飞满风筝，三五友人垂钓于河畔，钓到鱼儿还能架起炉火烧烤，更不要说圈地骑马，飞奔时马蹄的那种强劲之力让人心绪飞扬。那时候的月亮岛野趣无穷。

"是啊，现在最偏僻的穷乡都变成了繁华城市，大家可以玩的好地方太多，我都好几年没去月亮岛玩了。挺怀念以前，热天可以坐小船上岛，冬天可以直接走过去。"说起来，只有小李因为看望舅舅需要上岛。

门嘎吱一声响了，是抱着资料从门外经过的水莲，听到办公室里热闹，忍不住进来看木子他们在做什么。一听见是聊月亮岛，水莲马上就参与进来了。

"要不我们抽时间去月亮岛露营？晚上安睡于帐篷之内，仰望郊外的星空，听潺潺的流水声。哇，想想都过瘾。"

"可以，我要去骑马！"

……

去月亮岛的事情还没约定，办公室的门就被敲响了。

这次是王总办公室的助理宋帆。

宋帆和木子是差不多时间来的福湘公司，但宋帆应聘的岗位是总经理助理。王总为人厚道，凡事处理得公平，也不乱发火，对待新来的助理小姑娘宽容，也有心培养。宋帆很聪明也很努力，助理工作做得顺风顺水，但从木子借调到包装厂任助理再回来时，她的心就不再安稳了，总觉得木子对自己是个威胁。

作为差不多时间进公司的同龄人来说，木子看得出宋帆故意疏远自己，也不是孤傲的那种远，就是遇见了淡淡点头一笑，不像其他人与自己相遇时那样会聊几句。由于在北方长大，木子的性格大大咧咧的，心里完全没有南方小姑娘的那种细腻。平时活得没心没肺的，她只想和奶奶好好地过日子，平安是福，其他一切不多争多想。木子这些心思，宋帆自然不知道。

"小楚，王总请你现在去一下他办公室！"宋帆通知。

全公司只有宋帆是叫"小楚"，而不是像其他同事一样叫"漓漓"或者"木子"。

"哦，好！是有什么事吗？"木子打听。

宋帆笑了笑，摇头道："我也不知道！"

说完，就朝办公室里的其他人也笑了笑，转身关门走了。

"木子，宋助理好像不喜欢你？你得罪过她？"小李问。

"没有啊，为啥？"

"哎呀，你自己没看出来。"水莲在旁边也提醒道，"我也注意到，平时宋助理也跟我们聊天，但只要你在她就不爱说话。还'小楚，小楚'，我们不都是叫你'木子'？"

"啊？是哦！"木子后知后觉，也没有时间细聊，赶紧起身往王总办公室去。

等进了门，木子才看见陈向芬也坐在沙发上，心里一下就放心了不少。不知道为什么，只要是有陈向芬在的地方，她就觉得很安心。

"来，木子坐这边。"陈姨招呼，示意木子坐到她身边去。

木子也乖巧，朝王总打了招呼，然后走过去坐下。

王总将手中的紫砂茶壶摇了摇，把剩下的一点茶水倒进公道杯，又把茶叶全部倒出来，重新烫壶，倒新茶叶入壶重新泡。

他们喝了很久的茶了，一壶茶都被喝淡了。泡茶，倒茶。一小杯茶水被王总亲手推到木子面前，木子有点慌，但忍住了，只轻声说谢谢，然后学陈姨的样子，慢慢端起茶杯闻了闻，浅尝了一口，很烫，但心里暖暖的。

木子没有这样泡茶水喝过，这么一尝，感觉挺不错，有点喜欢了。

木子在心里想，我也许只是喜欢这派。几个人安静地坐着，喝茶，暖暖的。这时，有一层水雾从眼里泛了上来，被压下去，又泛了上来，又被压下去。木子的头更低了，她觉得有一张纸巾递到了手中，于是接过来，静悄悄地擦了擦手指，又顺手揉了揉眼睛。

一口暖茶将她带入了一种幻境，一间屋子里，坐着两个中年男女和她，一个是她父亲，一个是她母亲，一个是她。可，这都不是。

木子不敢抬头，也就看不到办公室里那两双突然惊异的眼睛迅速交换了一下眼色，然后又收回目光，自然地开始聊起了公司里的人和事，直到木子默默地喝空了茶杯，将杯子放回茶台上。

茶杯又被倒满了。木子的心绪平复下来，开始尝试抬眼打量室内的陈设。总经理办公室她也进来过几回，不算陌生，但从没认真地打量过。此时她也没认真打量，只是想调节情绪，让自己显得自然一些。

"木子，你觉得福湘公司怎么样？"

木子突然的变化推翻了王总开始设想的问话内容，他选择了直截了当。

"福湘公司？很好啊！"木子不解，她脑子至少转了八个圈，她想合同还没到期，自己也没犯错。

"包装厂的刘老板，今天向我提出来，想要你去包装厂当办公室主任。"王总边说边看着木子还有些微红的眼睛。

在设计室的工作木子做得游刃有余，这里显然不够她成长与发挥。包装厂往返回家虽然不那么方便，但刘老板看重，工资会更高一点，办公室主任更是升职，会有更好的前途。木子的合同还没到期，王总也没想过要放她走。木子为人坚定，她不矫情、不势利眼，她公正不多事，她不巴结人，人缘关系不错。目前福湘公司的确没有什么好位子可以给木子，更难得的是木子为人可靠，他想过要长远地培养木子。

中午的饭局后，刘大老板说包装厂的办公室主任身体不行了，所以向王总提出把木子让给他去挑大梁。王总当然不愿意放人，特别是人家专程找自己讨要的人，那证明这人更有价值。但他又不好马上拒绝，毕竟刘大老板可以通过陈向芬说服木子。于是王总一回公司就同陈向芬聊了半晌。显然陈向芬也不知道该如何取舍。

"还是得问那孩子自己。"陈向芬说。

陈向芬很清楚，就算自己是木子的亲妈她也做不了这个主，并且她和木子还没那么熟，以后会怎么样还不知道，所以她不敢让木子产生任何对立情绪。她可以接受这孩子极度平凡，但绝不能让这孩子再度离自己而去。

倒是王总挺失望的。他知道陈向芬在很多事上都帮了木子，而且特别关爱木子，甚至上次借调去包装厂也是因为陈向芬的建议和说情，现在他想向陈向芬讨主意了，陈向芬却拿不定主意。

"我？"木子感到挺意外的。包装厂是木子待了半年的地方，从人到事她都深有了解，现在倒不必茫然，只需要做出选择就好。

木子不说话，王总和陈向芬继续喝茶，也没追问她。

茶台上的小山与植物被倒流的冷雾笼罩着，伴随着细微的水流声音和水壶烧开了吱吱的声音，热气弥散，茶香真好闻。

"吱——"茶台发出微不可闻的摩擦声，倒满茶的茶杯落到茶台上，被轻推了一下，茶杯到了木子垂落的视线前。

"王总，我不去。"

"真的？"王总问道。

"嗯！我不去包装厂。"木子再次确定。

王总的心安定了。

倒是陈向芬，这时开口问两人都想知道的答案："为什么不去呢？木子？"

"没什么。也许无依无靠久了，漂泊到望城，好不容易在福湘公司安定下来，大家也处得不错……"是啊，回想起来，这两年福湘公司这些人给了她很多温暖和关怀，很多宽容和亲切，她舍不得这个。

"包装厂你也很熟啊？"王总笑着问。

"不，那种感觉不一样。那里的舞台可以做很多事，但是……"木子想了想，情绪释放出来之后，她又恢复了淡定，于是笑着说，"两边都待过，但在这里感觉心里更踏实，更像是在家里。"

哦，原来这是答案。

王总笑了，陈向芬也笑了。

33　奶奶想买房

　　木子卧室里的桌面上有十来本书分成两摞摆放着，一摞是读过的书，这摞书底下还压着些广告彩页，一摞是还没读过的书，那本被翻过两次也没读上几页的《瓦尔登湖》被压在最下面。

　　木子下班后，半路又在广场边顺手接了一张新的广告彩页回来。吃过晚餐，洗了盘子和碗，她便回房间去将书下压的广告彩纸都拽了出来，又回到客厅里。

　　十多份广告彩页一一铺开摆在餐桌上，木子看着有点头痛，指尖在一份份彩页上无意识地点点画画，到底还是拿不定主意。等奶奶回房间服了药丸出来，木子才再次向她询问：

　　"奶奶，你确定咱们要在望城买房子吗？"她希望能从奶奶这里得到更多的意见。

　　"我也考虑很久了，还是买吧。"

　　其实买房这事在王素珍心里盘算很久了，买还是不买，钱够不够，若钱不够怎么办，还要回东北去吗……许多问题时常在心里盘绕，到她说出口时，几乎就是一个决定了。至于实施，就不是她的事了。

　　王素珍年纪大了，她觉得这房子以后是木子的财产和家，应该由她自己作出决定，要木子选自己喜欢的。至于王素珍自己，反正木子在哪儿，她就在哪儿，只要是跟木子在一起生活，对她来说住在哪里都一样。

　　木子从没想过买房子这件事，她没钱，又还太年轻，而且到望城才一年多，从哪方面来说都还轮不到她来考虑购房。她太清楚奶奶是个多么执拗的人，有一天她们拎着大包小包从超市出来时，遇到一个发广告的塞了一张楼盘彩页在她们的塑料提袋里，又介绍了几句，这事儿突然打动了王素珍的心。没多久，她就跟木子提了这个建议。也就是从那时候起，木子开始关注新楼盘和二手房信息，遇到再有人发楼盘广告纸，她都会伸手接着带回家，准备多收几张，然后慢慢研究打听。

刚开始盖的期房被奶奶否定了，二手房了解了一圈也被奶奶否了。

"还是买新房子吧，现房最好。"王素珍说。

"装修没那精力盯，精装修房挺漂亮的！"木子说。

可选的楼盘范围越缩越小，但如何挑个好楼盘，多大的户型，离公司多远，当然还要出入方便，甚至可以精细到绿化面积、楼层、朝向……木子想如果能买别墅多好啊。

"奶奶，我们两人住，还是买个小户型比较划算，以后有需要有能力再换大房子都行。"木子跟奶奶说，她不想有太大的购房压力，就算以后结婚，总不能说还要她来出房子吧，哪个男人好意思住进女生家里来？木子一想，诧异自己怎么想到这一出，自己都觉得好笑。

在各商场或者售楼中心拿到手的这些资料木子都在慢慢研究，她也没有与同事熟人商量打听，毕竟买不买，买哪，都还没正式纳入计划，只是有这个想法就开始研究罢了，如果闹得人尽皆知，那多不好意思啊。

"金富湘江悦城、金辉优步学府、乐万邦康桥悦城的均价都是八千多，长沙融创城、澳海望洲府均价六千多，八千多的楼盘还是比较多的，还有长沙星河湾……"

"你给我念这个，我也不懂啊！"王素珍发愁，"你看哪个离你上班近一点？或者地段好一点？"

"地段嘛，都说沿江风景好啊！"木子想了想，又自言自语地说了一句，"得看哪个楼盘有小户型！"

"小户型？为啥不买个大点的呢？"

说着，王素珍拿出一张银行卡放到餐桌上说："你爹妈当年的赔偿款还剩了一点都在这里，你盘算一下买吧，也不用买太小的。"

"奶奶，既然您不肯回鸡西，咱们就先在这儿安家，买个两室两厅的房子足够住了，七八十平方米的精装修就可以，我这点工资背不起太高的房贷。"

王素珍在心里盘算了一下，每平方米八千，八十平方米就六七十万，这钱还真有点紧张，的确付不起全款。王素珍再一想自己这年纪恐怕只能老死异乡了，难道木子以后还能独自回东北去生活？要不还是托人把家里的老宅子卖掉算了。

老宅子里有太多的悲喜与回忆，然而留着没什么意义，卖了舍不得，回忆也是伤痛。卖了吧，可卖房子要不要跟木子商量呢？王素珍又在心里想了一通。

"木子，两居室会不会小了点？现在租住的房子就是两室一厅，不过是小两室，的确不宽敞。房子又不是常换常买的东西，是不是就买个稍微大点的？"

"奶奶，咱俩住，两居室足够了，去掉两成公摊面积，不算小也不算大，我觉得很好。"木子安慰道。

"现在房子真贵啊，你说雷锋那么好的人，雷锋故乡的房子咋那么贵？"

"河东的房子更贵呢，据说在所有同级的省份城市当中，长沙的房子是最便宜的了，望城又是长沙房价最便宜的区域。如果咱们去河东买房子，哪怕就是岳麓区，这点钱估计只能买半套。"

"呃，咱这还托雷锋的福呢！"王素珍笑道。

木子有点蒙，不知道这逻辑从何讲起，但她又不想驳奶奶的话，于是顺着说道："雷锋虽然出生在望城，但他小时候没享着福，才几岁大时，他的爷爷、父母和哥哥都死了，弟弟也饿死在家里，那时候雷锋才六七岁就变成了孤儿……"

木子本来只是顺口跟奶奶聊起雷锋的童年，但说着聊着，她的声音慢慢低沉了下去，奶奶也心疼地伸手摸了摸她的头发。

在同样惨绝人寰的悲剧面前，半个世纪前的雷锋面临绝境，而半个世纪后同样幼年失去父母的木子，却在奶奶的照料和社会的关怀下顺利地读完了大学。木子心中的庆幸自然有，但悲伤仍浮上了心头，让木子的内心痛得不能再痛。

"木子，奶奶准备把老家的房子卖掉！"王素珍拿定了主意。

"咱们以后真的不回东北去了？"木子不舍，虽然东北没有她的父母了，但她与父母的记忆都留在了东北。当然，那点与父母相关的记忆已经很淡很远了。

王素珍犹豫了几秒，决然说："不回了吧，不回了！"

木子的双眼突然就涌出泪水来，她揉了一下眼睛，起身走到窗边，看着窗外的灯火。到这一刻她才意识到，她没有别的家可以回了，眼前这座城市就是她以后的家。

买房一事正式提上了议程。

在木子的奔波和奶奶的支持之下，木子用了不到半年时间，一套精装修的房子被木子全款买下。木子微稍添了些家具和用品，便带着奶奶搬进了新居。这房子是早就盖好的，卖了两三年剩下了少量存房，入住率也比较高，周边也比较热闹。入住率这一点是奶奶提出来的——她年纪大，木子年轻，一老一小不适合住到空荡的偏僻的楼盘里去。

这半年中木子跑得多的是楼盘和手续，以及家具城和花市。其间木子还请了假与奶奶一起回了一趟鸡西，为了回去处理旧房，打包了些旧物托运到长沙，又去父母坟上扫墓烧香，做了最后的告别。以往也只清明去扫一次墓，高中时候连清明也不一定去得了，现在她们离开了，以后还会为什么事回那么遥远的家乡呢？

木子挽着奶奶的手离开，含泪回首，心那么痛，她仿佛看见父母正站在树下对她挥手，似乎在说："孩子，你走吧，走多远都没关系，幸福平安就好。"

全福湘公司只有陈向芬在默默地关注着木子的所有境况，木子的很多动静和变化她都是知道的。木子向她询问，她便给出意见和建议，若木子不问，她便不主动提及。并且按望城老一辈的习俗，陈向芬协助木子在搬家后办了一次暖屋宴，请的人不多，旨在给新居添一点温暖吉祥，同时也给这两个初落定望城的人一些关怀和照顾。

同事们凑钱给木子的新家添了几样厨房家电，而陈向芬则给奶奶买了一张按摩椅，挺贵的。当天夜里，木子半夜醒来，走出房间去卫生间的时候，蓦然发现奶奶并没在床上睡觉，而是坐在按摩椅里发呆。

木子不懂奶奶为什么一段时间以来情绪都有些低落，虽然奶奶在她面前会强颜欢笑，但木子敏感，她怎么可能没察觉？

是奶奶想起了被卖掉的东北老房子？

是这一段时间忙碌，陪奶奶的时间没有以前那么多？

木子试探问了几回，奶奶都说没什么事，就是天气变化，她身体有点不舒服。但木子知道不是这么回事，于是她尝试恢复之前出去走走的活动。

望城地方也不是很大，很多地方她们都去过了，还有什么地方能引起奶奶的兴趣呢？去戴公庙？去月亮岛？要不跑远一点？

"要不要去贝拉小镇？如果去我们就一起！"小李提议。

木子翻了个白眼，道："是陪奶奶散心哎，不是我去玩，你以为哄孩子啊！"

"木子你别理他，恋爱中的人就叫'没头脑'。奶奶听不听戏？新康乡你们还没去过吧？"张姐打趣完小李，又给木子出主意，"去新康乡看戏，老人家一般都喜欢的。"

新康乡东临湘江，与铜官镇、丁字镇相望，倒是个好地方。

"叫声亲家随同我，随我一同看龙舟。将身且把门庭出，随手带关二扇门。出得门来忙观定，青山绿水爱煞人……"说着，张姐就唱了两句。

"这是新康乡的戏文？"木子听了还有点意思，便问这段唱词出自哪里。

"我婆婆可是个戏迷，这是花鼓，来自《洪兰桂打酒》，我听得太多了，不过只会这两句！"

"这个好，我撺掇老太太去新康乡逛逛看！"木子心花怒放，马上打开网页开始"做功课"，晚上吃着饭就先给奶奶讲故事，让她产生去新康乡看戏的兴趣。

"话说清朝乾隆年间和珅弄权，被户部侍郎洪友云上书弹劾，却反遭和珅谋害。洪友云的父亲洪建章便带着孙儿洪兰桂逃跑了，一直逃到了新康街上，就住在湘江边的一艘小船里。为驱忧愁，爷爷要孙子去街上打酒。

那时候，新康街上最好的酒出自裕源酒坊，酒坊老板的女儿蓝翠英不仅人长得非常漂亮，又很有正义感。蓝翠英和洪兰桂相识后知道了他家逃难的原因，非常同情他，两人还一见钟情定下了终身。后来，洪兰桂进京赶考高中状元，他的身世却被和珅发现了，差点成了刀下之鬼，幸好被皇太后救了下来……"

"那皇太后把公主许给洪兰桂了？"奶奶听得着急了，见木子端杯子喝水，便马上追着问。

"哈哈，周末我们去现场听戏，你不就知道了？"木子故意逗奶奶，等奶奶拿着擦桌布要扔向她，她才笑着道出实情。

"哦，这结局还是蛮好的！"

老人家年纪大了，实在是不愿意听悲剧故事。

戏这东西，真真假假，哪些是真，哪些是假，又有谁知。这洪兰桂的故事或许只是一个传说，但上了一点年纪的新康人说得有鼻子有眼儿，像是生活在戏里一样其乐无穷。

木子本还想给奶奶说说杜甫，但一想到杜甫贫病交加，漂泊到了长沙，最后客死湘江舟上，到底是个悲惨故事，且自己与奶奶也是漂泊至此，还是不招惹奶奶联想了。

新康是有名的"水窝子"，在靠水运为主的年代，南来北往的舟楫汇集此地。"古寺钟摇，锦缆牙樯千里集；阳春调逸，渔歌樵唱万人欢"。新康是湘江沿岸最为重要的商埠码头之一。唐大历四年，769年早春，我们伟大的诗人杜甫溯湘江而上，他经乔口、铜官和新康到了长沙，舟泊于新康时写下一首名为《北风·新康江口信宿方行》的五言诗：

　　春生南国瘴，气待北风苏。

　　向晚霾残日，初宵鼓大炉。

　　……

34 "吃货"的天堂

水莲过来找木子，悄悄往她包里塞了一袋黑乎乎的东西，木子感到莫名其妙，于是用一个手指头拨开包包边瞅了一眼，的确黑乎乎的，一卷卷的还沾了些白芝麻粒儿。

"这是什么？"木子轻声问。

"特产，酸枣卷，里头添了些辣椒粉和白芝麻，微酸微辣微香，味道很好。"水莲介绍了几句，木子才明白，这玩意儿是志勇家的亲戚从新康乡给她捎来的一包，一包总共才两斤，水莲就分了七八两给木子，"我们从小就爱吃这个，估计你没吃过这种，尝尝吧。"

"好！"木子应声，同时动手捏了一小卷酸枣卷出来，顺着卷边咬了一小口，嚼了嚼，还挺有滋味的，于是又咬了更大的一圈下来……

看到木子喜欢吃，水莲很高兴，自我表彰道："看我多好，有好吃的都记得分享给你，哈哈！"

"瞧瞧，本来十分功，一显摆就只有九分了！"木子笑道。

"九分就挺好了，太满会溢出来的。哈哈哈……"水莲为自己的机灵得意地笑，看到木子又拿出了一卷开始吃，于是耐心地介绍了个详细。

酸枣这种以味命名的野果子，不见到鲜果子谁知道它会是啥啊，因为不同地域会用不同的名称给物品命名。木子记得在鸡西也有种特别酸的果，但它叫灯笼果，也叫小果酸浆，人们说它酸到没朋友。灯笼果是灌木果子，酸枣树却是落叶乔木，十来米高的树，木质特别脆。水莲说有乡亲上树，结果一根大腿那么粗的枝丫咔嚓响了一声直接就断了。

夏秋之交的时候，各乡野坡上的酸枣树都开始掉熟果子了，淡黄色的果子在树下铺一地，勤快的村民们就提着篮子去捡回来，清洗、碾压，剥出肉来制作成酸枣泥，然后再铺成大块的薄片晾晒干。

也有直接拿果子放辣椒粉里腌制，吃的时候会有一颗如鸽子蛋大小的圆滑"骨头"在嘴里含着，偶尔还会散发出一丝儿酸辣的滋味，人们往往一含着就是个把小时才恋恋不舍地吐掉。

制作成片的酸枣糕造型各异，有的人家将其剪成一寸宽三寸长的方条，有的人家会卷成紧实的长条再断切成一个个的酸枣卷，还有的则将像整张纸一样的酸枣片如同叠毯子似的叠起来……反正，不管中间添加了什么材料，或者是弄成什么形状，但总体味道还是差不多的，就是微酸，可以开胃消食，很受人们的喜爱。

其实，水莲平时还给木子带过南瓜饼、冬瓜条、柚子糖，而木子也会给水莲捎些老家做法的烙饼和水饺。若是碰到对方喜欢吃的，她们都会详细地聊聊做法。一个愿意说，一个愿意听，两人相处起来显得比旁人更多了几分姐妹亲情。

酸枣这东西太常见了，酸酸辣辣大家都爱吃。水莲介绍完了突然又想起她昨天从手机视频中看到的一段东北两人转，也蛮精彩的，便直接换了话题，问木子家乡是不是也经常看这个。

木子很少看两人转，两人一聊又说起了关于乡间小戏生存的艰辛。估计全国各地都一样，那些只有在红白喜事时才能听到的"班子戏"，旧时城区也偶尔能在白事上听到一点儿。现在不兴大操大办，红白喜事都是当天一顿酒解决了，草台班子戏生存空间很小。

木子点点头说："是啊，失去了生存空间的不只草台班子、赤脚医生，还有乡村的炊烟和河塘里的弄潮儿。"

这些城乡发展进步很自然地引导着人们从思想到行为都格式化，城乡管理也都简单格式化了。你会发现走在街头已很少看见特别丑怪的人，优生、整形、化妆等各种途径使他们消失了。街头美女如云，肌肤似雪、明眸皓齿、亭亭玉立、笑靥如花，即使她们服饰、发型各异，让你遇见一百位这样的美人却都没有在你心中产生惊艳的感觉，留下刻骨铭心的记忆。

这些，大家都察觉了，都知道，但这样也没什么不好，大家都能接受和习惯。

爱吃的人们发现不管在哪个省都能吃到所有菜系，爱玩的人们发现不管在哪个城乡玩的把戏无非就那么几种，爱逛的人们发现走遍千山万水都是相似的风景和纪念品。

但这有什么关系呢！

"望城是雷锋的故乡，所以我们还是可以与众不同的！"水莲笑着说。

"嗯，也是，还有千年铜官窑呢！但隔壁省也有景德镇……"木子说完，情绪缓和下来，意犹未尽。

"你再说一件与众不同的，我便服了你。"

"你今天尽给我抬杠，我来望城也不比你久多少，逛得还没你多……"水莲愤愤地说。

"但你嫁了望城人，算是'深入敌后'，有更深了解啊！"木子见水莲不依不饶，便说这话安慰她。

"那新康乡算不算？"

"新康乡有啥不一样？"

"听志勇家新康乡的亲戚说过一嘴，说那绝对是戏迷的福地。其他我可不知道了。"

木子听了好奇心就上来了。老人家们往往喜欢听戏，到底值不值得一逛？她又开始做功课。木子一顿头昏眼花下来，倒也研究出了些意思，又同奶奶商量一番，决定找时间前往。

做个记号——木子截图发了微信朋友圈，不免感慨了几句，有看到的老同学和新同事点了七八个赞，但只有一个回复。

是贝贝。

贝贝立刻发微信消息问木子是不是去新康乡现场看过戏。木子回复在做功课，想安排时间去。贝贝马上响应：

"木子，我申请结伴同行啊！"

"你一个望城人，没去过新康乡？"

"没！"贝贝大言不惭，"我就生在雷锋纪念馆，长在雷锋纪念馆，我是雷锋人！"

"那是，你们望城'雷锋'可真多啊！"

听了这话，贝贝忍不住又给木子分享了一个感人的"老雷锋"的故事。

在望城，有一位叫肖立山的高龄老人，见小区里上学的孩子多，孩子们需要穿过一个车流量大且路况复杂的三角形路口和一条城市主干道，于是开始在那条路段协助指挥交通，一站就是五年。时间一长，自发护学的市民也越来越多。在他的带动下，现在桃花井社区组建起"桃花朵朵·加油吧"志愿服务队，有2900多名志愿者，社区还办起了共享课堂、共享修理、共享理发，大家戴着相同的帽子，穿着相同的马甲，拿着相同的小旗，每天活跃在各个"雷锋岗"上各展所长。

"照理说，他也七八十岁了，图什么啊？"木子惊奇地问，贝贝告知木子老人家已经如此服务八年了，木子更加觉得吃惊。

"是啊，有人问过肖立山老人为什么，但他只说自己是向雷锋同志学习，社会和群众需要什么，他就去干什么。"

"嗯，这样活着对社会有益，对人民有用，挺像雷锋的，有价值。"木子服气了。

"要不鼓励你奶奶也加入志愿者队伍呗！"

"……"木子无语了，气呼呼问道，"仙女，讲了半天故事，敢情是你的广告词啊？我奶奶自己上街都怕走丢，我是不敢让她去街边引导交通的，她不添乱就很好了。"

"哈哈，不是不是，这是特供，灵感大爆发突然想给你说说，让你知道咱们望城人可好咧！"

"我服了你……"

"可！"

"别贫嘴了！行吧，跟上姐，姐带你去新康戏乡吃香的喝辣的去！"木子也淘气起来。

"别！姐，你这是抢我台词哦。"

后来到了预约出行的时候，贝贝可是先给木子下了好多保证，她保证一定不把肖立山老人的故事讲给奶奶听，一定不要鼓动奶奶去"添乱"，木子这才答应了贝贝一同逛新康的申请。

其实，新康戏乡是真的很"新"，而不是传统戏剧里的那样"寒酸"范儿。

新康戏乡以新康集镇"戏街"为核心，实施主街立面改造，麻石街道两边，建筑物皆为红、蓝、黄、白、黑戏乡色调，建设了环岛游道、亲水平台，新建了新康大剧院、溇水梨园，还环水规划建设了6个社戏台，洪山寺、辖神庙里的老戏台也在恢复之中。"洪兰桂打酒"故事发生地的"裕源槽坊"修复一新，还建起了别具一格的戏曲蜡像馆。即使是普通的民居，在拐角斗梁上也雕上了戏剧图案。这太让人吃惊了，房子可以这样盖不稀奇，这样处处墙上有脸谱却难得一见，太新颖太好看了啊。

漫步新康戏街，好一派戏乡风情，洪山古寺香火袅袅百年不衰，木子等人也跑进去逛了一圈，顺便也拜了拜菩萨。

"你信佛？"贝贝小声问。

"信不信我真不知道，但我得尊敬他们啊！"木子小声回答。

说完了，两人扭头看看四周，没人关注她俩聊啥，这才捂嘴笑了笑，然后赶紧去找奶奶。奶奶从寺中出来，看到路边种着一排菜，正饶有兴趣地与种菜的老太太聊天呢。

新康庙会非常热闹，十里八乡的老百姓都爱赶庙会、喝庙酒、看庙戏，几乎人人都会哼上几句戏词，而且这里还有皮影戏和京剧，简直就是一个迷人的"戏窝子"，演出时会出现提前占座的情况，特别是到了周末，剧院里常常一票难求。

"您觉得今天的戏好看吗？"贝贝问。

"好看！"奶奶回答得很是爽快。

"您平时还爱看什么戏？"

王素珍停了一下，道："以前好像也没怎么看戏。"

"奶奶，您要是喜欢看戏的话，以后我们常来就是，您还可以学着唱花鼓戏！"

"那不行，我五音不全，一唱戏，戏院里的人都会被吓跑了！"

"哈哈，奶奶真幽默。"贝贝笑道，"听说新康乡还是有名的酒乡，要不要去裕源糟坊买点酒回去喝？"

"我们都不喝酒的！"木子果断拒绝。

"酒是新康人的命，他们爱喝酒。不过，只要听到锣鼓响，他们就会丢了酒杯去看戏！"

新康皮影戏馆门口，一块牌子上写着"免费收徒"几个字，木子灵机一动，拽了拽贝贝道："你可以来学皮影戏啊，不要钱呢！"

"为什么？"贝贝大惑不解。

"那你以后就可以叫'皮贝贝'了啊！"木子仰着头捧腹大笑。

奶奶听不懂"皮贝贝"这种谐音，只觉得两个小姑娘动不动就大笑，也挺有意思的。年轻人，就是应该这个样子啊！

一天闲逛下来，木子都累趴下了，回到家里往沙发上一倒，就想罢工，嚷嚷道："要是明天不上班多好啊！"

不上班自然是不可能的。

福湘公司是某集团下属的某系列产品的代工公司，这些年集团公司的发展非常快，目前正在不断拓展业务版图，开拓东南亚市场，追求更加多元化的产业合作。福湘公司跟着集团公司也想水涨船高，公司各部门之间通力合作紧跟集团公司的经营理念，努力营造"一家人"的氛围，并以"大团结"的精神共同创造更加辉煌的未来。木子也在这良好的氛围中工作得越来越有劲头，头一次觉得当时随意选定的公司是选对了，同时也完成了奶奶的南下要求。福湘公司不仅给了她锻炼和成长的机会，也给了她温暖和关怀，使她漂泊的心在不知不觉中安定了下来。

再说，在望城居住久了，木子的饮食习惯已有了翻天覆地的变化，迅速成长为无辣不欢的湘妹子口味。奶奶看在眼里也不点破，但奶奶吃辣还是不太行，毕竟她年纪大了，肠胃经不起太大的刺激。老人家运动少，代谢慢，吃得也不多，又习惯吃面食，对木子时不时来个辣子鸡丁，剁椒鱼头也没觉得不可忍受。木子偶尔去陈姨家吃饭，都喜欢跟陈姨挤在厨房里学做菜，等回到家里又会很开心地将过程告诉奶奶，与奶奶分享自己融入这个城市的过程。

但木子不知道，奶奶隐藏住了自己的情绪，没有展露出她的担忧与酸楚。

"木子，陈姨很喜欢你啊！"王素珍问。

"是啊，陈姨让我中午陪她回家拿材料，所以在她家吃的午饭。材料是下午要交给公司的，她下午得去集团公司开会……"木子说着，又解释了一句。

"哦，这样……要不你认陈姨做干妈怎么样？"

"别开玩笑了，哪有这样的事，陈姨家里有一对优秀的双胞胎儿子，她哪里还需要干女儿。"

"可不就是缺个女儿嘛！"

"啊，哈哈，好像也是哦。奶奶，你想多了，没有的事。"木子想也没想，就收拾了桌上的碗筷进厨房去洗。本来她还想告诉奶奶，下个月是公司成立二十周年大会，公司要表彰一批优秀员工，部门推荐了她。这可是她人生当中获得的第一个表彰啊，如果不是奶奶拿"干女儿"的话题打了个岔，她就说出来了。

木子现在想想，还是决定先不说，等表彰名单正式下来了再说也不迟。

王素珍也隐瞒了陈向芬下午并没去集团公司开会，而是来家里找了自己的事。她现在心里隐隐不安，一直在猜测陈向芬的来意。

陈向芬只说是经过楼下，顺便上来看看她，聊一会儿天，但聊天的主题不是自己，而是一直围着木子。陈向芬提醒说木子长得不像奶奶，挺像南方小姑娘，并且问及木子小时候的趣事……

奶奶王素珍身高将近一米七，孙女木子却身高一米六二，长相上也没什么相似，甚至可以说木子和陈向芬倒是长得有点相似。王素珍觉得真相也许接近了，但她也没想过会来得这么早这么迅速，她还一点思想准备都没有。她太被动了。

其实木子也问过奶奶，为什么奶奶和爸妈的个头都不矮，自己就长得特别矮呢。一米六二的身高，在南方城市她不算矮的，但在大高个儿遍地的东北，木子就显得太娇小玲珑了。奶奶说爷爷个头不高，也许是隔代遗传，也有可能是母亲怀她时营养不足，胎里没养好吧。木子自然深信不疑。虽然身高是个遗憾，但也没什么好计较的，谁还能因为自己不够高或不够漂亮而回炉重造呢。

王素珍没想到的是，陈向芬对木子的认可已经达到了顶点。于是这天中午陈向芬帮木子梳过头之后，便将木子的头发送去了堂兄就职的医院，委托他找人帮自己做个亲子鉴定。

陈向芬家丢孩子的事虽然过去二十年了，但亲朋好友无人不知，也知道陈向芬从没放弃过寻回女儿的行动和希望。

35　一群善良的人

这大半年来，木子响应"世界读书日"的号召，又拿起了书开始阅读，她计划一年内至少要读完12本书。读书群里的伙伴们阅读非常积极，有的人甚至天天打卡，计划一年读40或50本书。木子知道自己没那么多时间和精力用在阅读上，因此她定了一个小目标，争取能培养和维持阅读习惯，即先争取不掉队。

最近，她都在读梁晓声的长篇小说《人世间》，甚至读得有点入魔，以至于日常在她脑子里晃来晃去的都是哈尔滨的光字片和安字片那两个临时街区。

光字片住的大部分是建筑工人，安字片住的大部分是铁路工人，这两个群体都是木子陌生的。小说从1969年一直写到了2010年左右，这个时代也是木子陌生的。几周以来，木子的心就随着书中那十多个平民子弟的人生跌宕起伏，眼看着人物命运随时代而变化，木子的心绪也有些难过。

《人世间》里的多数人都是好人，是善良的人，是为官清廉的人，这样的人性背景能安抚读者的心灵。人间正道虽沧桑，但不令人绝望。况且，这些人中有中高层干部，有教授，有警察，有导演，有的在文化馆、报社工作，也有的在经商，但更多是无权无势的市井小民，他们是在岗或下岗职工……他们更重亲情，重友情，重家庭和睦。

你看，这就是阅读的益处。不管读者经历过多么丰满或跌宕的一生，所经历的也极为有限，仍旧会有很多阶层、职业、事件和人物类型是没遇见或者不知道的，但人们能从阅读一本书而得到见识，不必经历便能懂得香之袅袅，臭之熏熏，生之悦悦，死之坦坦。

从前，木子也没特地阅读东北主题的文学作品，现在也没有特意去寻来阅读，她的阅读都是随缘。在人生最大的这个关口，却是梁晓声的这部长篇小说陪伴了她很久，一起从望城出发，回到东北的故乡，然后返回望城。

购房迁居的计划已完成，接着要做的就是一系列大事——木子与奶奶的户籍迁入了。

奶奶坐不了飞机，只能全权委托木子带着准迁证明独自返回鸡西办理户籍迁移手续并开具相关的证明。好在一切都很顺利，木子很快就回到了长沙，然后去派出所办理迁入手续。

周一上午，队伍有点长，大厅正中的一条长长的办事台分开了工作人员与来访人员，台内的人兢兢业业，仔仔细细，台外的人目光急切，小心翼翼。还有一些工作人员忙来忙去，各种复印、打印，协助处理部分工作。木子请了假，她不着急。

一位男民警从同事手中接过一份资料翻阅，然后从电脑里调登记资料比对，拿起其中一些文件，起身去向另一位老民警询问什么，然后去复印。木子游离的目光扫过他，又低下头准备继续玩手机。

"她就是楚漓漓？"一个女民警小声问道。

"嗯。"另一名男民警点头。

木子听力不错，居然听到了这句询问，居然还有"就是"二字，心里不免有些意外，不明白这关于自己的一问一答有什么额外的意义。

她恍然抬眼，仔细看了看那位接待民警的神色，但人家脸上风平浪静毫无异样。

木子的后面一排坐着一对小夫妻，他们抱着孩子来给娃上户口呢。男人抱着已经睡着的孩子，女人玩着手机打发时间，但她突然刷到一个关注已久的新闻事件，突然神色大变。于是举起手机让抱孩子的男人看屏幕上的内容，她愤愤地小声说："自从当妈以后我就看不得这样的新闻！太气人了！如果，如果……不能有如果……"说着，女人突然掉了眼泪。

"哎，你看个新闻都上头。"男人很能理解妻子，但这样在大庭广众之下掉眼泪可不好，于是他腾出一只手搂着女人的肩，哄道，"咱们又不会，你不要想那些有的没的！"

"哎，她怎么了？"

女人情绪一变，里面正在工作的警察马上就敏感起来。

"没，没什么，她就是有点感伤！"男人赶紧解释。

"女人刚生完孩子情绪不稳定，你要多照顾她，体谅她！"

"嗯，我知道的。"

女人一听，便不好意思起来，马上替丈夫"脱罪"，解释道："我只是在新闻里看到人家在医院里生孩子，孩子一生出来就被别人用病孩子偷换了，二十多年以后才知道。我看了就……"

"哦。"见问题与现场无关，里面的民警松了一口气。

另一排队伍里，有女人点头插话道："那个被偷换了儿子的事？我也看了人家发的视频，她好可怜啊！偷人家孩子，真不是好东西！"

事件闹得太大了！健康孩子被病儿替换，一家人倾其所有医治，为儿子买房娶妻，最后儿子患绝症需要父母捐肝救命时，才发现非亲子关系。这样的人和事能引起所有人的情感共鸣，除了正义上的愤怒，亲情上的理解，还有事件上的后怕，人人自危。各种自媒体也很快跟进、炒作、声援，又有当事人的直播、录播，影响范围不断扩大，因而民警们也都看到过这条新闻，并且也讨论过。

这是别人的事，看热闹可以不嫌事大，但只要设身处地地换位想一想，谁不会毛骨悚然呢？可是，目前还没有办法能杜绝这个世界上的一切黑暗、离奇、惊悚。

木子偶尔也看到过这事的相关信息，了解过一点儿，同事们之间偶尔也会聊一聊，但她并没有特别关注，自然是不知道事件进展的。现在经由排队等候的七八张嘴讨论，她总算是基本了解了事件的起因、经过、现状。

大厅里的人们七嘴八舌地聊了一会打发时间，前面的队伍消失了，木子身后又新排上了三五个人。看看这速度，全部弄完刚好下班，民警们连上厕所的时间都没有，也挺辛苦的。木子在心里暗想。

轮到木子时候，她褪去了一脸漠然，赶紧将手中的资料袋打开，笑盈盈地将资料放在大理石柜面上向民警推过去。其实她心里有点紧张，生怕出现什么意外情况。

　　柜台里的女民警也不算年轻了，她不紧不慢地抬头看了木子一眼，然后才开始处理手中的文件。木子隐隐觉得有好几道视线看向了自己，难道是错觉？木子抬眼扫了两秒，又继续看向接待民警。

　　民警正在问话："把身份证给我一下！带了复印件吗？"

　　木子点点头，从资料袋里取出一份身份证复印件递进去，又马上从小背包里翻身份证。

　　就在等她翻身份证的这十几秒里，她突然听到有人笑着说："你们刚才聊得好热闹啊！"

　　"呵呵，大家都害怕呗，养了几十年的孩子不是自家的。叫了几十年的爸妈结果不是亲的，谁不害怕！"木子笑道。

　　"那时管理没现在严格，难免被坏人钻了空子。"

　　民警笑着说："身份证不和资料放在一起啊，还临时翻！"

　　"抱歉啊。"木子边递证件边解释，"本来是和资料放一起的，坐飞机时要查证件，又放回包里了。"

　　后面排队的有点着急，怕办不完业务，有几个都停止了聊天，正有点焦急地看着木子从包里抽出身份证，见她认真解释，心里也好受了不少，又添了耐心继续等。

　　"得亏找回来了被偷的孩子，哎，不知被偷的该怎么办。你说，如果是你，会选择回亲生父母家吗？"女民警边从电脑里调出相关资料核对，边笑着问了一句闲话。

　　"如果是我啊，肯定……"木子在同学群和同事群关于这个新闻已经聊过几次了，自然有自己的答案——人贩子之类都该判死刑，孩子被偷了已经够可怜，当然应该认回亲生父母。但是，木子话还没说完，就被打断了。

　　"上班呢，别瞎扯闲话！"后面办公桌上一名中年男民警及时制止了这个话题的继续。

"哎，好！"女民警咬了一下嘴唇，歉意地朝木子笑了笑，赶紧翻起手上的文件。

看到有领导批评女民警，木子尴尬地笑了笑，说："呵呵，如果父母抛弃了孩子又哭着去认，肯定认不回了。但被坏人偷走了，能找回父母该多好啊，干吗不认？"

"就是，就是。"女民警不敢继续，应完了话就不再说什么了。倒是队伍最后一个十七八岁的男生接话道："如果是穷父母就算了，如果是有钱父母那当然要认，可以少奋斗二十年，多好！"

听了这话，木子心里非常难受，扭头道："如果是你自己的孩子呢，好好地就被人家偷走了，你该怎么办？"

换一个角度，事件的结果果然不同了。

男生这么一想，就不再是自己有一个有钱父母的问题，而是自己的亲生孩子被偷走了——他的表情顷刻间就不好了。

女民警悄悄地冲木子眨了个眼睛，笑眯眯地，像在夸她说得好。

等木子办完所有手续离开以后，办公桌边那位中年民警才对女民警说道："什么话都敢瞎说，那是你能说的？"

女民警赶紧双手合十，低眉道歉："副所，我错了，保证没有下次！"

社会上其实有部分案子，在过了二十年的追诉期之后，受害者一方就无可奈何了。这样的案子随着信息时代的发展而被人起底，来到了更多人的视线里，随着倾向性的关注，陈向芬对这些了解得更多，她也持续关注了偷换新生婴儿案，发现人间的悲喜剧随时上演，怨无可怨。

自从女儿被拐之后，她一家人寻找多年，也通过多种途径与多名所谓的"知情人"联系过，结果发现都是骗子。每当得知哪里抓了人贩子，陈向芬夫妻都会去打听是否有自己女儿的消息，直到她遇到了从天而降的木子。

这两个月，陈向芬已经三次到派出所去咨询相关情况，并在民警的关心下说出了自己有哪些怀疑，并做了哪些调查取证。她希望有合理合法合情的渠道和机会与女儿重聚，在亲情上不让孩子为难，在法律上有站得住脚的支持。因此，"楚漓漓"这个名字对派出所来说并不陌生，现在刚好遇见她本人来办理迁入手续，大家也就很好奇了，但也不能乱说。

来办事的人走完后，大家才私下讨论了几句。简直太神奇了，丢失二十余年的女儿能在自己都不知情的情况下，主动回到了故乡，并还能被亲生父母"遇见"。一切像有人在随手下棋，一切又尽在掌握。可是一万个被打乱了的人生，不知道能否出一两例这样的奇迹，也许只能留下永远的破碎和伤痛。

后续如何，只能等着。其实，都不用问，就靠工作人员的职业直觉都能感觉到陈向芬那样的好母亲，木子这样善良和简单的女孩儿，她们会团圆的，木子会回家的。

要知道，望城是雷锋的家乡，这里是个民风淳朴、人民也勤劳善良的好地方。木子到底还是望城的孩子，她身上流淌着湘女情感，注定了她会是爱恨分明，是个懂道理有爱心的好姑娘。大家都对她有信心，甚至陈向芬也有这样的信心，所以她只能默默地陪伴，慢慢地等。

大家都在等一个恰当的时机，等木子能毫无抵触、自然地归来。

在望城区白箬铺镇的光明村"社会贤达"光荣榜，"好婆婆""好媳妇"光荣榜，"新二十四孝"石刻碑也将望城人的美好品质体现了出来。母亲与媳妇同时上榜的陈志伟特别开心，这样的好消息哪里可能藏得住。等一番宣扬过后，大家就都喊着要陈志伟请客。

中午一下班，陈志伟饭都没吃就跑了，没多久就从超市里搬回来几大包零食，一一到各部门办公室去分发。

"你们村搞得蛮好啊，村里还有没有'小芳'，给我介绍一个呗！"

"'小芳'倒是有，你家涵涵同意不？"陈志伟朝涵涵那方向指了指。

小李瞬间就不说话了。

众人哈哈大笑。

"不是吹牛，我们光明村现在真的很好。"陈志伟笑道，"三年前的光明村坝湾组还被一条河渠隔开，连一条像样的路都没有，大家出行特别不方便。现在河渠上建起了小桥，小路也从两米拓宽到了五米。整个村里现在搞得好漂亮，绿树掩映，亭台小池，里面开满了莲花，比公园都不差。"

"我喜欢莲花，那是佛前花啊，粉嘟嘟的太美了！"

"村里有钱搞建设当然好，我们那里山地太多，路无三里平，好像是全国出名的穷省之一，所以很难留住人。"一个家在其他省的同事羡慕地说。

"哪里咯，以前这里也不富裕呢。都是党员带头捐款，先是捐了十万元修了桥，解决了那一段儿……"陈志伟说着，又伸出手指了指，"那段以前得绕上几公里远的路，现在把路修直，只有几百米了，好方便啊！事情做得漂亮，大家看着也都有了信心，各家越是赚到了钱，就越对居住环境有想法。你看，只要有人带头，大家都愿意出力。"

"是的，如果事情是向好发展，宁愿节衣缩食也要搞好建设，换成是我，我也愿意'跟风'！"小李连连点头。

"是哎，当时还是坝湾组的党小组带头捐款，挨家挨户做工作，三十几户人家只几年时间就捐了三十几万元。现在环境好了之后游客就多了，我们村里好多人家开民宿做餐饮，以后有机会你们到贝拉小镇玩，就到我家来吃饭，我免费接待，邻居家的也可以打八折……"

"八折少了呢，六折差不多！"

"六折就六折，我虽然在外面上班，但我在村里还是讲得起话的！"

"啊，哈哈，你也没少捐款修路建桥吧？"

陈志伟一听，不好意思地笑了，摸着脑袋说："我还真没捐，大家知道我向来都是口袋布贴布的，身无分文啊。钱都是我堂客捐的……"

"哈哈哈哈……"

"那给我们打折，岂不是也要经过你堂客批准？"

"哈哈哈哈哈……"

36 眼前的新人是故人

盛夏的望城，时常会带给人蒸桑拿的体感，比如没有空调的小店，电风扇呼呼呼地吹着，一碗米粉还没吃完就通身大汗了，但人们还是愿意为了一口美食寻觅而来。

说到夏日烤炉，最可怕的就是停在赤裸阳光下的小汽车了。

"姐，天气太热了，你下车要记得检查。"

自从前年发生过一次意外情况后，小李每年夏天都会不定时地发一条爱心提醒信息。其实他姐很烦很气，但自己理亏，也不好说什么。她也从去年的回复"好的，记得了"，进步到了现在的"好的，谢谢亲爱的弟弟提醒！"

有时候干脆回一句"谨遵圣意"或者"本宫晓得"！

毕竟，把幼儿忘在了车里的确是件超级可怕的事，那一次如果不是有环卫工人无意中发现车后排有孩子在哭泣着拍玻璃，于是赶紧报警，并在路人拍视频做证的情况下果断拿砖头敲开了车玻璃，等她反应过来，孩子估计已经没了。

太可怕了，她不敢回想，特别是后来发现，每年都有一些疏忽大意的家长将孩子遗忘在了车里而造成悲剧。而万幸保住了孩子的她，面对每年夏季必有的爱心提醒，她有什么资格烦自家弟弟？

晚餐遥遥无期，小李提前吃了一碗米粉，他一边穿过酒店前的停车场，一边看姐姐回复的短信，无奈地摇了摇头，然后朝路边刚停下的小货车走去。超市外的固定展台只有框架，幸好一早就有广告公司的工作人员布置好了舞台，小李只需要将产品和电子设备摆好即可。

夏天，望城只有一早一晚稍微凉快点，但活动需要人流量，因此只能安排在黄昏。好在，下午两三点开始，太阳就慢慢晒过了超市门前的广场，到黄昏的时候，卫生员拉过来一根水管把地面冲了一遍，半小时后地面就干透了，暑气也散了大半。

万事俱备，福湘公司策划的一次推广活动即将在这座大型超市外开始了。

木子作为活动策划人，并且长相甜美、普通话说得又是全公司最好听最标准的，因此自然拿下了主持人一职。

准备好的问题都写在了题卡上。这些问题九易一难，能吸引人们的关注，激发人们的斗志，同时又能给人们带来欢乐和成就感。

一个个问题被抢答，一份份礼品被发放出去，人们都往台前挤，手高高地举起，只想被主持人看见，然后被点名回答。

"我知道我知道！雷锋在辽宁抚顺当的兵！"

"我回答——铜官古镇有一千三百多年历史！"

……

"最后的环节，请五人上台，各讲一个不同的望城红色故事，由现场观众评选一二三名，获胜者可获得不同价格的美食大礼包。大家踊跃报名！"

大家都是望城人，谁讲不出十个八个的红色故事啊！

报名处一下子就被挤满了。

现场维持秩序的保安们一下子就紧张了起来，生怕发生踩踏事故。

"大家静一静，不要挤，我讲一下报名规则——"木子急中生智，赶紧凭空说了几条报名规则出来。

众人一听，顿时安静了，有人赶紧拿着身份证向前走："我的身份证尾数是6，我要讲郭亮带兵抓郭亮的故事！"

"我的身份证尾数也是6，我要讲独臂将军刘畴西的故事！"

"哎呀呀，我也有故事要讲，我怎么没带身份证！我的尾数也是6啊……"有人懊悔。

"哎呀，为什么是9，不是6？我的尾数是9啊！"有人烦闷。

"现在，我们有请第一位上台讲夏明瀚烈士《就义诗》的故事。大家不着急，每位讲故事的人在故事讲完后，由他在台下分发部分独立包装的新品美食。"木子好听的声音在音箱里传出来，"谢谢大家支持福湘公司的活动。"

黄昏，超市外的广场上人山人海，有的在散步，有的在带娃，有的踩着滑板在绕S弯，有的在小摊点前淘东西，各有各的分区，整体一片幸福安宁……更多的人则在围观福湘公司举办的推广活动。

好不容易有点趣事点缀无聊的黄昏，不少人爱热闹，挤在人群的最前面，心切地挤出一身汗。而有的人呢，自然是不喜欢这样的拥挤，只是站在远处眺望着，吹着风看看热闹。

超市的玻璃门被推开，从凉爽的门内走出来，站到热腾腾的门外，贾洋真想退回超市里去待着不动了，但他耳边传来了嘈杂声。

他透过垂挂的软塑料帘看到远处，听到有人拿着麦克风正站在台上讲故事。要到热腾腾的外面去啊，贾洋的拳头捏得紧紧的，看得出他浑身紧绷的感觉，但他还是松开了拳头，放松心情，勇敢地向门外走去。有人在讲故事？这倒是新鲜啊。

作为一个望城人，年轻人的记忆里充满了各种各样的故事。他们从幼儿园里开始，到小学中学，以至进了单位，都会在各种会场里或者各种活动里讲红色故事。

讲红色故事是常见的，但这盛夏里，超市门前的广场上还在搞活动，讲故事，居然还能这么热闹，真是有不怕热的。

贾洋适应了一下室外的温度，朝那群人走过去。反正他要经过那群人，去马路边的咪表停车带拿车。但贾洋走着走着就停下了，他不敢置信地看着台上的女生，居然是木子，是楚漓漓，是那个东北姑娘。她怎么在望城？

瞬间，他的呼吸都停止了。

那个日里夜里心里梦里都想着的姑娘，居然此刻就在他的眼前。这是梦吗？

贾洋伸手抹了抹额头上开始冒出的汗——这汗是真实的，肯定不是梦！

不是梦就太好了！

木子的目光自然也会掠过贾洋的身影，贾洋激动起来，他觉得木子看见了自己，但木子没有。在此刻的木子眼里，贾洋就像是一篇文章里的一个逗号那样不显眼。她的眼里此刻只有现场，只有人群，只有全身心投入的自己，她要配合主管刘强，一起将这次活动圆满完成。

　　贾洋有点失望，然后又充满了希望，他一直站在那里，目光炙热地看着木子的一举一动，她那么美。四十分钟后，所有活动结束。看着台下意犹未尽的人群，木子觉得自己从没有这样累过，她嗓子冒烟，累瘫了。

　　其他同事陆续上台收拾器具，清点要打包带走的物件。超市的清洁工也上台了，打扫卫生，并索要那些空了的纸箱。木子不想说话，直接抬手挥了挥，示意她们可以拿走。

　　一瓶拧开的矿泉水送到木子手边。

　　"有水喝太好了！"木子头也没回，接过水仰起脖子就灌了几口。她的脸绯红，额头上的汗珠细细密密的，手上抓着的一条小手绢几乎可以捏出水来。

　　有风吹过来，好凉爽。咦，原来是有人在给她扇风。

　　木子感激地扭过头来看是哪位同事如此好心。

　　贾洋？！

　　木子噌地站起身来，张着的嘴都没合上："贾，贾洋，你怎么在这里？"

　　贾洋笑了笑："我怎么不能在这里？"

　　"你是湖南人？"

　　"是啊，湖南望城！"

　　"湖南……望城……"木子复述，又看了看贾洋，然后看看手中的水，原来是贾洋递给他的，风也是贾洋手中那印着药房小广告的团扇扇的。

　　"木子，这是你朋友？"小李凑过来，"那你还要回公司吗？"

　　木子本就没打算回公司，她要回家休息，于是马上摇了摇头。

　　小李的理解角度不同，于是淡淡笑了笑，朝木子使了个眼色，嘴巴小声地说了句："祝你好运！"

　　然后就看到木子对他说："滚！"

贾洋皱眉看了看小李，又看看木子，然后就看到一个女生上台来从小李手上接过装着麦克风的盒子，并在小李脸上亲了一口。贾洋瞬间心情大好。

　　"你要回家休息吧？我送你！"

　　"我家不远！"

　　"那我走路送你！"

　　"那——"

　　"那什么那，这么久不见了，你千里迢迢到了望城，要讲这个客气？"贾洋故作不满地说。在等红灯的一分钟里，贾洋心里想了一万种想法。他是木子同校的学长，比木子高一届，毕业以后就回望城了，以前他不敢奢望将千里之外的木子追求回来，但现在木子人在望城，他还有理由退却吗？

　　初见，两人陌生感是有的，毕竟几年不见了。

　　但聊上几分钟之后，坚冰飞速融化。木子看着眼前的学长，回忆起了许多往事，记得身为学生会主席的贾洋曾给过她不少照顾与关怀。她能明显感受到贾洋对她与对别人是完全不同的关心，那是喜欢吧，应该是吧。她以为贾洋会向自己表白，甚至怯怯地想过，她该怎么办。但贾洋从离校去实习，一直到毕业离校来向她告别时，仍旧什么都没说。

　　木子失落了，好几个月才习惯了她的世界里再也没有了贾洋这个事实。她接受过更痛苦的事，所以能承受一切答案。何况，慢慢地，她也只觉得那一切都不过是自己的错觉罢了。

　　作为独生子的贾洋没有权利自私地选择为爱情留在东北。木子靠奶奶含辛茹苦地抚养长大，怎么可能让她抛开孤寡老人远嫁外省呢。有人说，假如你不能给她一辈子的幸福，就不要开启那道门，别让她在短暂的幸福之后再承受漫长的痛苦。

　　理智是因为不够爱吗？还是因为太爱？

　　现在，一切都不是问题了吧。

　　"木子，你奶奶跟你一起来了吗？"贾洋猜测。

　　"嗯，是的。"木子不以为意，反过来问，"你居然是望城人！"她的声音里有些激动。

"嗯，我爸妈在望城青天寨，我在这边工作，一个人住在对面。"贾洋指了指对面的楼盘。

"哦，一个人……"木子心里灵光乍现，突然意识到贾洋回复里的秘密——他说，他一个人。他在告诉我，他是一个人！

"你，也一个人吗？"贾洋停下脚步，认真地盯着木子的脸。

"嗯？我和奶奶，是两个人。"

木子抬起头来看着贾洋，眉眼弯弯，她抿唇微笑。

但木子低下眉眼，无人看得到的时候，她的眼里才泛出了一层微微羞怯的光。

37 不一样的风景

这人间，很多地方都是很好很有趣的，可是为什么有人不肯离去，为什么有人愿意奔赴，为什么有人离别很久却念念不忘？为什么有人漠然多年却又突然狂热？

又为了什么，有人会抹去泪水，离开深爱的一座城？

是不是，就因为那里曾有某人，让人留恋，让人深爱，让人心痛？

一座城，一种食物，一首歌，再怎样的平凡，都能因某个人而熠熠生辉。

虽然不得不来，但来了觉得望城是好的，她可以留下来。

因为一个人的出现，整个望城的气息都不一样了，整个望城的风景都不一样了。即使是木子曾经去过多次的那些景点和街巷，现在全都在闪着光，有了无限的趣味。

还好，还好是来了望城。

哪怕还有更好的、更美的去处，她也不想离开了。

望城多好，下了班以后，两人可以一起散步、游泳、骑自行车、逛夜市、吃小摊、喝冷饮、啃西瓜，一碗冰激凌你一口我一口，在绿地里、在湖边、在广场上看人家遛狗撸猫喂鱼。一切小事情现在都变得妙趣横生。日子就这样变得有趣了，变得光彩夺目了，每一个细胞里都洋溢着喜悦和盼望。

王素珍最先看到木子的变化，她的快乐，全写在了脸上，眼睛里冒着"小星星"，走路开始蹦蹦跳跳了，每天回家同她聊的话题明明很寻常的乏味内容，木子都能说得哈哈大笑。还有，木子的应酬变得多了，回家回得晚了，在家里使用手机的时间越来越长，一个名字开始不自觉地经常被她提起。

姑娘恋爱了，王素珍心情复杂。姑娘长大了她开心，姑娘有人追求了她开心，姑娘遇到了自己喜欢的人了她也开心，但太多的未知也让她担心。

夏日的黄昏，天还亮着，但实际上已经很晚了。王素珍看了看桌上的手机——木子没打电话说不回家吃饭。所以，王素珍已经拍好了黄瓜拌在黑木耳里，有一碟烧辣椒皮蛋，还有一碟卤牛肉和一大盘素馅饺子。大热天的，这些吃着都是开胃的食物，特别是烧辣椒皮蛋，这可是地方特色美食，祖孙俩吃了一回，后来就经常去菜市买烧好的辣椒回来。

王素珍看着，等着，感觉自己饿得前胸贴后背了，可木子还没有回来。她再一次走到窗口去看，那两个年轻人还站在树下聊着，木子像个牛皮糖似的站原地扭啊扭，一副小女生撒娇的样儿。王素珍真想拿个饺子扔下去，提醒木子站直了别晃个不停，也提醒她回头朝楼上看看，看看她家老奶奶已经在这窗前看了十多次，邻居看着这样不好吧？

哎，每次都是这个男生把木子送回来。

王素珍叹一口气，在窗边坐下，尽量离餐桌远一点，要不更饿。

王素珍愁啊，盼着木子恋爱，害怕木子恋爱，也怕木子不恋爱，更怕木子遇人不淑。这日子开始了，啥时是个头呢。

"奶奶，我回来了。"门一响，木子笑容满面地走进房间，放包，出房间时经过窗户旁，她又忍不住朝楼下看了一眼。

树下的人还没离开。

木子突然扭头朝奶奶看去，仿佛想知道奶奶有没有发现自己的小秘密。

这时候王素珍没看她，而是坐到餐桌边，拿开盖着饭菜的罩子，催促道："快去洗手，都这个钟点了，我饿！"

木子与贾洋重逢，她水到渠成地接受了告白并开始恋爱，只是她还不想过早地跟家里汇报，而她还不知道其实"全世界"都知道她在恋爱中。

在公司门外，贾洋一有空就会到马路对面等她，有时中午，有时下午。

上班的时候，她有时接电话，有时回消息，然后一脸神秘的幸福微笑。

同时，木子像个燃烧的小火炬似的，眉梢眼角都写着快乐幸福。

真的，一个人在恋爱时的快乐是藏不住的。

陈向芬开始重新考虑自己的忍让和陪伴，是不是要做点什么？新情况的出现会对自己有什么影响？

她回到家里与丈夫商量，李成峰告诉她"少安毋躁，水到渠成"，孩子好好的比什么都强，不要吓着她。

俊龙和俊麟则满不在乎，信心满满地告诉母亲说："没有我们兄弟俩搞不定的姐夫，咱们一定会把他团结过来的！"得到了全家人的支持，陈向芬心里踏实了一点。

贾洋不认识陈向芬，但陈向芬作为一个与女儿失散多年的母亲，早已或远或近地"经过"他身边多次，偷偷打量着他，其实陈向芬对他也蛮有好感的。贾洋身上的气息干净，举手投足间的行为端正，看他待木子也是尊重疼爱的，至于家世，陈向芬感觉这男孩子的家教一定不错，完全没带给她别扭和反感。

其实木子也没打算一直藏着掖着，只是她还不知道该怎么"昭告天下"。

"木子，周末你有什么安排？"

"照旧啊，带我奶奶出去走走。"

想到周末见不到木子，想到木子周末出去走走也不带自己一起，贾洋觉得浑身无力。

从前没告白、没投入、没开始恋爱的时候，他总是思前想后，有许多理智来说服自己该做什么不该做什么。但等他做到这一步的时候，骤然觉得木子身上的一切都是那样美妙迷人，一笑一嗔一动一静，都让他无比沉沦。他一分钟一秒钟都不想离开心爱的姑娘，他日也思夜也想，只要大脑没在思考工作上的事，其余时间都是在想念木子。他有点懊悔自己在大学时没有追求木子，耽误了两三年的美好时光！

一个周末不见面，他会死的，会相思成疾的。

"木子，要不咱们周末去爬岳麓山吧？去方特主题乐园好不好？"

岳麓山木子是去过一次的，但方特主题乐园没有。木子想了想，为难地说："不好，周末我得陪奶奶。要不晚上出来散步一小时？"

"一小时不够！要不我和你一起陪奶奶出去玩儿！"贾洋提出。

这样算是见家长了。

木子不介意，但她怕奶奶介意。

"过一段时间再说吧。"

"对了，不用过一段时间。你们出去又没车，我开车送你们啊，你说是朋友就好。"贾洋为自己的好主意高兴得一蹦三尺高，"你看天这么热，老人家会受不了的。"

这个理由充分。木子一直发愁，每次她们出门都要乘公交或打车，的确不方便。虽然她上班离家不远，便宜的车也就几万元，但她也不能专门为周末游玩买车。

"好吧，就这样说定了，你跟奶奶说我们是老同学，这又不是假话！"

贾洋又说了说，把个木子烦得不行，便答应了下来。

到了周末，奶奶终于名正言顺地见到了"正好也想去游玩"的贾洋同学。

老人家心里哼哼冷笑，笑这两人串通了瞒她，又笑眯眯地乘车，夸赞贾洋同学帅气细心车又开得好。

木子的奶奶就是贾洋的奶奶，这是理所当然的，就是普通陌生人也会跟着叫一声奶奶的。贾洋不见外，跟着叫上了奶奶，把个王素珍哄得开开心心的，一路就听贾洋介绍望城。

木子带着奶奶逛望城各景点近两年了，也去了不少地方，但她始终是外来人口，到底不甚熟悉。贾洋不同，他是土生土长的望城人，对望城这片土地有着天然的热爱，也知道一些关于望城过去现在未来的事儿，一路就光听他说了。

"奶奶，茶亭要打造'四季花海　五彩茶亭'，你知道是什么意思吗？"

"哦？我不知道啊！"

"春天看花，樱花、桃花、茶花、油菜花；夏天有玫瑰花、荷花、紫薇花；秋天赏桂花、菊花、芙蓉花、黄花槐；冬天还有梅花等，这样形成四季都有花海美景供人欣赏。

"至于'五彩茶亭',那是打造以郭亮纪念园为主的红色景点;以九峰山生态公园和'白鹭天堂'为主题的绿色乡村景点,休闲农业,露营、爬山、山地自行车、攀岩都是绿色环保运动;黄色就是油菜花、黄花槐、菊花等黄色花卉景点;蓝色指的'三湖镜月'赏月胜地和茶亭水库群、九峰山水库、月牙湖水上快艇、潜水、钓鱼、漂流等水上项目;再就是紫色,是指有紫薇、紫丁香、薰衣草,以及紫红薯、紫葡萄、紫玉米等生态农产品……"

"啊——"王素珍听得脑子里乱糟糟的,好多内容啊,全是花和吃的玩的,她听是听了,就是听明白了也记不住。

"你怎么知道这么多?"木子小声问。

贾洋扬了扬脸,示意木子凑过去听,然后才说,"我昨晚才翻出来看的,要不哪有这么全面。"

"噗……"木子笑得前仰后翻。

这出来一趟,等于是给贾洋弄了个考试啊,至于吗?

"笑什么笑?好笑吗?"贾洋咬牙切齿。

老太太看不过去了,在后面出声提醒道:"你们笑什么?"

"没,没笑什么。"

毕竟老太太也不难相处。半小时之后,贾洋终于自然了、正常了起来,开始随意与木子聊天,也开始给奶奶说些有趣的事。

"茶亭是方圆几百里环境最好的水库之一,今天我们去水库边烧烤,听说奶奶钓鱼很厉害啊,这里可以钓鱼,还能骑自行车……"

聊着聊着,茶亭水库就到了,贾洋带着大家走上大坝看了看,水面群山倒映,天空白云如梦如幻,远眺视野开阔,空气格外清新。

"这里一年四季都有人到此来爬山,带着帐篷露营野炊,每个星期五至星期日,水库大堤都会被各色帐篷占领,这里好像还是露营的网红'打卡'地!要不我们晚上住这里?"

"我们才不要!"木子翻了个白眼。

老太太哪里经得起露营,水库边湿气重,身体受不住的。

贾洋把烧烤要用的器具边从车尾箱里拿出来,边介绍说:"茶亭水库修了四年，是在1980年修好的，那时候是全县人民出劳动力！哦，以前咱们这里叫望城县，后来才改成望城区。"

"嗯，这个我知道，现在望城是长沙的一个区了，以前这里也是乡下地方！"终于聊到王素珍能接的话了。

"我们刚来望城租房子住，有个女的在我们楼上当保姆，帮忙带小孩子，有时候我们会聊天。她说修茶亭水库的时候她只有几岁大，都要去捡石头，把石头用锤子敲成鸡蛋大小掺在泥巴里用来筑大坝！路上山上所有的石头都被人捡光了……

"不过，除了捡石头，她只记得工地上到处红旗飘飘了！"

说到这里，王素珍有点遗憾当时她没多听点故事，不然现在她就可以与年轻人有更多的话聊天了。

炭火烧起来，烧烤网架起来，保鲜盒装好的鱼、肉、鸡腿、茄子等菜品摆在展开的折叠小桌上，贾洋和木子两人开始忙着烧烤了。只有王素珍如老佛爷似的坐在折椅上东张西望，她眺望"三湖镜月"，眺望九座山峰紧紧相连，山上绿树葱葱，水库周围农舍林立，到处都是乡村漂亮的两层小洋楼，人们在这里安居乐业，尽享太平！

这日子真是好日子，这贾洋真是好孩子，这望城也真是个好地方啊。王素珍的眼睛看着忙碌的木子，看着木子微微出汗的脸，看着两个孩子微笑的眼神，第一次感觉到了岁月静好，心里非常踏实。

38　自己喜欢就好

早晨六点，木子从梦里醒来，模糊记得梦里是早两年在学校时候的场景，台上的老师，台下的同学，还有关系较好的几个舍友，几个场景那么熟悉亲切，仿佛就在昨天。

木子从梦中醒来，闭着眼睛回想，像还在继续沉睡那样，过了一会她才缓慢地睁开眼睛。她转过脸看看窗外，还是黑漆漆的天空。她突然就无比怀念故乡了。

故乡是天亮得特别早的区域，跟祖国的最西端相比相差六十多个经度，望城在二者之间偏东，所以相对于北京时间来说还趋于"正常"。夏季的清晨五点多，冬季的早晨六七点天空就会亮起来，到了午夜，许多街道上还人流如织，车流不息，非常热闹。

望城号称不夜城，这种激情四射、呼朋唤友、喝酒唱歌至天明的情况，在全国其他地方可不多见。

木子又躺了一会儿，天空开始发灰，然后发白。她的视线落到对面楼顶的植物上，它们在晨风里快乐地拂动。木子看着那些植物，心中对故乡的思念缓缓褪去了些。她安抚自己，她会有新的故乡的，因为这没有什么不好。

在这儿，她远离了那段童年和少年时候的悲伤孤寂，她从全然陌生的环境里重新塑造记忆和未来，这里是充满了希望和喜悦的未来。

清晨，窗外渐渐热闹起来，这时候是一天当中最凉快的时候，人们也愿意赶早出来采买或运动。

开车或打车往返于空调办公室和空调家之间的群体，或者居家避暑，或者每天在晚饭后出去吹吹风、散散步，或者奔赴健身房运动，他们可能对盛夏无感觉。但更多的是那些必须每天在烈日下为生活四处奔波的人，面对长达四个月的盛夏，汗水无数次将衣裳浸湿，将头发打湿，顺着眉眼流淌下来满脸汗，顺着下巴一抹，便一大把汗水被摔在地面上成了一片水花，他们只能靠中间偶尔那几场风雨降几次温，给被逼到极限的心解点压。

木子处于二者之间，还算好的。

工作日，她都在太阳光还不烤人的时候骑着车去公司，多数时候也都待在有空调的办公室里，平时可能回家吃午饭，但到了盛夏就会留在食堂就餐然后回办公室午休，下午下班后再顺着断断续续的林荫大街骑车或走路回家。在这个时间段里，她看到大型喷雾洒水车在街道循环奔走，看到环卫工从天未亮时就顶着街灯开始清扫路面直到日上三竿，然后回家避暑，等太阳落下时再出来继续工作。

烈日下，城市里开满了漂亮的花朵，那是各种颜色的伞和各种款式的裙子匆匆而过。挑着时令水果、推着竹木制品、摆着小吃摊点的人多数会在太阳西斜时分才出来，挑一片树荫蹲着，等着买主询问。木子偶尔看到有趣的物件也会停下来问一问，买一张小凳、一个簸箕或者一盒臭豆腐之类的带回家。天热到后期时，街头便出现了一些挑着小篓贩卖莲蓬的人，那些碧绿的莲蓬可爱极了，拿在手中像玩具，剥出果粒儿又像玉珠，吃在嘴里又嫩又甜，清香无比，真是夏日至味。

顺利的日子一般都是平凡的，甜日子过久了也会淡，谁的日子都不会一成不变吧。它在悲观者的眼中微苦，在乐观者眼中微甜。四季春风秋月如滚铁环似的向前，磕磕绊绊、酸甜苦辣、周而复始。这样简单平凡的日子在木子心里却能翻出花来。

义工活动都被合理地安排在上午，木子带着贾洋去参加过两次活动，她用心观察贾洋对待老年人的耐心是有的，木子很开心。她和奶奶的短途旅行也都安排在了清早出发，中午前回家休息，或者在黄昏时才到近处走走，哪怕只是近郊的绿地池塘，看那些家长带着放暑假在家的孩子在池塘边捞浮萍回家喂鱼。

偶尔有骑自行车的运动健儿们从身边飞驰而过，更多的则是遛娃的、遛狗的和遛自己的人。

民间有句老话叫"心静自然凉"，但心静太难得。这个让人汗如雨下的盛夏，木子几乎无感。因为她所有的感受都在盼望、等待、希冀、计划、牵手……一颦一笑皆是回味，也皆是幸福。除了那个叫贾洋的男生，其他人和事都成了需要竭力去想的，不提示就会随时被遗忘。

恋爱的幸福和喜悦占用了她所有的思绪，然后自然产生了许多视而不见。

"木子，我叫了你三遍，怎么不理我？"万玲跟在她身后进了公司大门，呼而不应便想"投诉"。

"啊？哦哦，不好意思，我没注意！"木子心里正想着贾洋刚问周末想去哪里。去哪里呢，她得想想。

"木子，木子……"食堂里，陈向芬招呼正端着餐盘从自己身边经过的姑娘。

"啊啊啊，不好意思，我没注意。"木子在想，贾洋快过生日了，送个什么礼物更有趣、更能让他印象深刻。

"木子，钢丝球买了吗？"一包六个钢丝球早用完了，王素珍提醒她下班买回家，可是一连三天她都忘了，甚至进超市买了其他东西，却总是进了家门才想起忘了买那玩意儿。

天热算什么啊，木子完全无视，只要不被太阳晒黑晒伤，她便没空去想热起来是多么难受。当然，也有可能正是这能把人热化的天气融化了木子，将她渗透，使她与这城市和这城市中的人融为了一体，就像白巧克力与黑巧克力热溶交融，再也无法剥离。

住在新房子里，躺在弹性十足的席梦思床上，吹着25度的空调，看着窗外静谧的夜景，听着甜言蜜语入梦，枕着期待醒来。这是木子有生以来最幸福的一段日子了。

可是呢，有人甜蜜有人愁。

"老板，帮我挑一个个头小点的西瓜。"看到桥下有人在摆摊卖西瓜，摊后停着一辆小货车，车里装满了西瓜。

守西瓜摊的是一个皮肤晒得偏黑的中年男人和一个穿短袖T恤衫、运动裤的女孩。

男人应声抬眼看了看木子，答道："好！"

"我不会挑瓜，你帮我挑个熟的甜的啊！"木子笑着提出要求。

"呃，呃……"男人有点心不在焉。木子这时候才察觉到男人的不开心，满脸的烦闷。

"怎么了？"木子疑惑地向摊边的女生看去，她约莫十六七岁，看上去也挺不开心的，于是忍不住顺嘴追问了一下。

女生见木子问自己，突然有点委屈，眼睛泛红了，解释："姐姐，不知道为什么，今年我们家种的瓜都不怎么甜。摆了两天摊子，卖出去的瓜不多，还有人来退……"

"哎……"这两父女太实诚了，木子有点犹豫，她现在买还是不买呢？西瓜哎，不甜那就不成了冬瓜？木子为难地扭头看向奶奶，不知道该怎么做。吃西瓜当然都爱吃甜的，进冷柜冰镇一下，再用勺子舀着吃是夏天最幸福甜蜜的事了。但现在不买，她又不忍心转身离去。

"姐姐，其实西瓜只是不怎么甜，但味道还是很好的！要不你买一个试试？"小女生望着木子，又说，"西瓜……"

小姑娘话还没说完，她身边的中年男人却鼓起了勇气解释说：

"我家姑娘刚考上大学，我还指望着把几亩地的瓜卖完刚好够给她交学费，谁知道今年的瓜……唉，还有这么多瓜，怎么办啊！"

"咱也帮不了啥，买一个吧！"王素珍在旁边听得不忍心，便打算买一个。

小姑娘听了连忙站起身挑了一个滚圆的西瓜递给她父亲，同时高兴地说："谢谢奶奶，谢谢奶奶！"

木子苦笑了一下，看着还有满货车的西瓜有点发愁，可她的能力有限，帮不了人家。

"滴滴——"

木子看了一眼手机，是贾洋发了消息，于是两人聊了几句，贾洋问木子在哪呢，忙什么。木子就举起手机拍了个图发过去，说正在买不甜的西瓜啊。

"西瓜都不甜，你还买？"

"嗯，不甜多好，有利于减肥！"木子回答。

"好咧，西瓜不甜没关系，我负责给你的生活——冬天供暖，日子添甜！"

贾洋的消息回过来时，还跟着发了一串爱心和抱抱的表情包，又说："多买几个吧，帮帮人家也好。这天气太热了，甜西瓜好卖，不甜估计他们会亏得很惨。"

"多买几个，我也拿不动啊！"木子说完，还发了一个翻白眼的表情。

"你发定位给我，我过来接你们！"

"不要了，难得跑！"

"哎，我奶奶有糖尿病，我多买几个不甜的，她还能多吃几口。"

啊？木子脑海里灵光乍现。

"你们小区那边，我见过也有停车卖水果的对吧！"

"嗯，我们这边社区有几个区域可以……"

生活太苦，或者日子平淡毫无滋味，人们就喜欢吃甜，这是一种补偿性摄入，以此来达到心理上的安慰和平衡。现在的日子，不缺美食也不缺营养，但过油过甜的饮食会影响健康。

一个瓜挑好，称好，装袋，提到了木子面前。

木子发完定位给贾洋，又看了卖瓜的小姑娘一眼，说："再给我称十个吧。"

"啊？"女孩、中年男人，以及王素珍都吓了一跳。

"我朋友也想买几个，他开车过来，有车我也能多买两个。"木子解释。

十个瓜，对于这个卖西瓜的小摊来说算不了什么，此刻的中年男人和他女儿却很感动很感激，赶紧挑了十个瓜称了，又送一个。女孩儿又搬过来两张小凳给王素珍和木子坐下来等车。

坐下后，几个人免不了闲聊几句，木子问了问种地的情况和女孩考大学的情况。

这两天，父女两个顶着街头四十多度的高温卖西瓜，自己带着饭吃了一天，出发前那点微弱的希望像肥皂泡一样破了。可是这些西瓜不卖掉又能怎么办？夜里他们就在货车旁边铺上席子睡觉，点上蚊香驱蚊，却不知道这样的坚持又有什么意义。

可是他们家的瓜是真的一点都不甜啊，有的人即使买过一次，也绝不会回头买第二次。

大家看着满车的西瓜，木子又与贾洋聊了几句。这时那个乍现的念头也经过思考，有了一定的概念。于是，木子说："要不，你们换个地方去摆摊，这些西瓜应该能都卖掉！"

"啊？"父女俩这下又目瞪口呆了。

半小时后，贾洋也到了，十二个西瓜被他搬进了车尾箱放好，他又掏出手机来付款。中年男人说木子早已经付过款了，又再次询问木子给出的那个建议。

"这个主意太妙了，你信她的吧，我把地址告诉你，你回头收好了摊子自己导航过去。"

"好好好，太谢谢了，我今天这是遇到贵人了。"中年男人双手合十表示感谢。

嘿嘿，平时只听人说"遇到贵人"，没想到木子自己还有成为"贵人"的时候啊！木子偷着乐。

"还有，我们那个街边有好几家减肥美容店和一家很大的健身房。天气这么热大家都想吃西瓜，但是怕糖分过高的人太多了，你的西瓜可能不够卖！"贾洋也非常热心地继续打气。

"小妹妹，你要勇敢点推销，主动点热情点推销，别忘了这可是你进大学的学费啊！甜不甜的说在明处，你怕啥呢！"木子再次叮嘱重要环节，"拿个纸板上写明白，一定要强调，低糖，糖尿病人、减肥一族专享！"

"对，还可以写个'太甜包退'！"贾洋笑得前俯后仰。他知道木子爱心十足，但没想到木子还藏着这么聪明有趣的灵魂，他太高兴了。

贾洋把木子和奶奶送到家，又扛了三个西瓜送上楼，剩下的瓜他听话的全搬回去了。他家里人多，可以给一直嚷着减肥的小姨家和奶奶家各送去几个，也就差不多分完了。

第二天一早木子就看到了贾洋发过来的照片，见那台货车果然摆到了他们小区边的街口上，摊边摆着一块牌子，但距离太远，照片上看不清牌子上写了什么。又过了两天，贾洋见木子还在关注，便在回家时候减慢了车速看了看，见到那父女俩正忙着给三四位买主称西瓜，一车西瓜也已经所剩无几。贾洋住的小区的业主微信群里，还有人拍了瓜摊上摆的卖瓜漫画发到群里，并且说："瓜农自种低糖西瓜供应！卖瓜给闺女凑大学学费呢，估计还有一车就卖完了！欢迎大家爱心支持，需要的邻居赶紧买。"

贾洋一看还拍了那个广告牌，就赶紧截图发给了木子看。贾洋说："小姑娘还是挺机灵的，她直接用彩笔画了一张海报，海报上画着绿油油的西瓜地。几幅图的主题分别是卖瓜凑大学学费、西瓜主打无糖和减肥，还有一张是'我爱吃瓜我爱美'。"

是啊，苦瓜那么苦都有人爱，冬瓜黄瓜不甜也有人爱。生活足够甜了，咱们也可以不要求西瓜必须甜。

39 第一次见家长

　　午后，阳光穿过树梢，将稀薄的枝叶影儿投在地上，一群人坐在茶摊上休憩，任凭秋风吹拂，十分惬意。简易方茶桌上，几杯热气腾腾的芝麻豆子茶呈一字排开，木子端起一杯送到坐在一侧的贾洋母亲手中，正准备送一杯到奶奶那头去，却见贾洋起身端了一杯递给了奶奶，她嘴角微微笑了一下，便自个儿端了一杯，退回到靠椅上坐下。

　　贾洋的母亲是第一次见到木子，还是她找了诸多理由申请了同游的名额，其实也就是想提前见一见准儿媳妇。两个孩子还没到见家长的时候，但她实在控制不住好奇心和期待，等她与贾洋把车停在小区大门对面，只见木子牵着奶奶走出小区，过斑马线，朝车子走过来，看着木子耐心牵着老太太的样子，柔顺的长发披肩，将苗条的木子衬得格外清秀温婉。她觉得这准儿媳妇挺好，和自己儿子很合适，自己也蛮喜欢，她就放心了。

　　要知道，作为一个母亲，她既愁儿子不恋爱，又担心儿子爱上的对象"不好"。她相信儿子的眼光，倒不怕姑娘人品不好，只是怕个性不好，怕姑娘和自己处不来。万一到了儿子提出结婚时，那姑娘与她处不来怎么办呢？不干涉很难过，干涉她也干涉不了。以她儿子那样冷静的个性，多少人给他介绍相亲对象，可他从来都不去。如果她敢棒打鸳鸯，还不知道儿子会光棍到啥时候呢。

　　"哈哈哈哈……"旁边一桌的几个年轻人在聊天，放声大笑。

　　贾洋的母亲抬头看了一下，看到其中两个女生穿的衣衫格外性感，于是扭头看向远处。若是换成以往，她会特别反感这样的女生，但今天她的心情好，便想，只要不是我家儿媳妇或者女儿或者孙女，其他女生穿成啥样都行，反正也不关我啥事！

同样在谈笑中互相观察的，还有贾洋和王素珍，一个是想知道贾洋的母亲对木子是否喜欢，一个是想知道自家母亲对未来儿媳妇是否满意，否则将来的婆媳关系可就难了啊！木子自己并不在意，她了解贾洋，也从贾洋嘴里了解过贾母，知道她不是个特别难相处的人，大家拿出诚意相处，合得来就多见见，合不来就少见见，其实没什么。木子自己有工作，有能力，在望城也买好了房子，并不需要自降身份去乞怜收留。但为了爱，为了幸福，各人友爱地互相谦让一点，她可以接受，况且她和贾洋在确定恋爱关系之后，也多次深入聊过一些相关问题。

"以后我们家每周一三五吃米饭，二四六吃面食……"贾洋曾开玩笑说，"南北口味不是问题！"

"那倒用不着，我们可以早晨吃面条馒头，晚餐吃炒菜米饭啊。早晨多蒸几个馒头，奶奶中餐晚餐想吃就吃，也没什么麻烦嘛！"作为一个年轻人，木子对美食有天然的适应性，她觉得吃湘菜是件很过瘾很开心的事。

所以，真诚，友爱，一切都不是问题。

"好的爱好可以适度，但是酗酒、赌博等不良嗜好我可一丁点儿都不能迁就！"木子告诫道。

"我目前没啥不良嗜好啊！"贾洋马上声明。

"我是说未来，万一你被其他亲友同事带歪了呢？"木子歪着头看着贾洋。

"绝对不会，我……"

"别下什么保证，我只是表明我的态度，至于你将来能不能做到，那是你自己的事，现在说什么算不了啥！"木子制止了贾洋表态，并问，"你对我有什么要求吗？"

"目前这样子挺好，而且我特别相信，你将来也不会变成我讨厌的样子！"贾洋说得很认真，他也的确是这样感觉的。

"那你讨厌什么样子？"木子很好奇。

贾洋想了想，其实很多样子他都不喜欢，比如随地吐痰、满嘴脏话、仗势欺人之类的。可这些毛病在木子身上完全没有，以后也不可能有。那——他突然想到了一件远事，虽然与木子绝不相关，但他突然想了起来，就想告诉木子。就是突然插播一个故事，一个回忆吧。

"有一年春节，我跟同学出去旅行，晚上就去街上闲逛，经过街边一排商店时突然看到一个幼儿身上起火了，烧得好惨啊。虽然我们马上冲过去扑灭了火苗，但小孩子还是烧伤了。我们报了警，警察后来在其他人的指点下，在小区牌室里把那孩子的妈妈找了出来……"

"好惨的孩子啊！可是，我又不会打牌！"木子声明。

"没呢，我不是说你打牌，就是突然想起了这件事——其实这也不分男女，任凭谁找了那样不顾家、没轻重的人过日子，都会很惨。"

"也是，没错！"

……

"唧啾，唧啾！"一群飞鸟低空飞行穿过林间，有十来只小鸟儿落在远处的地上想捡些吃食，才在地面吃了没几下，就被旁边那桌突然的笑闹声惊飞，向远处飞去。顺着鸟儿逃遁的方向，木子再次打量围栏外的尖塔。

刚到时她就跑到塔边去看过一次了，知道塔底有一个刚好一人高的拱形门，门楣阴刻楷书"惜字塔"三个字，门内有一两平方米的空间，靠右侧是半尺多宽的石砌楼梯，不过梯顶盖了木板封锁，也不能上去看看，只能从塔基往上看，塔身由一层一层的花岗石建成，每一层都留下了能对流空气的小门洞。木子仔细一看，才发现各层的门洞方向不一，便于东南西北风都能顺利通过，避免塔身受风量过大。

单看此塔很普通，只有五层六角，每一角雕了一只抽象派的小鸟。

但是此塔最神奇的地方是在塔尖顶端有一棵青郁的小树如绿色华盖一般笼罩着塔身，根须盘踞塔顶，抓得牢牢的，并从石缝之间探向大地，非常神奇。

"贾洋，这塔有多少年了啊？"木子用赞叹的口气询问。

"不到两百年，不过也差不远了咯！"贾洋答。

王素珍也觉得挺神奇，便笑问："这棵树是和塔一个年代的吗？"

"不是，树可能才百把年！"贾洋也不能确定具体年份。

二百米外有一个小停车场，游客的车基本都停在那儿。此处只有一塔一摊，是个小景区，游客不多，周边也没有商店和饭庄，所以停车场也不过一二百平方米，够用了。

几个人坐了一会，木子也喝完了一杯茶，感觉身上开始出汗了，所有的毛孔都打开了，脸也红扑扑的。还是站起来更能吹到风，木子边用手给自己扇风，边起身走了走，然后也没打招呼就一个人越走越远。她想去另一侧看看稻田，贾洋看见了，也起身跟了过去，只留下贾洋母亲和木子奶奶坐在茶摊边与摊主老谭聊天。

穿过塔边的几棵树，一条窄路通向已收割干净的稻田，一望无际的稻茬在干涸的田地里，尽显凋零，但隔着它遥望山岭村庄，眺望远处河塘里的残荷瘦影，遥听来自更远处公路上的车辆喧哗，还是蛮让人心旷神怡的。

看着跟过来的贾洋，木子问："那是湘江吗？"

"是啊，距离不远了。你看那一长排高楼大厦，就是湘江东岸的楼盘。"

"哎，我就特别喜欢有山有水的地方，住着会特别舒服。"木子一连用了两个"特别"来表达自己的偏好。

"嗯，我们望城就是有山有水的地方啊，虽然山不多也不大，但有我——可以弥补这一点吧，啊？"话说着，贾洋就把话绕到自己身上去了。

"没皮没脸诶！"木子忍不住好笑，"有你这样打比方的啊？亏你好意思自夸……"

"难道我不好吗？"贾洋一步跨上前，站到木子面前，两眼深情地盯着木子，样子十分淘气。

木子被他盯得脸都红了，赶紧给自己找台阶下，连连答道："好好好，我们家喜洋洋最好啦！"说完，她从贾洋身边一闪，挤过去拔腿就跑。

"喜洋洋？"贾洋扭头看着从身边逃跑的女孩，不知自己这个称呼怎么得来的？这还得了？要是叫习惯了，以后自己不要面子的吗？他又气又笑，也拔腿朝木子追了过去。

贾洋十来步追到木子身边，木子听到响声，停下来，伸手牵着贾洋，两人又沿着小道走了十来分钟，然后才慢慢往回走。

"这样偏僻的地方，修个塔干啥？为啥叫惜字塔啊？"木子突然问。

"据说古人认为文字是神圣的，写在纸上的文字不能随意亵渎，所以收集起来烧掉。据说有些地方的考场上还会有人专门捡拾字纸，用箩筐装了抬出去焚烧。"

"可这里又没有其他建筑，没有大户人家，也没有考场啊。"

"那我就不晓得了，也许一二百年前有呢？"

"哦，那倒也是。"木子笑了。

等两人回到茶摊边，贾洋的母亲已经喝完了一杯热茶，又翻过杯身拍了拍，将杯底的芝麻豆子也倒进嘴里。她看到旁边的石凳上摆了些晒好的酸干菜，便起身去拔下一截放进嘴里嚼了嚼，发现味道不错。

"这些酸干菜怎么卖呀？"她转头问摊主。

摊主一见有生意，赶忙笑着去招呼。

"你和奶奶站到石栏边去，我从这个角度给你们拍个照，留念！"贾洋说着也站起了身。

听到贾洋叫拍照，木子起身将靠近栏杆的椅子挪开腾出空间来。不多时间，两人合影，三人合影，四人合影都顺利完成，酸干菜也打包好了。贾洋的母亲猜测木子等人可能吃不惯酸干菜，便将小摊上的两包白莲买下来交给了贾洋拿着，示意他回头记得拿给木子。

贾洋觉得探访惜字塔的任务完成，于是便问众人是否可以返程了，众人回复可以。

贾洋的车丝滑地在弯弯的村道上绕来绕去，道路旁一闪而过的是漂亮的民居，是山野里开始斑斓起来的植物，是空荡荡的方田，是悠闲地在田间啄食的鸡群、鸟群，是在小塘浅水里觅食的白鹭。木子坐在副驾的位子，转头看着贾洋的脸，竟看出有几分帅气来，她也感觉到了岁月静好的滋味。

40 碎掉的旧时光

　　木子这一段时间好忙，一直到入冬了才赶上一个完整的周末可以在家。

　　木子得趁着休息这两天赶紧把夏天的物件清洗晾干收起来，再把入冬要用的东西翻出来洗洗晒晒，并看看缺啥，然后做计划找时间去逛街采买。否则越到过年越忙乱，回头还要大扫除呢。

　　"好在是新房子，需要搞卫生的地方不多！"木子感慨道。

　　"呵呵，你等着看。住上几年之后，你会发现屋子里堆满了东西，搞卫生那叫一个崩溃……"上了老年大学的王素珍跟着一群爱时尚爱热闹的老伙伴们学了不少东西，连语言风格也偶尔会年轻化、搞笑化。

　　"有专家说要做减法啊，简居，不添置很多东西。"木子道。

　　"一个屋子若是太空了没人气啊，到处一尘不染，啥生活用品都看不到也不好吧。总是要先做过加法，再来研究做减法吧！"王素珍抗议，"哪有人只做减法的？"

　　"哎呀，奶奶，你这一下子好像个哲学家了呢！"

　　可不是吗，人从出生时候的光屁股娃儿一个，开始有第一家亲人，穿第一件衣，吃第一顿饭，交第一个朋友，上第一堂课，随着年龄增长开始无限堆积，到无穷无尽，自己没法数没法记更没法算，童年、少年、青年、成年、中年，然后慢慢发现所有得到的人和物，包括记忆，一点点离你而去，一点点丧失。无人可以挽留，包括生命。这样的加加减减是自然的法则，谁也逃不过去。

　　东西整理得差不多了，木子开始打扫卫生，扫地、拖地，整个房间一下子就亮堂多了，她满意极了。

木子觉得一切活计干完，终于可以休息了，耳旁却突然响起了奶奶的指挥声：

"这几个大纸箱，从东北打包一直托运到长沙，又一路搬家，这都过了小半年了还没有打开过，铁路托运的封条还贴在上面呢。"

王素珍指着阳台角落里的那几个叠放着的大纸箱冲她喊道。

木子的手指轻抚着封条，依旧没有打开这些纸箱的愿望。

她不能说，这纸箱里封着她的所有过往，封着她的父母和弟弟的过往，每一点都是痛。

"木子，打开吧！"奶奶再从房间出来时，看见木子还在发呆，便忍不住轻轻走过来，将手搭在木子肩头轻轻说道。

一把小剪刀递到了木子手中。

木子接过剪刀，剪断纸箱上绕着圈儿的打包带，然后划开封口胶带，默默揭开了纸箱盖——物件匆忙清点放进箱的时候并没仔细看，现在她抱了一箱放在客厅地面，独自坐在地上，一件件地往外拿，又忍不住想多看两眼。

这些东西就是所有与父母有关的东西了。

这箱子里有几件奶奶还想继续穿的冬衣，包裹着一些零碎物件，是木子幼时玩过的拼图，穿过的一件红色小兜兜，还有爷爷给未来孙子买的拨浪鼓，包括爷爷用过的茶杯，还有三个全家福相框，一个是爷爷奶奶抱着爸爸拍的，一个是爷爷奶奶和爸爸妈妈抱着木子拍的，还有一个是爸爸妈妈和木子的合影。照片里没有弟弟，因为还没来得及拍，事故就发生了。

箱子最底下是两本相册，木子对这本相册并没有印象，小的时候她不懂，大一点的时候家里出了变故，相册也被奶奶藏了起来，清理旧物的时候打开了家里所有的柜子，木子才从老柜子的最底下看到它们。

现在，木子顺手翻开相册。

一类是爷爷奶奶的合影、单人照，还有一些亲友的合影；二类是木子父亲童年的照片、中学毕业的照片、与朋友同学的照片，还有后来与同事一起的合影；三类是木子父母的结婚照、木子和父母的三人照，还有与爷爷奶奶一起的五人照，还有一张是妈妈怀着弟弟以后出去参加活动与朋友们的合影，明显可以看见她微微隆起的小腹，这也是妈妈留下的最后一张照片。后来，手机拍照功能强大了，弟弟出生后拍的照，录的视频，就都存在手机里，反而没有得到保存。

一尺见方的相册，里面存了一家三代人所有的留影，照片已经发黄发脆发旧了，看痕迹就知道这相册已经多年没翻开过，塑料页面之间都有点黏在一起了。那是谁将这些照片整理得这样井井有条呢？是妈妈吗？

想到这里，木子又往回翻相册，然后把视线留在了自己的身影上。相册里有木子两岁以后至父母出事之前的所有照片，上幼儿园的，上小学的，和小伙伴合影的，还有每年二月初二生日那天去照相馆拍的一张艺术照。那时候，天气总是天寒地冻的，木子穿着羽绒服像个馒头一样鼓鼓的，戴着一双大手套，套着大红色的围脖，脸上涂了腮红，两条辫子上扎着蝴蝶结。

木子有些疑惑，于是起身去抽屉里拿出这两年拍的一些照片过来，又回地上坐下。坐了一会，她才缓缓朝坐在桌边的奶奶问道：

"奶，我长得不像爸妈，也不像你和爷爷。"

王素珍沉默了一阵，然后才说："嗯！"

"嗯？为什么？"

"等半小时吧。"王素珍像在喃喃自语。

"半小时？为什么？"

"嗯。"

"为什么？"木子追问，但没有得到答案。她的心开始隐隐不安起来，沉默了。

"叮咚，叮咚！"

十多分钟以后，门铃响起，奶奶等了很久了，她缓缓起身去打开了屋门。

从门铃响起，木子就有点愕然地看着奶奶了，此时骤然发现门外站着的是陈向芬，还有陈向芬的丈夫李成峰。

她发觉自己心中没有什么质疑和奇怪的情绪，她明明什么都不知道，但此刻看到这两人站在门外，小心翼翼地看着她，平时那么熟络的人，现在站在门外连脚都不敢迈进来。木子一点儿都没想到他俩会来，但又一点儿都不奇怪，不诧异，她也不知道为什么会是这样。

木子像被抽走了骨头，一直坐着，仰头看着门外的两个人，随着奶奶的招呼声，门外的人才走了进来。李成峰进来时，温和地对木子点了点头，站了两秒，然后才走到餐桌边的椅子上坐下。陈向芬在屋内站了好一会儿，才慢慢走到了木子身边，在她身边蹲了下来。

看到木子不吱声，陈向芬伸手从木子手中接过了翻开的相册，粗略地翻了翻，又翻回到木子最初的那几张照片，问："这就是你，对吗？"

听到陈向芬的声音里有泪水滴落，木子这才如梦惊醒一般，朝她看去。陈向芬已经抱着相册在地上坐下了，她的膝盖并着木子的膝盖靠着。木子能感觉到身边那人的轻微颤抖，是激动。

木子不激动，她只感觉自己僵硬如木，没有温度，也没有情绪。

见到妻子如此难过，李成峰想过来扶一扶妻子，但也只略动了一下就停下了。他是第一次进这套房子，此刻，他压下情绪，抬头打量天花板，又看看四周，然后还是将视线看向了天花板，他不断地在心里默念着："我的孩子就住在这里，我的孩子她就住在这里！"

可他不该这样想，他这样想了，泪水也就再也藏不住了。

"奶奶，你现在能给我讲讲吗？"听着屋子里响起了轻轻的啜泣声，木子望向奶奶，问道。

陈向芬一接到王素珍的电话，几乎是拉着丈夫飞一般地就赶了过来，她一点儿犹豫一点儿耽误都没有，她只害怕好不容易找回的孩子又转眼不见了。

木子手边散落着这几张在望城拍的部分照片，照片上是她那张与陈向芬越来越相似的笑脸。单位搞活动后都会打印一些贴到活动室的墙上，她就多打印了几张拿回来。在这些合影中，这是两张相似度非常高的脸，以往木子并没有想过这是为什么。其实以前常会有人笑着说她和陈向芬长得像，像是两母女。但世间人物以数十亿计，有很多人都长得相似，还有些陌生人会长得像双胞胎一样，这不奇怪。因此木子将这视为缘分，也把陈向芬对自己的照顾视为缘分使然。

但是她不知道，陈向芬从见到她的第一眼起就抱有期待，并在没有做鉴定之前就给了木子足够的亲情和照顾。她也向王素珍打听过木子的身世，但没有得到答案。令她生疑的是王素珍当时表情里的痛苦和尴尬，这使她笃定了木子一定是自己丢失的女儿。王素珍却请她暂时不要打扰木子的生活，怕孩子受影响。

　　女儿是陈向芬的，只要能让女儿好，她便可以忍受一切，所以即使有一万种冲动，陈向芬还是保持了沉默，她只是偷偷地拿着木子的头发去找人做了亲子鉴定。

　　鉴定书拿回家后，陈向芬已经哭过几次了，她有惊喜有委屈也有情绪的释放。找到女儿了，她终于可以说服自己一切慢慢来，她可以等。现在全家人，包括部分亲戚都知道了木子的身份，只是不知道何时才是相认的最佳时机。他们都在等，等一个圆满，等一个平稳的过渡，但到底要怎样才算妥当，才算平稳？

　　今天接到王素珍的电话不在陈向芬的预期之内，但她接到电话之后，便立刻揣上亲子鉴定书赶了过来。

　　但故事，还得由王素珍来说。

　　二十多年前，王素珍的老家的邻县有个叫松子的男人，因为家里实在太穷，他就跟朋友到南方来学做生意，东奔西跑了好长一段时间都没赚到什么钱，反倒是跟朋友因利益问题闹得不愉快。前途无望的松子买了票准备返回东北，却在长途车站附近遇到了一个熟人，也就是他原来房东的邻居李老头儿。

　　这天，李老头儿带着孙女在外面玩，两人遇到了就站那儿聊了几句。松子当时没起一点儿坏心，直到李老头儿委托松子照看一下孩子，他急着要去上个厕所。

　　松子喜欢孩子，而且结婚几年后一直都没有孩子，以前看见谁家有小孩子他都会逗上一会儿。他从没想过要做坏事当坏人，但李老头儿将孙女委托他照看一会儿的时候，看着笑得开心的小女孩儿，松子脑子里一股血涌了上来。他想要把这可爱的孩子带回家，这念头一生，松子左右打量了一下，立刻抱上孩子就离开了。

孩子还小，以前松子也逗她玩过，抱过她，现在拿糖果饼干哄一下还算听话。后来孩子大哭大闹，松子没办法哄孩子，又在长途车上只得硬着头皮把孩子带回了家。但松子没想到的是，他一回到家里就被媳妇破口大骂，怀疑这是他在外面跟别的女人生下的孩子，如果松子留下这孩子，她就和孩子一起去死。

松子家里吵了两天，父母劝，媳妇吵，孩子哭，简直让人发疯。松子很后悔，但那么远要把孩子送回去，他没那个钱也不敢冒那个险。孩子丢了，李老头儿肯定报了警，他若是回去还得坐牢。

怎么办？他可不想坐牢。这么想来想去，松子决定只能把孩子扔出去不管了。

松子的媳妇是鸡西人，与王素珍家沾了点远亲，与王素珍的儿子楚大强的关系还可以，能聊上几句。松子媳妇气得跑回了娘家，在回娘家的路上遇到楚大强时就倾诉了自己的委屈——自己做过体检，生孩子没问题，那有问题的就是松子，松子弄个孩子回来算什么事，到底是不是松子跟外面的女人生的？

楚大强一听，想起了自己媳妇去医院检查时医生说过她宫寒，不调理好身子就很难怀孕。现在自己媳妇都养了半年，也不见有怀孕的迹象，如果养个女儿说不定就能"招弟"呢。

"要不，松子抱回的那孩子给我吧！"楚大强说。

"太好了！这天寒地冻的，总比扔出去冻死了强！"说着，松子媳妇也不回娘家了，带着楚大强就回了自己家，让松子把孩子交出去。

孩子在松子家成了烫手的山芋，他巴不得丢开，一听媳妇说完，直接就将孩子牵出来交给了楚大强。

其实楚大强老家的亲友们都知道，木子绝对不是楚大强亲生的。为了不让木子听闲话，楚大强带着老婆孩子住到了矿上，一般只有在逢年过节才带他们回去一趟。楚大强和媳妇对木子是真心疼爱，照顾得非常周到。没过几年，楚大强的媳妇怀孕了，并生了一个大胖小子。

后面的故事，王素珍不想说下去了，因为那是她最惨痛的记忆。

当然，后面的故事也不需要她再说下去，因为陈向芬早已知道那后面的大概情况，她回家也跟丈夫与两个儿子讲过。

41 你是我的城

一屋子人，或坐或立，或泪或笑，都陷在一个巨大的旋涡当中，浑然忘了屋子之外的世界已然起风，许多半黄的叶儿被风吹落，忽而旋转落地，忽而又被风拂向各个角落。一道闪电带着一个雷声惊醒了大家，窗外骤雨敲打雨棚，噼里啪啦。

所有人不约而同地将眼神投向了窗外，未至黄昏，天却暗了下来。陈向芬起身，走到墙边将客厅的灯打开。

灯光明亮照着四壁，也将餐桌上那陶瓶与富贵竹的身影投射在了墙上。木子转头看到另一侧的墙上，映着两个一坐一站的人影，那是她的爸爸妈妈，是她最亲近的人，是她盼了很多年的人，是能够给予她帮助、给予她亲情、给予她温暖的人。

爸爸妈妈，那是她很多年都没有再喊出口的字了。

爸爸！妈妈！——木子一时间根本叫不出这两个称呼。

"那，你们为啥管孩子的小名叫'木子'？"李成峰并不想中断谈话，他还有满肚子的问题。

也许是窗外的风雨带来了秋意，王素珍蓦然觉得生了寒凉，她由内至外地打了个冷噤，许多沉眠在记忆深处的碎片缓缓浮上来，虽不完整，但她还是把碎片组装了起来，答道：

"松子后来也到我家看过孩子，他跟大强聊起了孩子的爷爷叫李老头儿。所以，大强说孩子本家可能姓李。"此刻，王素珍的心情十分复杂，她已经知道买孩子是犯罪，她知道自己夺走了别人家的孩子，现在无论怎么解释都不可能被接受。她的心十分慌乱，已经慌乱了好些年，她无话可说，却又不得不说。于是，她勉强解释道："我们没花钱，也不算是买孩子。我们只是，只是……"

"……"屋子里一片沉默，各人有各人的心思。

这时，李成峰又想起妻子提过的一件事，于是马上问道："那你们怎么知道我孩子是在二月初二生的？"

"松子听房东说过一嘴，说孩子是'龙抬头'时候生的。我们也觉得这个日子不错，就按这个日子上了户口。"

"你们……"李成峰腾地站起身来，"那个松子，我要剥了他的皮，他住哪？"

看到那巨大的人影一闪而立，王素珍吓得发抖，赶紧看了一眼在一旁无声落泪的木子，低声说："后来，大强介绍松子去了他们煤矿上班，前几年发生矿难，松子没了。"

"那个杂种！"李成峰拳头捏得嘎吱作响。

"成峰，你别这样，吓着孩子了。"陈向芬看了一眼木子，又看了一眼王素珍，说，"其实，我们还得感谢楚家呢，毕竟是他们收养了孩子，还好好带大了，而且又是她背井离乡帮咱们把孩子送回了望城！"

这倒也是。

李成峰咽了口气，觉得自己站着的样子吓着了木子和奶奶，于是他拽过椅子又坐下，这才放缓了语气问："奶奶，那您怎么想起要带孩子来望城呢？"

"我后来问过大强，大强说松子原先到南方做活儿，有时候说长沙，有时候说望城。当时我也没太往心里去，后来我家大强出了事故，我也熬傻了，更加想不起他们曾说过些什么，只记得是有雷锋的地方。孩子还小，她爹妈都没了，我也只能带着。现在我也老了，如果我也没了，孩子怎么办？孩子怎么办啊？她到底还是我家大强的孩子啊……"王素珍说得断断续续，此时想起她可怜的儿子楚大强，最后无儿无女的，还那样就没了。王素珍的情绪已经崩溃。早已被陈向芬抱在怀里的木子，此刻突然号啕大哭起来。

所有的预感和猜测都在此刻得到了印证，她却没有理由痛恨其中任何一个人。她只看到大家都在竭尽全力地爱着自己，好像一切都在她的恐惧之外，好像这是最好的结局。包括仅仅抚养了她几年的父母，对她也是宠爱和细心的，如果不是楚家收留，她的结局只能更悲惨。后怕之余，木子哭得声嘶力竭，也哭得委屈和肆意。因为，她现在又是有爸爸妈妈的孩子了，她有依靠了，于是可以任性释放自己的情绪。

　　李成峰早已走过来了，他在木子身后站了一会，轻轻蹲下，将老婆孩子都抱进了怀里。一个大男人，此刻掉着泪给终于找回来的孩子连连说着对不起对不起，他心痛的泪水大颗大颗地往木子身上落。

　　这是木子的父亲，亲生父亲，但对于木子来说，这也还是一个陌生男人。木子对于李成峰的拥抱不太习惯，于是推了一下，想挣脱开李成峰的怀抱。李成峰感觉到了，虽然心痛，但他还是赶紧松开了手臂。

　　看着眼前三个泪人，王素珍抹了抹眼泪，将最后一点情况说了出来："刚到望城，有一天我想去派出所打听，但又不敢说真话，怕被警察说是我们偷了孩子，把我抓起来。后来木子工作顺利，她经常给我讲陈姨对她多好，说了几次。再后来我认真看了她们拍的合影，也觉得她们长得像，但我太害怕了……"

　　"你害怕什么？"李成峰到餐桌边，拿起水壶给桌上的几个水杯倒满水，边问边递了一杯给王素珍，又端了两杯递给陈向芬和木子。

　　"我当然是害怕你们认回了木子，害怕木子跟你们回家了。她会恨我，会不要我了。我一个人，该怎么办啊？"

　　木子愕然。

　　陈向芬轻轻地推了推木子，是朝着奶奶的方向推的，同时又说道："奶奶，是你们收留她，养大她。木子怎么会不要你，怎么可能恨你。我们都要感谢您呢！是我们不好，是我们的原因才弄丢了孩子……"说着，陈向芬的眼泪又滚出来了。她花了许多时间、精力、方法寻找丢失的孩子，但一直不知道孩子被带去了千里之外，都接近边境线了。

　　"奶奶！"木子揉着发麻的双腿，咬着牙坚持走到了奶奶身边抱住了奶奶，但她只哽咽着叫了一声奶奶。

相依为命这么多年，一直是奶奶陪伴她照顾她，是奶奶担心她心疼她，又是奶奶送她回到故乡望城来寻找亲生父母。况且，奶奶已经把老家的房子都卖掉了，就是为了能够在望城给她买房子。此刻的奶奶，除了她之外已经一无所有了。她是不会离开奶奶的。

"木子，你看看这个！"李成峰递来一个小信封。

木子接过，抽出信封里装的纸来，是一张亲子鉴定书。姓名是她——楚漓漓，还有陈姨的名字——陈向芬。不，不是陈姨了，这是她的亲生母亲。

"开始是瞒着你去做的，就是想确定你是我女儿。没经过你的同意，如果你觉得需要重新做一次，也可以。"陈向芬轻声解释道。

"不，不用了。知道你们一直在找我，知道你们欢迎我回家，我——我就足够了！"木子想说自己是幸运的，但她又说不出这话来，甚至她现在还不能亲口叫出"爸爸妈妈"这样的称呼来。

"太好了，咱们家终于团圆了。你爷爷一直很自责，一听到有人说你可能在哪里，他就会跑过去找。五年前，他为了冲进人家家里看那个女孩到底是不是你，被人家当疯子打断了腿，成了残疾人。木子，我们当年也怨恨过你爷爷，但后来也不怨恨他了，再说你现在也回来了，你会……"

事情是一件接着一件的，没有一，便不会考虑二和三，前面的问题解决了，后续的问题才会一一跑出来。

李成峰和陈向芬后来也不想再继续恨了，现在李成峰有了新的担忧，他希望木了不要恨爷爷，但他又提不出这样的请求。

木子想了想，这才认真回答："很多老人家都重男轻女，但我小时候爷爷肯每天带我出去玩，哄我开心，说明他是真的爱我。我，我没想过要恨他。"

陈向芬收拾了一下地上的照片，拿着相册站起身来，朝丈夫笑道："你看，我说了木子很善良，不会恨爷爷的。你现在可以放心了，今年春节终于可以回铜官过个团圆年了。"

以往每年，陈向芬一家四口也回铜官过春节，但没有木子，那都不能叫团圆年。

　　虽然现在还在深秋，但木子已经知道了，今年春节她终于有家可回。那是一个温暖的、幸福的家，是她一直盼望了很多年的家，是她一直以为再也无法得到的家。现在，她就像做了一个漫长的梦，醒来还有家可回，家里还有亲人。这个家就在温馨美丽的望城，在湘江河畔，家里有爱她的父母与贴心的弟弟们，在铜官书堂山还有她年迈的爷爷奶奶和外婆。

　　此时，老家鸡西应该漫天飞雪了，但望城还是秋色宜人，窗外骤雨初歇，清爽的空气沁人心脾。在这繁华的城市里，华灯初上，湿漉漉的街面倒映着无数街灯，零星的落叶吸附于地面，俯仰皆成图画，纵横交错的大街上万千车辆走走停停，有的出门会友，有的回家相聚，有的还在奔忙于工作。生活在这座兴旺之城的每一个人都有着自己的轨迹，每个人都有每个人的愿望。

　　望城，你是我的城！这座城真是个好地方啊！

后　记

　　望城是我曾多次以各种各样的理由去过的地方，它于我是刻骨铭心的，特别熟悉。突然想写它，只以一些小小的片段和故事，如素白棉线，实想串联成串，颇有些意思。况且书中有的内容，就是当时经历，此时想起，回翻故纸日记，复制出来便是，有趣。

　　其间故事多是真实的，因年代久远，以时下的目光看待也许像杜撰，但那些杜撰的部分其实又在写它时潸然泪下。就如其中"奶奶王素珍担心自己过世后，孙女木子会无依无靠孤苦伶仃，从而帮她寻回亲生父母，又害怕孙女回归父母家庭，自己无依无靠"这样的片段，也是我曾亲历的一对养父女的故事。好在，那个真实的故事也有着尚可的结局。

　　因个性和经历的缘故，我只偏爱写温暖和简单的人物与故事，可以有爱恨情仇，但不想有纷争算计。这是我希望的世界所具有的样子。

唐　樱

2024 年 8 月